新世紀散文家 ❶

林文月

精選集

陳義芝◎主編

NEW CENTURY
ESSAYISTS

目錄

85

輯二　歡愁歲月

161 輯三 窗外

編輯前言

陳義芝

熟識中文創作的人，對先秦諸子散文、漢代紀傳體散文，以及李密、陶淵明、江淹、庾信等人的六朝文，韓、柳、歐、蘇代表的唐宋文，必不陌生。清初吳楚材、吳調侯叔侄編注的《古文觀止》，網羅歷代名篇雖有遺漏，但大體輪廓的掌握分明，仍是研讀古代散文最重要的讀本。

今天我們讀古代散文，除《古文觀止》上的文章，論、孟、莊、荀，也不可棄，因為是源遠流長的文化氣質。歸類為小說的《世說新語》，寫人敘事清雅生動，當小品文讀也不錯，可欣賞它精鍊的筆觸、機智的餘情。而繼明代歸有光、張岱之後，猶有黃宗羲、袁枚、姚鼐、蔣士銓、龔自珍……

古人說，「文之思也，其神遠也」，又說，「事出於沉思，義歸乎翰藻」，當文統與道統釐清，藝術的想像力與語言的精緻性即獲得高度發揚；迨至明代獨抒性靈，清代提倡義法，民國梁啓超錘鍊的新文體（雜以俚語、韻語及外國語法），兩千年來中文散文的山形水貌，因而更見壯麗。可惜今人不察中文散文有其獨特鮮明的傳統，往往以西方不重視散文為名，任意貶損散文價值，誤導文學形勢。

究實而言，粗糙簡陋的經驗記述，與不具審美特質的應用文字，當然算不得散文，就像這世界充斥許多聲音，只為溝通、發洩之用，或無意為之，毫無旋律可言，也就算不得是音樂。但我們不能因為聲音之產生容易而漠視聲音之創造，同理，不能因「非散文」之充斥而不承認散文所展現的生命價值、啓蒙作用。〈庖丁解牛〉、〈出師表〉、〈桃花源記〉、〈滕王閣序〉之所以千古傳誦，正在於作家內在精神之凝注與文學意趣之揮灑，代代有感應。

清末劉熙載〈文概〉講述作文七戒：「旨戒雜，氣戒破，局戒亂，語戒習，字戒僻，詳略戒失宜，是非戒失實。」分別關切文章的主題、文氣、布局、語字、結構、義理，我們拿這個標準來檢視現代散文，也很恰適。試以現代（白話）散文前期名家的看法為例。

周作人主張散文要有「記述的」、「藝術性的」特質，「須用自己的文句與思想」，「真實簡明便好」。

冰心主張散文創作「是由於不可遏抑的靈感」，並且是以作者自己的靈肉「來探索人生」。

朱自清說：「中國文學大抵以散文學為正宗，散文的發達，正是順勢。」他認為散文「意在表現自己」，當然也可以「批評著、解釋著人生的各面。」

魯迅主張小品文不該只是「小擺設」，「生存的小品文，必須是匕首，是投槍，能和讀者一同殺出一條生存的血路的東西；但自然，它也能給人愉快和休息。」

林語堂説小品文，「可以發揮議論，可以暢泄衷情，可以摹繪人情，可以形容世故，可以札記瑣屑，可以談天説地，」又説散文之技巧在「善冶情感與議論於一爐」。

梁實秋特重散文的文調，「文調的美純粹是作者的性格的流露」，「散文的美，不在乎你能寫出多少旁徵博引的故事穿插，亦不在多少典麗的辭句，而在能把心中的情思乾乾淨淨直接了當地表現出來。」

以上這些話皆出現在一九二〇年代，可見白話散文的基礎一開始就相當扎實。

梁實秋以降，台灣文壇的散文名家，從琦君到張曉風，從林文月到周芬伶，從王鼎鈞到簡媜，從董橋到蔣勳，並時聚焦的大家如吳魯芹、余光中、楊牧、許達然，幾乎沒有一個不是集合了才氣、人生閱歷、豐富學養與深刻智慧於一身。他們的散文大筆馳騁自如，頗能融會小説情節、戲劇張力、報導文學的現實感、詩語言的象徵性。散文的屬性被發揮得淋漓盡致，散文的世界乃益加遼闊；散文的樣式不再只循舊式美文、雜文、小品文或隨筆的路徑，科學散文、運動散文、自然散文、文化散文或旅行文學、飲食文學，為人間開發了無數新情境，闡明了無數新事理。

隨著資訊世紀的來臨，文類勢力迭有消長，我預見散文的影響力將有增無減，而每位作家收入一兩篇的散文選，光點渙散，已不足以凸顯這一文類的主流成就。「新世紀散文家」書系（九歌版）因而邀當代名家自選名作彙輯成冊。柳宗元談讀諸子百家的收穫，曾說：「參之《穀梁氏》以厲其氣，參之《孟》、《荀》以暢其支，參之《莊》、《老》以肆其端，參之《國語》以博其趣，參之《離騷》以致其幽，參之太史公以著其潔，此吾所以旁推交通而以為之文也。」必先了解各家的藝術風格、表達技法，方能於自我創作時創新超越。這套書以宜於教學研究的體例呈現，歡迎走文學大道的朋友從散文下手！這批優秀作家的作品見證了一個輝煌的散文時代，他們的創作觀更合力建構出當代中文散文最精萃的理論！

推薦林文月

林文月創作散文逾三十年，遊心於人世，尋思於學府，描寫生命因緣、歲月感悟，以個人獨特的歡愁與同時代的光影契會，如風行水上，自然成文。

古人云「非文之難，有其胸次爲難」，林文月的散文冰清慧美如其人，原因就在她胸中溪壑有深致。

何寄澎爲本書所寫之序論，以題材的新變、體式的突破、風格的塑造、風氣的先導四點，推崇林文月作品在散文史上的意義，實精闢之見。

——陳義芝

林文月散文的特色與文學史意義

何寄澎

林先生有三種文筆，一是學術論著，二是散文創作，三是日本古典文學的翻譯。雖然林先生早期曾寫過小說，但創作主要在散文，因此可說是位純粹的散文作家。我第一次談論林先生的散文是在民國七十六年，題稱〈眞幻之際‧物我之間——論林文月散文中的生命觀照及胞與情懷〉，刊登於《國文天地》第25、26兩期，那是國內首次以較學術性的方式談林先生作品的文章。十多年來，林先生的散文作品續有不斷的自我突破與進境，如今再談林先生的作品，自然不再只是多年前那篇文章已論之內容；不過，林先生所關心的主題、特殊的寫作方式以及本色神貌，卻仍可謂一以貫之。

爲方便大家了解，在此先扼要說明林先生的作品：若去除一些不相關的枝節，林先生最早的散文集應屬《京都一年》——林先生受國科會補助至京都大學進行爲期一年的訪問、研究，因之寫下各種觀察、感懷。其時，林先生已三十餘歲，而琦君早已享譽文壇，張曉風亦已嶄露頭角，她的前、後輩都已卓著名聲，而她才剛開始寫作。但回顧三人的文學成就，林先生頗有與琦、張二人不同之處，於二者亦不遑多讓。話說回來，《京都一年》、《遙遠》、《讀中文系的人》、《午後書房》四本書，可說是林先生前期的作品；《午後書房》之後有《交談》、《作品》、《擬古》、《飲膳札記》等書，可謂後期的作品；而這兩個階段的過渡作品是《交談》。

基本上，我想從散文史的意義看林先生的作品與價值，因此採下列方式說明：第一部分是分析林先生作品的特質；第二部分是分析林先生在散文史上的意義。

林先生作品的特質

我七十六年那篇論文談論林先生的作品只及於《午後書房》，那時我認爲林先生的散文已到成熟的地步。在論文裡，我以中文系的寫作方式分析林先生作品的內涵、表現方法，其中有些觀點有必要在這裡重談，但稍微換個角度，以下分從三方面析述：一是作品的思想性；二是作品的抒情性；三是作品的記敘性。

1. 作品的思想性

談到作品的思想性，必須以前期作品作爲主要的考察對象。

有關「思想性」，殆有二點可言：第一點是林先生認爲生命本質是如眞似幻的。對於生命的感悟，林先生覺得似眞實幻，似幻實眞。生命其實充滿了虛幻，但虛幻又不眞只是虛幻，它確確實實會留下痕跡，因此它在本質上還是眞實。在此，〈遙遠〉、〈步過天城隧道〉、〈翡冷翠在下雨〉等，可爲好例。〈遙遠〉描寫的是「若有似無」、「若無還有」的冥感境界——這種隱約朦朧、似眞如幻的感覺與體悟，不斷出現在林先生早期作品中，故當其步過天城隧道時，腦中翻湧出現的是川端康成和松本清張筆下的人物，在走過的過程中，不斷用時空交錯的手法，揣想小說中少男當時的心情，孰料走完後，回頭一看，隧道上方竟寫的是「新天城隧道」。換言之，作者方才「認眞」的懷想，剎時都成虛幻，然而那兩千餘步走過來卻又是確確實實的經驗，絕非虛幻。而當林先生走過翡冷翠的街道，透過現代櫥窗看到古典的建築，其實彷彿走在時光隧道裡；她最後看看手上的錶——臺北的時間：一點半。作者藉這樣的描寫使讀者產生今昔交錯、時空互換的如眞似幻之感。類似例子，頗可見於《午後書房》之前的作品。林先生是透過她生命中大大小小的事物，不斷的提出「生命彷彿是虛幻卻又確實存在」。當感覺虛幻時，可能悵然若失，但生命卻畢竟需要積極面對。因此林先生的情調像陶淵明，最後的抉擇、體悟卻像蘇東坡，因爲東坡常說人生如夢，但東坡也因體會到人生如夢，乃從消極轉生積極，認爲既是一場夢便要把夢作好。

第二點，是林先生表露的民胞物與的襟懷。

民胞物與的襟懷可在《午後書房》及其之前作品中見到多例。例如〈在喀剌蚩機場〉一文，林先生精細的描寫機場工人擦拭扶梯的情景，表現出人都是高貴而有尊嚴的。〈義奧邊界一瞥〉，寫她坐巴士過邊境時，看到一幕場景：一年輕女子開車要過邊界，拿出的不是護照而是巧克力，海關的警察遲疑後收下讓女子通過。過了數十分鐘，警察交班，林先生看到一個十來歲的女孩子騎個腳踏車過來，原來是這個警察的女兒，作爸爸的便拿出巧克力給他的女兒。林先生在這裡極甜美溫馨的寫下世間人情的和諧美好。〈蒼蠅與我〉一文，則寫有一個奇妙（似偶然而必然）的晚上，家人都不在（平常絕少如此），只有林先生一人在家。晚餐時打不到的一隻蒼蠅又出現在書房，如常的搓著手腳，不知危機將近，林先生突然打不下去。第二天早晨進入書房看到一隻翻身的蒼蠅躺在書桌上，忽然有一種只有自己才明白的孤寂之感襲上心頭。在文中，林先生表現出她與物之間的互通，帶有誰是朋友，誰又是敵人的哲學性。那晚家人都不在，陪伴孤獨的她只有那隻蒼蠅；在巧妙的機緣裡，是敵人的蒼蠅成爲伴侶，所以才會說只有自己知道的孤寂感——這就是民胞物與的感受。

補充一點，林先生因爲所有的作品都是用反覆鋪陳、推敲的方式書寫，所以記敘性格很濃，換言之，這些表達她思想性的作品同時也有記敘性，而其記敘性的作品中卻又可以見其抒情性。

2. 作品的抒情性

抒情性是林先生第二階段作品中非常重要的特質——此即緬懷傷逝。熟悉中國古典文學的人都知道，「傷逝」是古典文學重要主題之一。針對林先生的作品言之，林先生在《交談》以後的作品，生命似眞似幻的情調、民胞物與的情懷幾乎消失，代之而起的是緬懷傷逝。《交談》這本書中的文章，如〈幻化人生〉、〈臺北車站的最後一瞥〉、〈歡愁歲月〉、〈過年的心情〉、〈再會〉等，從題目至內容皆可以看出，早期的似眞如幻的情調在此時還出現。但在《作品》一書中就有多篇寫她的長輩，如：寫父親、寫舅舅、寫臺靜農先生、鄭百因先生等。而〈迷園〉一文則寫她在上海的兒時回憶，寫那樣一個僻處衖堂底，充滿神祕的園子。那座令她迷惘、好奇、又恐懼的園子，反射了作者對未知世界充滿探索的童稚心靈。事實上，整本《作品》充滿緬懷傷逝的情調，筆觸與前期也不同。前期表現思想性的作品，筆法是非常經營的，而構思、文筆相對於現代散文的美學風格來講，偏屬平淡樸實；但到了《交談》以後的作品，風格變得濃稠、華麗、奇詭，例如《作品》一書中，〈作品〉寫一個夢境，一個青年掘地、鋪柏油、作畫的過程，風格既後設，又如莊生寓言，更宛如中晚唐詩，這是她作品中從未有的，主題、文筆都有了明顯的轉變。這種轉變我想可能與年歲有關，《交談》一書成於五十歲以後，人生過了中年，哀樂皆有，身旁的人離逝多於存在，故積極的生命情調轉爲感傷，甜美的感覺亦不復存在且有了蕭瑟之感（參閱〈尼可與羅杰〉），人與人之間的美好和諧轉成隔閡無奈。

3. 作品的記敘性

基本上，林先生由於一貫使用反覆鋪陳的敘寫方式，所以記敘性的濃厚是非常明顯的。楊牧先生編《中國近代散文選》時，將散文分爲七類；記敘是其中之一；而林先生被歸爲白馬湖風格（夏丏尊爲開山始祖）一類，可見林先生作品的記敘性爲識者所共認。

但林先生作品中仍有與前述思想性、抒情性比重不同，而確有鮮明記敘性格者——此即《擬古》、《飲膳札記》。《飲膳札記》諸篇，對各種佳餚美饌的描寫，莫不自材料選擇，至處理細節，至烹飪方式、輔助器具，乃至特殊心得，條分縷析，極爲詳盡細膩，堪稱一本精細的食譜，記敘性濃厚；《擬古》中〈江灣路憶往〉擬《呼蘭河傳》，文長萬餘字，對自己童年在上海所居住的空間，幾以搜羅攫遺的態度細細追述；〈平泉伽藍記〉、〈羅斯堡教堂〉擬《洛陽伽藍記》綜彙史、地材料，穿插典籍記載，既如史乘，又如地理志，惟文筆前者古雅，後者清新，正襯托東、西方建築之不同美感、不同氣韻；〈散文陸則〉各篇亦差近似之。

要注意的是，林先生的作品早期充滿思想性，後期卻充滿抒情性，最後又有記敘性，但記敘並非僵固呆板之記敘，乃在記敘之筆中蘊含無限思感，如《飲膳札記》便是以記敘爲本，出之以抒情，仍是緬懷傷逝的另一種反映——藉由食物懷念有關的人與事。

林先生作品在散文史上的意義

有關林先生作品在現代散文史上的意義，殆可就以下四點觀之，它們包含了：題材的新變、體式的突破、風格的塑造以及風氣的先導等。

1. 題材的新變

首先，我要強調，林先生作品在散文史上的意義，無一不扣回前述其作品的特質。平實來說，在古典或現代散文整個傳統中，林先生的思想性並沒有特別深厚之處，然而她眾多作品所表現出對如眞似幻的生命體悟及民胞物與的情懷，現代散文作者中卻沒有第二人如此。再者，緬懷傷逝在古典文學中是重要主題，但卻不是現代散文的重要主題，就五十年來的臺灣散文來看，唯一的回憶文學典型似乎是琦君，但林先生《交談》以後的作品顯然樹立另一種典型，且較琦君來得深厚。由於林先生透過人、事、物及寫作體裁、手法的改變來書寫，因此就「回憶文學」而言，林先生與琦君可謂相互輝映，且可能有過之而無不及。

2. 體式突破與風格塑造

楊牧先生曾經說：「現代散文務求文體模式的突破，這是我的信念。」「模式」一詞，包含文類的跨越、寫作策略的改變等。楊牧鮮明的講出他的理論，並以實際創作證明之。林先生則從來沒有提過理論，但她在散文體式的突破與創新上的成就卻是斐然可觀。例如《飲膳札記》回憶的情調、對象並非單一化，全書是食譜與回憶文學的綜合體；又如「擬古」在中國傳統文學當中，是寫作者相當重要的寫作策略，且有其相承之脈絡。西晉太康陸機有〈擬古十四首〉，其擬古的對象爲〈古詩十九首〉；〈古詩十九首〉是魏晉以下詩人的典範，陸機以下有謝靈運、鮑照、陶淵明擬古，這樣的擬古已非單純而自有美學意義在其中——即他們藉由模擬典型創出新的典型。但其中困難之處乃在：若與擬古無關則稱不上擬古，若與擬古關涉太深則談不上創新，所以此間的拿捏便是作者要嘔心瀝血推敲之處。散文中，僅有林先生有擬古的創作散文——即《擬古》一書，此外別無他人，故可說林先生開創了一種寫作方式。這是個實驗，當然有成功亦有仍待琢磨處，後者如〈江灣路憶往〉雖堪稱佳作，卻與所擬的〈呼蘭河傳〉聯繫不大；〈散文六則〉擬〈東坡志林〉，第一則失手，蓋無東坡之氣韻，其他幾則較成功。〈洛陽伽藍記〉雖是記敘之筆，實則也是緬懷傷逝，林先生有兩篇文章擬〈洛陽伽藍記〉，一寫西方廟宇，一寫日本廟宇，後者與〈洛陽伽藍記〉風格一致，前者於擬古精神之掌握甚佳。從林先生的擬作來看，林先生由擬古鍛鍊出一種新的文筆，例如華美厚重的文筆是《擬古》之前所未有的，此為吸收擬古對象的優點加以自己風華而成。

3. 風氣的先導

之前所談林先生的思想性作品，其中有百分之七、八十來自她的旅行經驗。這些行旅作品，不重景物雕鏤，毋寧著重呈現其所思、所感，既質實又波瀾，既平易又深邃，大異往昔記遊體貌；即與晚近旅行散文相較，亦旨趣夐絕——蓋林先生所作不僅「一我」，尚多人性、人情；乃「小我」、「大我」之不斷關涉；晚近後起之作則多「自我」為主體，呈現特異「獨白」格調。以今視昔，近十年來旅行散文大行其道，林先生的成績不可棄而不談，就文學史的發展而言，不僅展現與其前、其後不同之格調，殆亦可謂風氣之先導。

結語

林先生基本上已形成自成一家的寫作風格——即一貫的鋪陳反覆、細膩翔實、嚴謹經營。她的寫作如其爲人之精緻，並如實呈現她的體悟感懷。我個人認爲，除去個人的才性外，林先生的寫作淵源有二，一是與古典學術涵養有關，林先生研究的是六朝文學，而六朝文學即是繁縟精緻而漂亮的，林先生作品的第一個淵源當來自太康文學一系。二是日本文學，日本文學的表現基本上是反覆鋪陳、鉅細靡遺。這兩點應是影響林先生散文寫作的最重要關鍵。至於林先生作品的整體美學風度，我以爲「似質而自有膏腴，似樸而自有華采。」二語殆可概略形容。

最後，要強調的是，林先生雖已突破了現代散文的體式，但仍是散文的「正統」，也仍是近年來逐漸少見的「純散文」——這一點非常值得後起之秀深思體會。

林文月 散文觀

散文的經營，是須費神勞心的，作者萬不可忽視這一番努力的過程。但文章無論華麗或樸質，最高的境界還是要經營之復返歸於自然，若是處處顯露雕鑿之痕跡，便不值得稱頌。南朝宋代顏延之與謝靈運，俱以華麗的詩風見重於世，江左稱「顏謝」，但南史記載延之嘗問鮑照（一作湯惠休）己與靈運優劣，照曰：「謝五言如初發芙蓉，自然可愛；君詩若鋪錦列繡，亦雕繢滿眼。」顏延之聞後深以為憾！顏謝二家的詩，便足以說明經營的成敗不同結果。至於由經營而出，達到「行於當行，止於當止」的化境，那是一切文學家藝術家要窮畢生精力追求的最崇高目標了。

——節錄洪範版《午後書房》代序

輯一

書情

我仰頭看層層書籍排列整齊，
有待我今後抽取閱讀，
不時投之以友善的目光，
而書籍層層彷彿亦報我以有情之反顧。

在臺大的日子

文學院前那一排欖仁樹，什麼時候變得如此茂密繁榮？枝葉橫生幾越過行道投影半邊柏油路了。舉首仰望，陽光與青天在枝椏交錯闊葉重疊的隙縫間透露。記得在我教書那一段時間，車停駐其下，運氣佳時，枝葉勉強可以遮蓋車頂，免除下課返家時酷熱燠悶；而當我學生時代，那一排樹尚吝於提供行人遮陽；如今我再回來，它們竟變得如此茂盛，甚至帶些蒼老之態了。

木猶如此，時間流逝何其快速，沒有聲息，唯於形影間隱約可辨。

1

我考入臺大中文系，在一九五二年。當時新生多在校門左側的兩排平房「臨時教室」上課，屬於孤立游離的族群。我每日騎單車上課，需時約三十分鐘。接近校門那一段羅斯福路，猶是田畝間泥路，顛簸多石，不小心會掉落田中。田中春季綠油油的新苗如翼，秋則金黃稻穗垂覆似躬。我把單車停放車篷內，向看守的老校工領取一個牌子，便踩著碎石路找教室。

碎石路是當時的椰林大道，從校門口直鋪到傅鐘，又彷彿更延伸至稍遠處。我們那些新生只能對昂首闊步走向傅鐘及更遠處的學長，投以羨慕的眼光；我們的活動範圍，不分科系，大抵局限於臨時教室那一區域。事實上，大一新生有許多課都屬共同必修。

我們中文系那年錄取的學生僅十一人，所以有一大部分共同必修課都與歷史、哲學及考古系合上；外文系則人數龐大，自成另一班。王叔岷先生擔任我們的國文老師。王先生當時很年輕，教書認眞，略微羞澀矜持，眼睛總盯著遠處天花板。他改我們的作文，一字一句清清楚楚，文後評語，時則幾乎另成一篇短文。猶記得發還卷子閱讀評語，總是充滿興奮期待。

英文，不以系區別，而是依錄取分數高下分組。我被分在第二組。同班多爲外文系同學，另有法律系、政治系等人。中文系只有我一人，所以頗寂寞。第一組和第二組任課老師是美籍先生，採英文直接教授法，因此同樣課本，兩組的上課情形較他組緊張些。

除國文、英文每周四小時的共同科目外，中國通史、三民主義和軍訓亦屬必修課。三民主義和軍訓都排在下午，不逃課的學生還是占多數，但很多人利用那個時間溫習他課，或閱讀課外書，或者瞌睡養神，教室內倒是頗安靜。臺大的學生很會考試，那兩門課甚少人不及格，教官也十分滿意。

中國通史，是由勞幹先生教課。沒有書、也沒有講義，全憑仔細聽小心筆記。當時尚未有全錄影印機，所以人人都得自己筆記。勞先生學問淵博，歷史都在腦中。他總是笑瞇瞇上課，興致好時，會把雙臂前後甩動，好似爲自己的演講打拍子似的。一次，他邊甩手邊講課，講到一半忽停頓說：「不對、不對。方才說的弄錯了。」接著再講對的一段。我把筆記的一大截劃去，重記對的一段；心想：先生大概是偶然分神弄錯的吧？驗諸後日自己教學，方知，上課分神，確實並非學生的專權。

凌純聲先生是中研院院士，教我們「地學通論」，未免大材小用。那是我們唯一在文學院上的課。上課以前總有兩位助教搬一大堆參考書放在講臺上。有英文、法文和德文書籍，我們如何看得懂？至今難忘的是，凌先生講解蒙古內陸氣候晝夜溫差大，不得不穿著厚棉袍，白天拉下一邊的袖子透氣。說著，他把藍色的長棉袍鈕扣解開，拉下左袖，露出白色的中式內衣。

我們遇見許多頗具特色的師長。當年中、外文系互有課程相調，且同班合上。中文系上外文系的「西洋文學概論」，外文系與我們合上「中國文學史」，兩門課由兩系的主任教授。英千里先生口才好風度佳，無論希臘史詩神話，講起來都引人入勝，他講 Helen of Troy，令我們陶醉入迷不想下課。我覺得學問已經在英先生身上化爲筋骨血肉，而不只是書本文字了。可惜他後來因胃疾住院開刀，不再能爲我們繼續精彩的講課。後半段由Father O' Hara及夏濟安先生代上。歐神父幽默慈祥，聖經故事的講解，與英先生有異曲同工之妙。夏先生年輕而熱心，課堂上認眞教學，課下鼓勵學生創作。《文學雜誌》在他主持之下，培植了王文興、白先勇、陳若曦和歐陽子等青年作家。我在二十歲出頭時所撰寫的論文能刊登其上，也是因爲受到夏先生鼓勵所致。

2

我第一次踏入系主任辦公室求見臺靜農先生，是大一即將結束時，爲了申請轉至外文系。事實上，報考臺大時，我的志願是外文系，由於高中時期幾乎所有讀文科的女生都以考入外文系爲目標，反俗叛逆的心態令我臨時改塡「外」字爲「中」字，遂入了中文系。我向系主任羞怯囁嚅道出轉系意願。臺先生看我一眼，又仔細翻閱我的成績單及其他資料，說：「你念得很好嘛！不要轉了。」始料未及的景況，令我語塞。我大概是沒有準備好接應那種景況的答辦的吧。只得紅著臉退出辦公室，系也就沒有轉成。若干年以後，我寫過一篇〈讀中文系的人〉，慷慨力陳讀中文系的意義和價値。那是我肺腑之言。

其實，我上臺先生的課並不多。大二必修的「中國文學史」，是與外文系合上的大班。

臺先生口才不如英千里先生，他採用劉大杰《中國文學發展史》爲底本，而每多補充意見。直到先生過世後，我們才看到他原來已經有一份用毛筆楷字寫的文學史講稿，只是沒有出版罷了。

大四那年，與研究生合上「楚辭」。臺先生對古代神話有獨到見地，於〈離騷〉、〈天問〉諸篇，反覆考索，進度甚緩，卻令我們見習到一種爲學的典範。當時的教學方式不重量而重質。臺先生和其他師長都沒有教學進度表。他的「中國文學史」只講到唐初，「楚辭」也沒有講完，但我們所學到的是治學的方法與精神，使我們日後受用不盡。我印象深刻的是，臺先生考學生的方式。他不喜歡出題瑣碎，往往是一個大題目，令學生能夠充分融會貫通，把整學期所讀所思的內容整理表達出來。對於用心深思的學生而言，兩小時的考試時間全不敷用，長長考卷密密字，有如一篇小型論文。許多同學堅持到最後一分鐘，甚至懇求助教延長收卷時間。我也記得「楚辭」的期中考，是以白話文翻譯《九歌》中的任何一首。試卷可帶回家，且更可參考任何書籍，精確而流暢是給分的標準。這種考試的方式，既可測知學生的理解力，復得以觀察其文筆如何，確乎一舉雙得。我自己教書時，也常效此法；尤其遇到外籍學生，無論令其譯成中文語體，或英、日文字，都能同樣測知其程度。臺先生有開闊的胸襟，他也是不斷鼓勵我於中國古典文學研究之外，從事外國文學翻譯最力的師長。他不僅鼓勵，而且閱讀我的譯文，甚至討論和分享。

鄭騫先生著有《從詩到曲》一書。他在系裡所開課程正涵蓋了詩、詞、曲等廣大的古典文學領域。我個人從鄭先生上文學的課實最多。鄭先生於各類文學的來龍去脈最重視，他的講述最爲細膩，時則又參與感性的補助說解。我們讀他自己所編纂的課本，又仔細筆記。筆記隔周呈上，他都一一詳閱評論，時或有一些鼓勵及誇獎的長文。那樣認眞的教授，在當時及以後都是少見的。前些日子整理書房，偶然發現往時上鄭先生課的三本筆記。雖然封面破損，紙張泛黃，字跡也已模糊褪色卻仍安藏在抽屜底層。我摩挲再三，許多年以前的事情，遂又一一浮現眼前，不禁百感交集。

鄭先生也是我學士論文及碩士論文的指導教授。當時的大學生，到了大三暑假，就得準備畢業論文題目，並且請一位教授指導撰寫學士論文。我擬就建安文學探討，鄭先生建議，不如以曹氏父子之詩作爲具體的研究對象。這方面，過去寫作的人似不多，而況當時資訊之取得頗不易，唯一的辦法是：逐一研讀三曹詩文及史料，定期向鄭先生報告心得，日積月累，遂撰成青澀的論文。雖云青澀，但字字句句都是認眞摸索所得。初次撰寫畢業論文，予我獨立思考及布局安排的訓練，委實是難得的珍貴經驗。其後，因爲各大學錄取的學生增多，師資不敷顧全，教育部先是改爲選修，繼而似又廢止學士論文。大學生畢業，只需修滿規定學分、並都及格通過便可；遂與高中生畢業殊少分別了。

3

杜鵑花繽紛謝又開，幾多青春歡愁的足跡蹭蹬其間而不自覺。從中文系第四研究室外走廊俯瞰花叢，忽焉已是研究所的學生，進出文學院大樓的心情，也不再那樣羞怯不自在了。

其實，當初我只擬在系內申請一個助教的位置，安安靜靜過一種與書香爲伍的單純生活，便於願已足。但事情傳聞出去，臺主任和沈剛伯院長先後召見，諄諄開導，勉勵我務必要參與研究所的入學考試。那眞是整個大學和文學院如同一個大家庭的時代。懵懂未明如我者，竟得到師長如許關懷。不敢拂逆那份期待，唯有加倍努力傾心以赴，遂考入了中文研究所。

臺先生主持系所，看似無爲而治，實則他自有學術的開放與前瞻的胸襟和遠見。以文學研究之領域而言，我們曾有過黃得時先生的「日本漢文學史」、糜文開先生的「印度文學概論」及董同龢先生的「西洋漢學名著導讀」等課程，恐怕在今日各大學的中文系所都是罕見的安排。黃先生的課，因爲我可以自修，所以沒有去選讀。

糜先生早年在外交部，曾派駐印度。他精譯的泰戈爾《漂鳥集》及《新月集》，至今我都保存著。那些美麗而富寓哲思的詩句，引領我們異國情調的思維感受；奈都夫人的文字、與史詩《拉瑪耶那》，也有別於《詩經》、《楚辭》，開啓我們對於另一個古老東方國家的神祕嚮往和好奇。

「西洋漢學名著導讀」與「日本漢文學史」，相對於「印度文學概論」，是兩門比較硬性的內容，旨在啓迪中文系學生的視野，認識漢學研究在世界學術界的狀況。董先生是著名的語言學者，他在我讀研二那年忽然開了那一門新鮮的課。同學們都很好奇，但風聞要讀英文原著，董先生又以嚴厲著稱，所以人人裹足不前、未敢選讀。臺主任眼看那麼好的課無人選，便在註冊日指派鄭清茂和我二人登記選課。

整個學期，董先生只要求我們精讀 James R. Hightower 的"*Topics in Chinese Literature*"。雖然正式選課的只有清茂與我二人，旁聽者倒也常有三數人。董先生並沒有我們想像的嚴厲。他在自己的那間第六研究室上課，清癯的身子坐在堆滿書籍的書桌後，偶爾會把雙腿高擱於桌上，我們就看到他老舊修補過的皮鞋底。講到高興時，他常會乾聲笑笑，時則又從椅上快速奔走到對面的黑板急寫幾字。清茂與我各捧一書，輪流隔周做報告，然後討論，聽先生補充或批評。期末寫一篇讀書心得。我那時年少膽壯，相當不客氣地批評了那本書的疏漏之處，詎料董先生喜歡，替我投稿於《清華學報》刊出。多年後，我訪問哈佛大學，會見已退休的 Hightower 教授。他淡淡對我說：「我讀過你批評我的那篇文章。那是我年輕時候寫的書。」面色並無不悅。我回答他：「那時，我也很年輕。」

讀研究所時，我和同班同學王貴苓被分到第四研究室。當時研究生不多，系裡盡量把學生安排到與性向相關的教授辦公室。鄭先生與洪炎秋先生都在那間研究室，經史子集各類圖書的取用也十分方便。那年，鄭先生首次開「陶謝詩」，貴苓與我正在想論文題目。冬季某日，貴苓與我同時步入第四室，她穿一襲藍布旗袍，我則在黑衫上罩了一件織錦緞的褂子。鄭先生看見，忽說：「你們今天穿的衣服，一個像陶詩樸素，一個像謝詩華麗。你們倆就一個做陶詩研究，一個做謝詩研究吧。」事情就那樣子定下，只不過，貴苓的論文由王叔岷先生指導；我的碩士論文《謝靈運及其詩》是由鄭先生指導。而在三曹之後，再讀謝靈運，我逐漸步上六朝文學研究之途，或者竟是導因於那日鄭先生戲言似一句話。人生有些事情，眞是不可思議。

4

佇立長廊的窗邊眺望，傅鐘與椰林大道盡收眼底。那兩排大王椰，春去秋來每年脫卸一層皮殼，一寸寸長大。我走過其下，時則匆匆趕課，時則慢步徜徉，卻未必注意聆聽其脈搏聲息；但它們或者注意到我也逐漸在成長吧？

畢業留校任教以後，我仍舊守著第四室的一隅。那個房間從來都不曾屬於我一人；人最多時，甚至爲五人所共有。但我們利用它的時間巧妙地錯開，倒不怎樣覺得擁擠。擁擠的是書籍。兩側靠牆並列的書櫥內，緊密地雙排並列著古老的書籍，是爲系所共有；至於五張書桌的上下到處，則又屬於個人領域。

靠窗時面對相向那兩張較大的書桌，我曾見過先後爲吳守禮、洪炎秋、鄭騫、葉嘉瑩等諸位先生擁有過。何其榮幸，我能與所崇敬的前輩學者共同分享過這個研究室！他們每一位的學識與人品，是我追隨仰慕的典範。我目睹他們敦品勵學，皓首窮經，諄諄教誨，愛護學生。

開放的胸襟、自由的探究，是我作爲學生時受自師長的爲學精神，而當我自己爲人師表時，這種精神也自然成爲銘記於心恪守不移的原則。我尊重學生們個別的才識性向，鼓勵他們在開放而自由的討論之中迸發智慧的火花。

記得一次討論的進行，學生們已經掌握到反覆辯證探索的方向與方法。在圍坐成馬蹄形面面相向的研究室，一張張年輕的臉，爲求知識眞理的雄辯而漲紅，一雙雙眼睛亦隨亢奮而充滿炯炯的光彩。傅鐘響起，三個小時的課程已過。冬陽微煊，而論辯未已。我坐在講臺上方，仔細聆聽每個人發言的內容，適時予以糾正補充，原屬有類船長或舵首地位，但水手們既然駕輕就熟，似已無虞風浪之險。學生們意猶未盡，興致正濃，便說：「下課了，老師您先回去吧。我們再繼續討論一下。」我彷彿也還記得那個黃昏，走在逐漸暗下的椰林大道，涼風習習，吹拂我被學生們的熱情煊暖的面頰，有一種無比欣慰的感覺湧上心頭。

我又來到這一間已不再存放我個人書籍的第四室。依舊是書籍擁擠的景象，甚至於幾張書桌的排列都無甚變化。憑窗凝視，內庭的老樹仍舊穩立於原地。距離我上次描寫它，又已過了十餘載。那篇文章的結尾，我寫著：

「罷了，不想也罷。我確知老樹總會屹立中庭，以它榮枯不同的眼神繼續守護我們。」

我沒有寫錯。慶幸老樹確實屹立中庭守護我們。我們來看老樹，我們走了；還會有不同的人來看它。在這裡，臺灣大學，永遠不乏知識學術的新血。這一點是無疑的。

我的讀書生活

以教書爲職業，寫作及翻譯爲嗜好的人，日常生活中，讀書自然是必要的。許多學者以研究室爲家，日夜埋首書城裡；我卻不然，主要的讀書處所，是在家裡。其原因有二：一是由於客觀環境使然。我的研究室在文學院古老的大樓內，占地大約十二坪，由五個人共同使用。五張書桌，及左右兩壁的書櫥，已使活動空間變得極有限，雖然五人同時在室內的機會不多，但學生隨時進出，又難免有同仁過訪寒暄，致令精神分散，無法專心讀書；不過，授課前的準備，與學生討論課業問題，倒是經常在那堆滿書籍的研究室一隅進行。二是主觀因素使然。我生性疏懶，又身兼家庭主婦，居家讀書，可以同時處理家務，比較心安理得。但是，讀書容易進入物我兩忘之境界，所以開水壺一定要用鳴笛型，若爐上燉肉，則事先須在卡片上書寫「注意火爐」四大字，放置於書旁明顯處。這是多年來從失敗經驗中悟得的警惕方法。

書房不大，所以必須有機地利用。十餘年前搬家之初，這一方空間便是我自己設計的：三面書櫥環圍，由地面達於天花板，最高處與最低處，放置較少用的書，例如重複的散本書，及線裝書；書桌與書櫥相連成「L」型，坐臨書桌前，桌面延伸而與書櫥聯結的右手邊，放置各種工具書，故而無論閱讀、寫作，或翻譯，有關辭彙、年代等基本問題疑難，隨時側身探手，便可得而查證之。

書房裡收藏的盡是古典書籍，以及與其相關之論著。我在書房內所閱讀的，也以古典書籍爲主，或爲教學，或爲論文研究，多屬嚴肅內容，所以端坐桌前，心境亦隨之莊嚴。教書研究的對象雖以古典文學爲主，但我所參考的資料則未必僅限於中文書籍，外文譯者，或外國學者的研究成績，往往給我更多的反省與思索，所以桌面上經常攤放各種語文的參考書籍。讀書時，我習慣將主要版本的書籍擺在几上用小書架上，面前鋪置卡片或筆記，左右兩旁則依其相關性深淺而遠近疊放各書。偶爾因閱讀需要，也得起身抽取更遠處擺列的書籍，至於各種書排列的方法，雖不足爲外人道，卻自有我個人的條理，所以上下左右之間，倒也容易尋找到。

書房的光線不夠充足，所以無論陰晴晝夜，都須扭開檯燈，找書或參考資料較複雜時，則又須亮起一盞中央的吊燈。積習多年，反覺得燈暈溫暖，可以鎮靜我心；鎮靜我心者，另有座位左側稍遠處的書櫥中散放出的幽香。每天早晨進書房，先點燃一炷香在母親遺像前，聞著那香味，彷彿母親並未離去，始終含笑伴我讀書。寒冬夜讀，新沏一壺茶於案前，茶香微微，水氣裊裊，愈添增讀書之樂，倘若有所領會，忽有一得，其樂更無窮了。

其實，居家讀書，倒也不限於書房內正襟危坐，除了廚房之外，其餘各房間也都有書櫃和書架，放置著各類書籍刊物。譬如起居室內的壁櫥，也是上達天花板，我將書房裡容納不下的閒書排列在此。看閒書的心情自然比較輕鬆，有長椅可以斜臥，靠墊權充枕頭，隨興所至地瀏覽，但我現在所讀的文藝作品，多屬短篇小品，長篇巨著無法在忙碌的生活中閱讀。回想起來，大部分的大部頭中外小說，是在中學時期讀過的。

家裡當然也有許多種訂閱及贈閱的報紙、雜誌散置於客廳及餐廳的書架上。片段的休息時間匆匆讀過，但是常感遺憾，做爲今日知識分子，應讀的書籍太多，時間和精力卻不敷爲用，便有時將想讀而未讀之書刊搬到床頭櫃上。睡前零星看些文章，有時頗收催眠之效，有時則愈助失眠，而日積月累，枕外咫尺處，竟也儼然另一個小書桌規模呈現了。

——一九八八年一月・選自九歌版《交談》

書情

歲聿其莫。每值歲暮，總要徹底清理書房，許多年來，這已成爲我個人例行事務中的重要一項。

我自忖雖然未必稱得上潔癖，但恐怕已接近潔癖邊緣當無疑。設若處身於雜亂環境中，必會心緒焦躁坐立難安，無法做事。所以習慣上，每年要請清潔公司的人來大掃除三次，分別在端午、中秋及春節之前；也趁機丟棄一些堆積無用之雜物。這是我維持家居生活整潔雅觀的一個原則。

不過，唯獨書房則無法勤加清理，即使清潔公司的人來時，也只能代爲擦燈抹窗吸地毯，做些表面性的工作而已。因爲書房雖小，書物卻不少，清理起來，小小一個角落便會耗去很多時間、體力與精神，故而只能每年在歲暮時分大清一回。

清潔的工作其實並不怎麼困難，至多也只屬於勞力的層面罷了，麻煩的是整理的部分。

書籍隨時在增加，但書房的容量有限，原先的分門別類安排已就緒，一年內新加入的書，往往都是暫時置放於同類部門之上。日積月累，橫堆豎積，以待年度清理之際再予重新安排。

書房不能像家裡的其他房間任意清理的另一原因，是由於工作關係，書桌上經常都攤放著一些正在進行的研究或書寫計畫，其相關的書籍、資料，或卡片、字條等物，看似重疊雜陳，實則亂中有序，一旦假手他人，必破壞那雜亂的秩序，不易再排出一個原來的亂中之條理來。

然而，這雜亂也有際限。一年累積，書房裡委實亂得可以，到處暫時放置的書越來越多，致每天早晨可以拭擦的桌面越剩越少。到這個時候，我潔癖邊緣的脾性庶幾已屆忍耐的最後界限。每至歲暮時分不能安心讀書思考寫作的原因，大概不一定是受到外界過年氣氛的感染，蓋又與書房內一片紊亂已極的具體景象多少有關聯。

遇著枯坐多時，自覺靈氣困躓，文思滯礙氣餒時，不如索性擲筆，當機立斷，毅然推書而起，面對這終究必須面對的清理事務。

一般而言，我常會選擇距離書房的心臟部位——書桌較遠處開始清理，因爲那種邊陲地帶擱置的書物，多半與我的教書研究之正業稍遠，整頓起來心情顯然輕鬆得多；至於靠近書桌周圍，則總是與正業息息相關，每一本書、每一種資料的安排，都得十分謹愼費神，否則恐將不利於下一年度的工作效率，甚至還會影響到工作成績也說不定。

也就是因爲這種遠近有別的層次安排，如若新增加的書籍過多而爲書房所容納不下時，邊陲地帶原先排列或擱置的書物便成爲優先考慮遷移，乃至於贈送或丟棄的對象。

十餘年前初搬來時，我第一次擁有此間完全屬於自己的天地。這裡面每一寸空間，莫不經過我精心的設計，所以雖云不大，卻非常實用。三面環繞的落地書櫥，又直達天花板，不僅排列各種書籍，還特別留下小小角落，布置一些個人收藏多年的珍玩。讀書寫作之暇，流目賞覽，頗爲怡然自得。但這許多年後來，書籍氾濫，不得不逐漸予以調整收斂。首先收而藏之的，是那些點綴各個角落的珍玩收藏；接著，愈顯龐大其貌的新文藝創作一類書，也只得另覓藏處，索性全部移陳於隔壁客間的兩排書架上；而今年，爲了安放一部分新購得的重要精裝書，猶豫再三，我狠心將收集近十年的兩種期刊贈與朋友，因爲不僅書房已達飽和狀況，家裡其他各房間內可容書處也都擁擠不堪了。

有些割捨，不得不然，書籍如此，其他人事又何嘗不然？雖則當時甚至其後的心中悲傷不忍，難以言喻，但人生總有一些不得已的割捨，或因主觀的原因，或因客觀的考慮，往往在所難免。在適當的時候做適當的割捨放棄，恐怕竟也是一種處世的藝術吧。

依戀難捨，摩挲復摩挲，間不免翻閱回味。就因爲多了這一層感性的顧慮，書房的整理工作，常不能爽快俐落，三坪大的空間，竟然費去整整兩天的功夫。

現在，這裡面一切就緒，而且又十分乾淨。我帶著工作後的疲憊羼雜快慰感覺，頹然埋入座椅中，環視四周，覺得雖然割捨了一部分心愛的書刊，這小小的天地仍然十分熟悉十分溫暖。我仰頭看層層書籍排列整齊，有待我今後抽取閱讀，不時投之以友善的目光，而書籍層層彷彿亦報我以有情之反顧。

——一九八五年六月・選自九歌版《交談》

記憶中的一爿書店

有時候我覺得疑惑不解，人的一生之中，到底是因爲受到一些人的影響或一些事的啓示而使他奮發上進，乃至成爲不朽的偉人呢？抑或是因爲這個人物已爲衆人所矚目，故而他所遭遇的人與事就要變成衆口傳頌的故事？例如孟母三遷的故事，究竟是因爲孟軻有一位賢慧母親，致影響其一生，奠定孟夫子日後不朽的人格與著述的基礎呢？還是因爲孟子的著述人格，而使他幼年時期的故事成爲人所樂道？華盛頓與櫻桃樹的故事，何嘗不可以從兩方面來解釋？如果那個誠實的男孩子後來沒有成爲美國總統，他的父親，那棵櫻桃樹，和那把斧頭之間的故事竟會傳聞全世界嗎？又如曹沖稱象、牛頓觀察蘋果落地，以及阿基米德浴池中的發現等等，其實都是看來極平凡的事情，卻變成了人類歷史上轟動偉大的故事。蘋果隨時隨處都在掉落，載物重則船沉，池滿則水溢，這些尋常的現象，倘非發生在不平凡的人物身上，又如何能成爲驚天動地的道理根源呢？然則毋寧說：許多事件都是藉不平凡的人物而在歷史上大放光明了。

可是，一個平凡的人在其一生當中，會不會也有一些人物或事件影響他、刺激他，給他啓示呢？我想或多或少是有可能的。只不過因爲那些故事的主角本身平凡無奇，所以許多的人與事便也在歷史的洪流中悄悄淹沒失傳罷了。回顧我的過去，竟覺得沒有一個人或一件事是印象深刻，令我畢生難忘的。有時便不免自嘲，這或即是自己平平凡凡一事無成的原因吧。不過，這樣說，倒也並非意味在過去的日子裡竟一無記憶可追尋；零零星星的小事情居然也點綴著生命的五線譜上，經常在我不小心回頭的時候，便會聽見叮噹作響，只是那些聲音微弱得只有自己聽得到。也許，我現在就把其中的一點流放出來吧。

我幼年時居住在上海閘北的日本租界。小學一年級是按學區被分派入日本官方主辦的「第一國民學校」。我的家在江灣路，正當虹口公園游泳池對面。每天上學，須先跨過家門前的一條窄窄的鐵路，然後沿著虹口公園走；虹口公園的盡頭，有一座日本神社，走到那裡總是習慣地一鞠躬，然後繼續走；繼續走下去便是整潔的北四川路了。馬路當中是有軌電車的終站地段，人行道則由方塊的石板鋪成。這段路是我最喜愛的，我很少規規矩矩走完這段路，不管是一個人走或有同伴，總是順著那石板跳行，有時也踢石子跳移。夏天。高大的梧桐樹遮蔽了半條街；秋天，則常有落葉追趕在腳步後。

在這一條北四川路的中心點，比較靠近學校那邊，有一排二層樓洋房。前面一段是果菜市場和雜貨店一類的店面，母親有時也到那裡去購物；那後段卻是我喜歡去的地方，有一家文具店和一爿書店。早晨去上學時，因爲趕時間，又由於時間太早，店門總是鎖著，所以我只能從那沿街的大玻璃窗望進去。夏季裡，常常都會碰到朝陽晃朗反射耀目，不太容易看到店內的景象；冬季裡，則又往往因窗上結冰霜，故只見白茫茫的一片，有時禁不住會用戴手套的指頭在那薄冰上面隨便劃一道線，或塗抹幾個字甚麼的，心想放學時一定要進去。

小學一年級的功課既少又輕鬆，通常在上午十一點半就放學了。家裡因爲要等父親回來午餐，不會太早開飯的，所以我幾乎每天都在歸途上溜進那爿書店去看不花錢的書。那時候的學生好像不作興帶錢，我們家更有一種不成文的規矩，孩子們要等到上了中學才可以領受零用錢，因此我身上當然連一個銅板也沒有；儘管沒有帶錢，我倒也可以天天在那書店裡消磨上半個鐘頭，入迷地看些帶圖的伊索寓言等書。我最喜歡嗅聞那些印刷精美的新書，那種油墨眞有特別的香味！一邊看書一邊聞書香，小小的心裡覺得快樂而滿足，若不是壁上有鳥鳴的鐘聲，眞怕會忘了肚子餓忘了回家哩。

那爿書店有多大呢？我已無法衡量了。當時覺得十分大，四壁上全都是書，但那時我個子矮小，如今回想起來，那店面也許並不一定眞大。記得在進出口處有一座櫃檯，裡面總是輪流地坐著一個中年男子和老婦人，大概是母子吧。別人經過那個櫃檯，差不多都要付了錢取書走；我卻是永遠不付錢的小「顧客」。其實那樣溜進溜出，倒眞有點兒像進出圖書館一般自在，而他們母子也從來沒有顯出厭嫌的樣子；相反的，那中年人還常常替我取下我伸手搆不著處的一些書。那老婦人彎著腰坐在櫃檯後面，每回我禮貌地向她一鞠躬，她會把眼睛笑成一條縫，教我明天再來玩。日子久了，和他們母子都變得有些熟稔起來，偶爾傷風感冒或甚麼的請一天假，他們甚至還會關懷地問：「昨天怎麼沒來呀？」一類的話。

那是一個夏天中午，放學途中忽然下起傾盆大雨來，我快速地從學校跑到書店，但雨勢實在太大，到達書店時，已是全身上下都濕透了。不過，我蠻不在乎，只在門口跳幾下，把身上的雨水抖落了一些，便走進店裡。我站立的地板上，不久就積了一攤水。頭頂上的電風扇不停地旋轉著，那涼風吹在濕透的身上，不由得教人打了好幾個噴嚏。身上微微發抖，覺得快要生病的樣子，可是離家還有相當長的路程，所以只好繼續站著看書。

這時，那個中年的店主人走過來，示意我跟他上後面二樓的房間。那是兩間窄小的日式住室，裡面有點幽黯。隨後，那老婦人也上樓來。她提了一壺熱水，替我拭擦頭髮、臉孔和身體，又拿來一套很寬大的衣服讓我換穿。不知爲何，我竟乖乖地按照她的意思去做；也許當時除此而外也別無他途吧。一身都乾爽之後，他們又鋪了一個床鋪，教我躺下。大概我是眞的受涼感冒了，所以居然睡著。

不知過了多久，我迷迷糊糊醒來。發現自己躺在一個陌生的房間陌生的床上。那老婦人正俯視著，雖然她的臉上堆滿慈祥的笑容，我還是嚇哭了。許是聯想到一些童話寓言中受壞人誘拐的情節吧。老婦人用枯癟的手撫摩我的短髮，哄我、安慰我，又教她的兒子端了一碗不知什麼熱騰騰的東西來。我像夢遊似的坐起，把那碗東西吃下。肚子裡充實了，身上也就有氣力了。

中年男人問我家的住址和電話號碼。老婦人教我到隔壁房間去換穿我自己的衣服。原來，她已將我的濕衣烘乾或燙乾了。在換衣服的時候，我聽見那男人在電話中講話，好像是在同我母親說話的樣子。我忽然掉下眼淚，不知是因爲驚心還是安心。

未幾，母親雇了一輛黃包車來接我回家。雨還沒有停，正在屋簷外淅瀝瀝滴著水珠。我聽到母親同他們母子用日語在寒暄道謝，又看見雙方有禮地一再鞠躬；可是我自己倒像置身事外，作夢一般，有一種不眞實的感覺……

在我平淡無奇的過去裡，這是我時時想起的往事之一，雖然沒有甚麼懸宕的高潮，也沒有甚麼動人的結局，我甚至不曉得這整個的事情是否可以算是一個故事。但是，每次回憶時，仍有一種如夢似幻的感覺；那種溫馨的情緒也始終留存在心底。

那爿書店叫做甚麼名字呢？我完全記不得了。那好心的店主人母子姓甚麼呢？我也一直不曉得；說實在的，我連他們的模樣兒也早已經忘掉了。然而有時不免想：我從小喜歡讀書，而在這平凡的生活裡，從過去到現在，一直都與書本有密切的關聯，我讀書又教書，看書也寫書。是甚麼原因使我變成這樣子呢？我不明白。只有一點可能：在我幼小好奇的那段日子裡，如果那書店裡的母子不允許我白看他們的書，甚至把我攆出店外，我可能會對書的興趣大減，甚且不喜歡書和書店也未可知。

人海茫茫，許多人和事都像過眼雲煙似地消逝了，但是有些甜蜜而微不足道的往事，卻能這樣子教人懷念。我不知道這個事實是不是對我曾發生過甚麼啓示或影響，只覺得那種溫暖竟比一些熱烈的歡愁經驗，更令我回味無窮。

——一九七九年三月・選自洪範版《遙遠》

陽光下讀詩

這本書在膝蓋上，沉甸甸的，頗有些分量。這本精裝約莫十六開大小的書，有三百多頁，大概是因爲從前的人把印書很當一回事的緣故罷，紙張厚厚的，十分講究；不過，也就因爲十分講究而令書在膝上愈爲沉重了。

長雨過後忽晴。晴空萬里，蒼天無半絲雲氣。使人置疑，昨夜以前的雲雨陰霾究竟是眞實還是長長的夢魘？老天是最神奇的魔術師，翻手作雨覆手晴。這樣的晴天，不晒晒陽光太可惜，但徒然晒陽光又未免無聊，遂自書架上順手取了一本書走到陽台來。這一本沉甸甸朱紅色布紋精裝本書，便是如此頗有分量地落在膝上的。

其實，在方方正正稍帶一些古拙趣味，就像一個老派英國紳士的書皮之外，原本還有一個分毫不差緊密配置的墨色紙皮書篋，是因嫌其累贅而取下留在書桌上了。

朱紅色布紋書面的右下方，有墨色的線畫，是一隻仙鶴上騎著一個老者，大概是意味著仙人的罷，鶴的下端有一片浮雲。那雲、仙鶴與老仙人分明是中國的，但每一根線條，分明不是中國畫的線條。這一點，不用行家辨析，任誰都一眼可識。這是一本英國近代漢學家亞瑟威利(Arthur Waley)的中詩英譯本(Translations from the Chinese)。

想起來自覺有些靦氬。這本書買來已經年餘。當時從書店買回來，只略略翻看一下，便上了書架，沒想到一上書架就沒有再取下來。日子總是忙忙亂亂，要做的事很多，要讀的書也很多，終於沒有輪及讀這一本書。

記得是一個夏天的夜晚，飯後開車，經過那一條街，被輝煌又含蓄的燈光吸引而駐車走進去一家舊書店。那一條街道的許多店都熄燈打烊了，只餐廳和酒店有紅色綠色的霓虹燈閃耀著。舊書店的燈黃黃的，明亮卻單調。店面意外的寬敞深奧。前面賣些月曆、本子、卡片類文具，後面的舊書籍倒是整理得有條不紊。我隨便瀏覽過去，在與東方相關的一隅停步細觀。其實，與東方相關之書籍並不多，又雜有印度、日本、韓國方面的書。我關心的與中國有關的書則又大多係政治經濟新聞性的書籍，文學的或學術的少之又少。在少之又少中，這本威利的英譯詩集，反而很快地吸引了我的注意。

這麼厚的一本精裝書，應該不便宜。但一向對數目字沒有記性，便也忘了，收據也早已丟了。可是翻動膝上的書，卻看到用鉛筆字書寫的一二・五〇塊美金。加上稅金，應該是十四塊美金的樣子。

十四塊美金，約合台幣三百多元，還不到四百元。四百元不到就能購得一本保存完好的舊書。我不禁深深慶幸起來，手指在紙張上面游移，感覺出那泛黃的紙的質感。面對一本有年代的書，有時候反而不急於去閱讀那內容。前後翻動，摩挲紙張，欣賞字體，都是極快樂的經驗。

這詩集是 Alfred A. Knopf 出版的第二版書，印製時間在一九四一年，初版則是一九一九年。當然比不得宋版明版善本書，不過也已經逾越半世紀。倘換爲人，合當是風霜在顏，蕭疏鬢斑，看盡世態炎涼的年紀了。只因爲書不言語，靜靜地伏臥膝上，任我翻弄。

我在春風微寒的陽光下翻弄一本英國學者翻譯的中國詩集。陽光自背後照射，令我感覺腰背之際有一種難以言喻的溫暖舒適。書在我自己的身影之下，所以讀起來並不耀眼。字大行疏，這對於現在的我，毋寧是更爲方便的。

威利的序言並不長，只簡單說明中國古典詩與英詩在內蘊與技巧方面的異同。特別強調西方詩人以愛情爲主調，古代的中國詩人則更重友誼與閒適的生活情調。他似乎偏好白居易。這也就難怪這本譯詩中，樂天之作占了很大的比例。有多少首呢？但陽光之下讀書、最好也閒適，甚至慵懶無妨。不要細數了罷。約莫是有三分之一的樣子。

在序言的前面，威利說到譯詩之難。西方的讀者們或者會好奇，中國詩講究協韻嗎？有的。但他翻譯時，衡量形式與內容，避免顧此失彼而放棄了韻的問題。於末端，他則又提及此書的面世，恐將引起一些爭議，但他自信尚不至於誤導讀者。畢竟要了解千餘年前的作品，並不容易。他說：有些中國朋友告訴他，這些英譯詩，較諸他家之譯筆更爲貼近原作。

我看見威利的微笑在那裡出現。朦朧但堅定。是的，如果不堅定，如何能出版一本書？

在七十年前，或者八十年前，一位生於英國，長於英國，從未到過東方而熱愛東方文化的學者，將他一生的大部分時間貢獻給東方文學的譯介。他必然是經由文學而與許多東方的古人神交，不忍將自己心儀嚮往的美好獨享，故而仔細琢磨，一字一句將那些中文或日文翻譯爲他自己的語文。而今，我坐在陽光之下，閱讀一本英譯的中國古典詩集，遂經由一位英國文士的譯文，再去溯源一些熟悉的以及不甚熟悉的古詩。感覺有些複雜而奇妙。

其實，第一次接觸威利的譯著是二十餘年前，當時正譯著紫式部的《源氏物語》。威利的譯本"The Tale of Genji"，給了我另一個觀察原著的視角。他的翻譯未必十分忠實，有些部分刪節了，有些文字修改了原著的纏繞，但譯文十分典雅優美，相信西方的讀者會被那本書導引入神妙的東方文學世界。我後來又有了一本美國學者塞登史帝克(Edward G. Seidensticker)的英譯本"The Tale of Genji"。那本譯著頗爲忠實，對我自己的譯事十分有助益，然而，字裡行間似欠缺了一些什麼。也許是品味罷，或者是風格。可見得忠實正確，大概不是翻譯的全部。

忽聞得鳥鳴啁噍。側首從欄杆望過去，近處大樹的繁枝已有萬點新綠，一群不知名的藍色小鳥正穿梭新綠萬點之間。山谷向遠方傾斜迤邐，高低深淺不同的樹姿和樹色也一逕流宕至遠方，在春日陽光下，彷彿到處躍動著；而那更遠處的海港，水映著光，反而像似透明的鏡面，文風不動。

如果，如果從海港駛出大海，一逕航行，與哥倫布採相反的方向，大約精疲力竭後，可以抵達威利的故鄉罷？不過，讀其人之書，也未必非要追尋其人的蹤跡不可。有人誦讀杜甫、白居易，或蘇東坡，便發願追蹤其一生遺跡。但會看到甚麼呢？多係一些後世人庸俗的附會罷了。威利聰明，或者可以說浪漫。他寧願保存文字裡美好的東方印象，足不離英國土地一步，他的日本，遂永遠是紫式部筆下的日本，他的中國，也應該就是像這本譯詩集中的中國罷。

詩譯自屈原的《九歌》〈國殤〉。何以沒有從詩經國風那些抒情作品譯起呢？或者何以不譯〈離騷〉？至少，他應該想到九歌中的〈湘夫人〉或〈山鬼〉才對。然而，是〈國殤〉居於首篇。其間自有他的道理罷。幾年前，一次國際性的翻譯討論會中，一位年輕的外國學者於聽取我方專家們的建議後，頗不以爲然地堅決抗議道：「我翻譯，是因爲自己閱讀受感動，想把這感動與人分享；我並不想去翻譯別人認爲應該或重要的書！」這話說得有道理。對於文學作品的品味與衡量價值，豈有一定的準則？

〈國殤〉譯爲 Battle。譯詩鏗鏘有力。除一個譯音詞而外，幾乎看不出是翻譯的作品。

是一首上好的英詩。

漢武的〈李夫人〉，則纏綿悱惻。

古詩十九首之中的若干譯作，也保留了重疊詞的趣味。

目光追逐著橫書的英語詩歌，暫忘記原詩的閱讀，令人熟悉又陌生的感動，是十分奇妙的。

當然，若要挑剔，也並非眞的無懈可擊。譬如原作中所省去的主詞，在這裡就顯得有些刺目了。中國和日本的古詩文，共同的特色是罕設主詞，讀者自能由上下文去辨識之，然而英文卻往往不可避免的需要設置主詞。這些我或你、我們或你們，以及他、他們等等，相當礙眼刺目。

刺目的，其實也因爲陽光。日影不知不覺間已移動，顯然我自己的背影已縮短，擋不住白花花的光線了。大概是瞇著眼睛看了好一陣子陽光耀目的書面的罷，感覺有些暈眩。遂將書闔起，闔起之前，習慣性地想在紙頁裡夾個書籤或什麼的。不必了罷。遂將讀了一半的秦嘉的妻子徐淑的〈答秦嘉詩〉那一頁闔起來。她丈夫秦嘉的贈詩則在背面的另一頁上。多可惜，若在毗連的兩頁，夫妻豈不因詩而會合了。生時分離，遂有情詩往來，身後兩人愛情的見證竟也未得逢會！忽覺得遺憾。不過，即令情詩毗連，變成了英文橫書體，秦嘉和徐淑大概也不認得了罷。

膝上的厚書挪移開後，頓覺輕鬆。

我站起來，憑倚欄杆，定眼望去。近午的陽光下，遠處的海洋平靜而光亮。不免又想到更遙遠處那一位可敬的英國學者。秦嘉和徐淑的情書曾經打動了他的心嗎？他的譯筆，如今卻打動更廣大的讀者群了。雖然秦嘉和徐淑早已逝去，威利也已經作古，但是，詩留下來了，中文的和英文的詩全都留下來了。書，不言語嗎？書，正以各種各樣的語言與我們交談著。

——原載一九九五年三月十九日《聯合報》副刊

怕羞的學者

——James Robert Hightower印象記

敲門的時候，有些許躊躇。我看了一下手錶，比約定的時間稍遲幾分鐘——上午九時六分。其實不是不守時，我想海濤教授騎腳踏車行長程，應該讓他歇一會兒才對。據說退休以後，他住在離開大學稍遠處，每週二來研究室都是騎一輛舊腳踏車。

門內的主人倒是絲毫不遲疑，應聲開啓門扉，讓我和介紹我的朋友進入研究室。朋友爲我們做簡單的介紹後便先行離去，留下我和海濤教授談話。

站在我面前的是一位瘦高的老人，如果在別處遇見，我準會以爲他是一位進城的老農夫。他穿一件藍白方格子的絨布襯衫，平凡而不十分平整，但每一粒扣子都扣妥緊，灰暗的過時長褲鬆鬆地接連在格子衫下面；至於鞋子是什麼樣式的，已記不得了。說實在，我也沒有餘裕看得很清楚，因爲自從開啓門扉到介紹握手，海濤教授一直用那一雙藍色的眼睛直視我，那眼神倒非逼人，卻有一種不由人分說的質樸，卻也同樣令人不知所措。

短暫的沉默後，海濤教授拉開一張書桌旁邊的椅子，示意要我坐下，他自己也踱回桌前的位置上。他方才大概已經在看書或者記什麼資料的樣子，桌面上攤放開一大堆厚薄不等的書籍，另有一些紙張及原子筆。朋友說過，海濤教授數年前退休以後，每星期只來一、兩回哈佛燕京圖書館內的這間研究室。看得出這是退休教授的研究室，房間比較小，沒有多餘的桌椅供學生聽課討論，屋內的書籍也比較少，我猜想：他大概是把常用的書籍搬回家去了吧。不知道為什麼，我被自己的這種猜測弄得有一些傷感起來；旋又想到，幸而他只要一打開研究室的門，整個圖書館的藏書都可供享用，遂覺得欣慰不少。

這種想法在我腦中盤桓，大概只有短短幾秒鐘的時間，或者甚至在我坐定以前便已成為過去式的思想，但我坐定後，竟發覺海濤教授仍然定定地直視我。那眼神，於質樸之外，彷彿又有一種嚴肅的氛圍。我記起朋友告訴我：海濤教授不擅長言詞，尤其與陌生人見面更拙於攀談，所以她勸我最好事先準備一些話題，方不至於使會面僵硬尷尬。

雖然是有備而來，只是，我自己原本也是不擅長言詞的人，與陌生人見面，也常是拙於攀談。面對著那一雙嚴肅地直視的藍眼睛，我幾乎有些後悔，後悔不該扮演一個訪問者的身分。

訪問者理當屬於比較積極的一方，我試著從自我介紹開始。海濤教授微微笑著說：「我知道，方才胡小姐已經講過了。」可不是嘛，我竟重複兩分鐘以前他所聽到的話。於是，我又說明此次到康橋來的原由，以及上週去耶魯大學參加東岸詩學會的情形。海濤教授仍然微笑說：「我前幾天聽說過了。」這眞教人尷尬。好像是不高明的網球搭檔，每次一方拍出去的球都只能讓對方勉強接著，卻不適於拍回，球戲便也無法開始進行。

我變得焦急不安起來。好在是有備而來，稍頃，我改變口吻，提及我們所共同認識的長輩，海濤教授的表情間馬上有一種溫馨的顏色，「我已經很久沒有見到他了，他好嗎？」他十分關懷地問。遂將長輩的近況約略向他敘說。海濤教授認眞用心地聽我說話，彷彿每一句每一字都不肯漏過的樣子。他那藍格子襯衫的上半身浮現在堆滿書籍的桌面上，姿勢沒有改變，但異國朋友的消息，使他的眼神變得十分柔和起來。

海濤教授二十年前曾到過臺灣，在南港中央研究院專研陶潛詩，當時韓國的車杜環先生也正在臺北，且也正有志於陶詩韓譯之工作，他們二人遂共同研究，並且同時得到我的老師王叔岷教授指導。這事在他一九六八年出版的陶潛詩英譯本“The Poetry of Táe1o Chien”序言〉中，有文字詳細說明。這本英譯陶詩十分忠實詳盡，是我教書研究時常備的參考書籍之一。

話題轉到這本書上，海濤教授的神態若有所改變，他主動地用回憶的語調談起當年譯事之甘苦經驗，他的眼睛甚至有時會因爲笑而瞇成細細彎彎的兩條曲線，但多時仍是用心地直視聽話的人。我發現那藍色之中，其實還帶著淡淡的灰色，恰如從他的背後窗口望得到的康橋深秋天色。他的眼眶微微泛著淺紅色，有一種屬於年紀大者的模糊輪廓。眼形其實不大，看透人心中且令人不敢受而移視的，實在是那質樸不修飾的眼神吧。聽他講話的時候，我注意到，他的唇上有一撮修剪整齊的髭鬚，花白而淡然，有如含蓄的枯草一般。聲音不高也不低，說話的速度不疾也不徐，正適合說給像我這樣的外國人分辨。

由於我們都有翻譯外國文學作品的經驗，個中滋味容易感受共鳴。「其實，最困難的倒不一定是艱澀晦奧的字句，平白明顯處的情趣韻味，最是不易把握迻譯。」我說這話時想的是所謂行雲流水一般自然的陶詩。「對啦，對啦！」海濤教授極表贊同，他有些激動地將手指插入頭髮中。經過五指梳通的頭髮變得有些蓬鬆，花白的幾根髮絲，在自窗口射入的晨光中特別發亮。

圍繞著陶詩與翻譯的問題，我們頗有興致且饒富同感地談論了一陣子；這倒在我事先的準備之外。

眼前這位西方的老學者侃侃而談他對中世紀中國文學與文人的意見，講到熱烈處時，亦有幾個手勢助益情緒。海濤教授完全沒有先前的嚴肅和拘謹了；我自己也感染到一種放鬆自如的愉悅，甚至於有一種幽默感想要開玩笑。「陶潛，其實並不是一個靈巧的農夫。」對於我這個一時興起而溢出的話語，海濤教授顯示疑惑不解的表情：「這話怎麼講？」「他不是在詩裡面說自己：『種豆南山下，草盛豆苗稀』的嗎？」我記得海濤教授的譯詩是：I planted beans below the southern hill／The grasses flourished, but bean sprouts were few. 很不錯的譯筆。豈料，海濤教授聽了我的話，表情頓時改變。「你可曾有過親自耕種的經驗嗎？」他又回到先前的認眞嚴謹。我坦白回答未曾有過躬耕之事。「農耕是非常艱苦的工作。我現在住的地方，後園有一大片土地，種了些蔬菜和花卉。」他緩慢的一字一字說得很清楚，「所以我知道，農耕實在是一種極辛苦的工作。」說話時，他偶爾低頭看看擱在桌上的雙手。這時我才注意到，原來他的每一片指甲上都鑲著一層泥土，筋脈浮顯的手背上也頗有風霜痕跡。我第一眼對海濤教授的老農印象，或者竟是包括這一切在內也未可知。其實，我無意揶揄陶淵明，只是談話的氣氛逐漸轉變而一時脫口說出如此輕鬆的話語，乃連忙解釋：「請不要介意，剛才是說笑的。」遂將準備送他的論文近作抽印本「叩門拙言辭——試析陶淵明的形象」取出。那文中曾引述海濤教授的文字，正是在強調陶潛樸質眞誠的性格：我們二人對於可敬的詩人的看法，其實是一致的。

海濤教授略略翻閱我的論文，雖然臉上保持溫和的表情，一度因小小誤會而造成的會話中斷，卻顯然將方才的熱烈氣氛驅走。他有些不知所措地看著自己那鑲著泥土的指甲。我也有些焦急，不知如何彌補這一片空白；一焦急便忽然咳嗽起來，旅中勞頓，原本有些感冒的。咳嗽竟然一時無法止住，喉間似乎還有些痰。這眞令人發窘。見我咳嗽，海濤教授復以直直的眼神望我。「對不起」，我連忙打開皮包找出手巾摀住嘴，努力抑制咳嗽，卻覷見海濤教授只是像在讀一篇文章那樣平靜地看我咳嗽。

我自顧自地忙亂一陣，總算把咳嗽止住了。多麼希望海濤教授會說一些別的話，讓會談繼續下去，而他還是直視著；我又不便咳嗽完便告辭，遂稍稍坐正，提起我學生時代第一次讀過的他的著作《中國文學講論》"*Topics in Chinese Literature*"。那是我讀研究所二年級時，上董同龢先生的西洋漢學名著選讀課的參考書。董先生要我們寫期末報告，我提出了一篇「簡評」，文中建議海濤教授增補修改的地方頗不少。董先生後來把我的報告推薦給《清華學報》刊登出來。我當時怎麼會想到二十餘年後能如此面對面與此書作者會見呢？人生的機緣，有時眞是不可思議。

海濤教授也似乎有無限緬懷的樣子。「那是很多年以前的事了。」他的聲音更輕，彷彿是說給自己聽。「說實在的，除了這兩本書外，我很少看到你其他的論著。」他起初做了一個訝異的表情，繼而對我這不修飾的坦白也坦然接受了。他先是轉了一個身，迅速地掃視背後那一排書櫃，抽出兩、三份抽印本，擺在桌上，再繞過我的座位，踱到書桌的對面，仔細查看，又取出若干抽印本，然後坐回位置上，一言不發地在每一本抽印本上題署簽字。我默默坐在一旁，看他專心地在每一本上寫字。他的手背上有不少老人斑點，指甲上的泥土，看來和他整個的人格極相稱。我想，日後讀這些論著時，我將不會忘記眼前這位誠摯而怕羞的老學者，我或者也將想像我所沒有見過的那一片後園子和一些蔬菜花卉吧。

我原想和海濤教授會晤二十分鐘的，但辭出研究室時，發覺竟已滯留了一個多小時。穿過圖書館書架的走道時，我不敢回頭看，怕一回頭看到那樸實定定的眼神，雙方都會很不自在。

——一九八六年七月・選自九歌版《交談》

一本書

這是一本精裝書。在泛黃的藍綠色布封面上，有一個金線燙出的坐姿裸女像。她把左腿翹起搭在右腿上，右手按著左膝蓋，頭部下垂，頸的弧度優美，但整個人體並不十分好看，而且有些造作的誇張和殘缺——左腳臃腫而大得出奇，右脛以下消失不見。很像畢卡索的速寫，卻是東方的比例。書腦已不知去向，還有些蟲蝕的斑駁痕跡，只隱約可見暗紅色的書名《日本詩集》。下面稍小的字，應該是「抒情詩社」吧，非常模糊不清。

這樣一本破舊的書，怎麼會放在此刻燈前的書桌上呢？

都是因爲陰天的元旦的緣故。

一年伊始。元旦應該是一早起床就有耀眼的陽光從百葉窗透進來才對，那樣會使人覺得這是一個美好的開始；再不然，索性像昨晚那樣，整夜因冷鋒滯留而下傾盆大雨也好，那就可以心安理得的待在家裡，花兩個小時看報紙，或一心做些家事。偏偏今早只滴了幾滴雨便收斂，變成一個陰陰的陰天。陰陰的元旦上午，多教人尷尬，做什麼事情都不對勁；才會去了光華商場，逛地下室的舊書街。

老實說，我有點怕逛臺北的古書店。會不會偶然看見自己送給人家的書——當初題了名簽了日期很當一回事地送人的一本書，赫然雜陳於眼前一堆古書堆裡呢？甚至若看見熟人的簽了名送別人的書，也夠令人沮喪嘆氣的。不過，此類事容或有之，也未必那麼湊巧就讓人碰上吧？

從靠近鐵路的那一頭石階走下去，只隨便在頭一家瀏覽一下，便走到靠裡的第二家。背後有個男人的聲音在對那個老闆娘說：「開張了？書這麼多。恭喜恭喜！」恭喜？該不會因爲今天是元旦的緣故吧。我們到現在還不作興在元旦互道恭喜，恭喜聲和鞭炮聲是要留到舊曆年才一起響亮起來的；那麼，一定是因爲這角落一個古書店開張，才說那聲「恭喜恭喜」嘍。果然，書很零亂，顯然還沒有來得及整理安排好，是匆忙開張的樣子，不過，就算整理安排好了，古書店的新開張也不可能太顯眼，不會像百貨公司服飾店那樣引人注目，看起來跟開業很久的古書店有什麼差別嗎？

書不少，又那麼零亂，幾乎很困難讓視線停留在哪一本書上。許是因爲這個藍綠色的封面比較特殊，我一下子就看到它。人總是先注意比較特殊的，不是嗎？書皮破損，所以起初根本沒有想到會是一本什麼樣的書。從那一堆的最上層撿起來，翻開封面，才看到「日本詩集」四個字；再翻過幾頁，才曉得原來是一本日本的現代詩集。站著讀了幾首。沒有太大的印象，只知道是某一群詩人的作品選集，每人只有三五首。那時候並無意買這本書；隨便翻翻看看，只因爲它已經在自己手裡頭罷了。

後來有些好奇，想知道是多古老的一本書，便翻看最後一頁。是昭和八年六月十日印行的，應該是四十五年以前的書，幾乎有半個世紀了呢。出版的地方是大阪的「巧人社」。四十五年前印刷這本詩集的「巧人社」，不知道現在如何了？它不像「岩波文庫」、「筑摩書房」那樣有名，也可能是我自己孤陋寡聞，所以沒聽說過；總之，這出版社多數恐怕已經不存在了吧。

這本書如何輾轉到這個新開張的古書店裡，現在又在我手上呢？封底有一排褪色的橫寫鋼筆字蹟：「2605.5.25. 建成堂ニテ」，又有很花稍的英文字寫著「G.B.……」。二六〇五，大概是日本紀元，應合公元一九四五年。建成堂是賣這本書的店名吧，不知是在日本的書店呢？還是臺灣的？三十二年前買這本書的人也不知是日本人還是臺灣人？G．B後面那幾個字應是姓氏，可惜看不清楚。底下另有歪歪斜斜不美觀的毛筆字蹟「鄭錦明」。猜想很可能是這本書的第二個主人，他應該是一個懂日文，喜歡詩的中國人。然後呢？然後，現在它在我手裡。這中間也許經過幾次轉讓，或許經由論斤買賣的收購破爛舊書報的人，才來到這個光華商場。我不要去想那麼多問題。可是，它落在我手中，竟是一個事實。

我該怎麼辦呢？它只不過是四十五年前在大阪出版的一本日本現代詩集而已，名不見經傳，我不必對它關心，把它放回原處走開算了；我眞的不必對它關心。可是我竟拿著它猶豫，更糟糕的是，竟又不自覺地在問老闆娘這本書多少錢？大概是新開張，來不及標價吧，她前後翻來翻去也看不到一個價錢數目字，就隨便對我說：「四十塊錢。」這價錢並不算貴，不能構成我拒絕它的理由。等到老闆娘用舊雜誌撕下的一頁包妥再交到我手中時，這本藍綠色書皮的《日本詩集》便正式屬於我了。

回家後，習慣地把該屬於書房的東西放在書房裡。這本書便躺在我零亂的書桌上，在一疊寫了一半的稿紙上。

我本來並不急於讀它。尤其是在這元旦的晚上讀一本四十五年前的日本現代詩，眞有些滑稽無聊。可是，失眠的元旦的晚上應該做什麼呢？早已過了「無樂自欣豫」的時代，雖然未見得到老氣橫秋地說「値歡無復娛」的年紀，可是，究竟已經對於在每年的這一天給自己立下什麼大願望或大計劃，覺得有些羞赧不自在了。「日月依辰至，舉俗愛其名」，其實，今天和昨天沒有什麼不同，與明天也不會有兩樣，一個人要下決心做點事情，只要當機立斷做去就是，又何須特別趕在今天這一天呢？然則，元旦深夜讀這本書又何妨？而況它就在燈下，就在眼前。

這本書厚達四七八頁。從目錄上看，共收百數十位男女詩人的作品，沒有序，也沒有跋，看不出編輯的動機是什麼？但從作品的內容形式看來，可以感受到一種新鮮的生命力，甚至還有些西洋化的氣息，也許是一群志同道合的年輕詩人或新詩人的作品選集吧。看他們題書名叫做「日本詩集」，口氣多大多自負啊。有的詩只有一行字，有的則長逾百行，內容卻多抒情浪漫甚至頹廢，算是爲藝術而藝術的一種詩派吧。我漸漸有些感動起來。幾乎半個世紀以前，一群異國的詩人那麼嚴肅認眞地寫作，把他們的作品集在一起。不知當初他們之間有沒有意見衝突過？有沒有互相爭吵過呢？有沒有別人批評他們，譏諷他們呢？這些事情都無由得知，此刻我也無意去探究。這一本偶然落入我手中的書，只告訴我一件事情：文學是永恒感人的，詩歌是不會死去的。爲了對一群不相識的異國詩人表示敬意，我挑一首詩來譯成中文。

陳舊了的 Sentimental　　泉浩郎

我心遠處的地平之極
小小的生活的過去啊……
它與現在的心仍牢牢連接著
儘可以將這麼麻煩的過去捨棄掉

卻趕不走地藏著
陳舊了的 Sentimental。
我現在忽然取出西裝
走在寂寞的野徑……
外套的口袋裡
有一封未及寄出的信
如今已不想投函於將忘的人的心臟
只好珍藏在懷中
陳舊了的 Sentimental 喲。

在我絞痛的心象裡
將忘的人的
悲傷的心情溢漲著
滴落不已的回憶。

未及寄出的信的心喲

無人訪的青春的暗室喲
佇立路傍的徒然的感情喲
獨行於曠野
我的心熱烈跳動。

——一九七八年元旦・選自洪範版《讀中文系的人》

你的心情

——致《枕草子》作者

你的心情，我想是可以體會的。經由這兩三年來書桌前日日夜夜的筆談，我把你千載以前講過的那許多話，一一迻譯爲我今天說的語言；你的心情，遂最先進入了我心房，最先感動了我。

爲你的書——《枕草子》寫跋文的人記敘：定子皇后崩逝後，你鬱悒度日，未再仕官，而當年親近的人次第謝世，沒有子嗣的你，晚年孤單無依，便託身爲尼，遠赴阿波地方隱遁了。那人又稱：曾見你頭戴斗笠，外出收集菜乾，忽然喃喃道：「教人回憶往昔直衣官服的生活啊！」

想像你度過十年絢爛繁華的宮廷生活，近伺過天皇和皇后，最後竟寂寂終老於遠離京城的島上；你那樣的心情，我是可以體會得到的。不過，倔強好勝的你，大概不會承認你的寂寞的吧；儘管多紋的眼角浸出晶瑩的淚珠，你或許佯裝不注意，用泥垢的手背拭去淚水說：「啊，都是陽光刺眼的。瞧，今天的日頭多豔麗！」我大概也就不忍心再爲你的悲涼感受悲涼，順著手指的方向，與你共賞晴空中熱刺刺浮現的炎陽了。

對於宇宙大自然，對於四季運替，你驚人敏銳的觀察力，於古今騷人墨客輩中，亦屬罕見的。在書的起首，你驟然且斷然地書寫：

春，曙爲最。逐漸轉白的山頂，開始稍露光明，泛紫的細雲輕飄其上。

你捕捉春季最美的一刻，以最簡約的文字交代，不屑多加說明，亦不容多所商量，卻自有魔力說服讀者。關於夏夜、秋夕、冬晨，也用相同的口吻點明各季節最佳妙的瞬間情趣。於是，群螢交飛、雁影小小、霜色皚皚，無不栩栩生動地從你千載前的眼簾折射到今日讀者眼前了。文字的神奇魅力，豈不就是這樣的嗎？

雖然你在書末再三申辯：你只是將所見所思所感的點點滴滴趁百無聊賴書下而已，並沒有指望別人會看到；但我知道你的心情其實有些矛盾，你又何嘗不暗中盼望著：有人會仔細讀你的文字而深受感動引發共鳴！寫文章的人大率如此，思維與感情一旦而落實爲文字，便頓覺如釋重負，舒坦輕鬆，彷彿不必再爲那些文字擔憂了；可又彷彿還時時擔憂著那些文字是否就此塵封？可有什麼知音之人垂青賞愛呢？

你可以把我當做一個知音，因爲我曾經仔仔細細讀你所寫的每一個字，並且能夠體會那些文字，以及文字以外的一些事情。

你賞愛宇宙人生，但顯然不是那種毫無主見的人，你強烈的主張，於書中每一頁可以讀到。你愛惡分明，絲毫不妥協，所以說：「冬天以特寒為佳。夏天，以無與類比熱者為佳。」無論男人或女人，你最敬佩聰明才智者，最不能忍受平庸愚騃。宮中朝夕相處的同儕何止數十、百人？然而你筆下掃過的那些女子，何其庸俗愚昧；我看，大概只有宰相之君還值得你記敘一筆而已。

至於定子皇后，顯然是你最仰慕崇拜的對象。你們二人之間，有異於尋常的心電感應，所以只要她說上面一句話，你就意會下面一句話的內容，她詠「花心開」三字，你立即感知那是託白居易的〈長相思〉詩以喻對你的思念。你們之間呼吸相應般的奇妙心契，竟令後世有些學者污衊你和定子皇后有同性戀傾向！如此輕率的論斷，你即使聞知，也不屑於置辯的吧。

你的心情，我明白。你愛慕定子皇后的博學多識饒情采，而她也慧眼賞識你的博學多識饒情采。你們相對的時候，好比雙珠連璧，光芒四射，你們相吸引的道理在於此。

不要責怪那些輕率的學者。其實，人間世相並沒有改變多少，我這個時代和你那個時代一樣，到處充斥自以爲是的人啊。

心直口快是你的缺點，你自己也承認的。譬如說，那次你批評紫式部的丈夫衣著不顧場合，這原本只是小事情，但是在你們那個講究禮儀細節的時代，等於是說人家不識大體；難怪紫式部要耿耿於懷，並且在日記裡反脣相稽道：「清少納言這人端著好大的架子。」又批評你好賣弄漢學知識，附庸風雅，難免流於浮疏云云。其實，她在《源氏物語》中還不是大量引用了中國的詩文？依我看來，你們兩位都是了不起的女性作家，同時代的男性作家們還眞是不及望你們項背呢！雖然你們表面上互相攻訐對方，心底卻十分敏銳地賞識著對方的。「文人相輕」，大概並不只是男性社會的專利品。

提及男性社會，令我想到你每好爲婦女打抱不平的個性，這一點倒是做爲小說家的紫式部未嘗明言過的。你說：「女人眞是吃虧。在宮裡頭做皇上的乳母，任內侍啦，或者敘為三位啦什麼的，已經算是很不錯的了，可是，多半年紀已大，還能夠有多少好事可盼呢？」的確，那個時代的女性是沒有什麼可盼的；除非盼到一個如意郎君，死心塌地守住一個「夫人」的地位，尙且還要提心吊膽，怕人老色衰之後，徒擁「夫人」之名，而失去郎君的心；即使你最仰慕的定子皇后，在天皇另外冊封彰子皇后之際，不也照樣患得患失痛苦異常嗎？也許你好奇想知道千載後的情況如何了？告訴你，你的後代姊妹們一直努力想爭取自己的地位，情況較諸你的時代稍有改變，卻也好不到哪裡去。這其中的原因，恐怕是大家口號喊得多，眞正下工夫充實自己的又太少。天底下哪有不勞而獲的呢？

我時常在想，如果天下婦女都像你和紫式部那麼優秀，男人也就不敢怠慢我們了。也許是出於一種不甘示弱的心理吧，你每常喜歡對男士們炫耀自己的學識才華。那個時代，漢學是男子修業的專利，連紫式部都是躲在屏風後面偷聽她的父親課授兄長們的，而你淵博的學識不知是如何修積得來的呢？看你與宮中飽學之士應對，忽而經史，忽又子集，從從容容，遊刃有餘；時又不免於俏皮地出其不意劍梢一挑，眾男往往只得俯首稱臣了。

不過，你當然無意與男士們敵對。看你記敘則光、棟世、實方、行成諸人，每每於平淡行文間，流露著人間男女的悲歡哀樂。你沒有刻意鋪敘什麼，只是將千載之前在你周遭發生過的許多離合的事實收錄在字句裡罷了，但你眞摯的心聲，樸實的語言，自有感人的力量。

我讀你記與橘則光的那一段感情，覺得十分遺憾。你們原本是感情融洽的情侶，他對你的愛護，尤其於男女愛情之外，又多一層兄長似的呵護，宮廷上下也都將你理所當然地視爲則光的「阿妹」；奈何你一再作弄，明知道他不擅長和歌，卻偏偏屢投歌以揶揄，終致他默默離去。你其實是十分懊惱悔恨的，可又逞強不肯認錯。後來，風聞他敘爲五位之官爵，又遠赴外地任郡守。你說：「我們二人之間，竟這般彼此心懷芥蒂以終。」人與人之間的緣分，是多麼難得，愛情這東西又是那麼脆弱易碎。你們兩個人明明是相知頗深、相愛甚濃，竟因計較自尊，遂令各自西東，遺憾終生！但這樣的愛情故事千百年以降，在地球的各個角落，竟也不停地重複又重複。莫怪你，人有時是學不會聰明的啊。

你的可愛和可敬，同時保留在這許多坦誠的字句裡。每一頁之中，有你的歡笑、歎息、淚光、懊惱、詭譎、驕縱……你的聲音時則高亢嘹亮，時則低啞淒迷，忽而綿密細緻，忽而瀟灑高邁；便是透過這些文字，你始終鮮活地生存到今日。

我寫這封信給你，是爲了要表達我對你的崇敬和愛慕。請原諒我沒有在信首稱呼你，那是因爲我知道「清少納言」並不是你的眞實姓名，雖然千百年以來，人人這樣稱呼你。其實，你姓什名誰並不要緊，你的樣貌如何也不重要，《枕草子》這本書就是最最眞實的你自己了。

——一九八八年十二月・選自九歌版《作品》

終點

——爲《源氏物語》完譯而寫

寫完最後一句，在最後一個字的底下加一個句號，又在次行下面記下（全書譯完），我擲筆，倒靠椅背，用左手的指頭輕輕按了幾下乾澀而疲憊的眼皮；然後，習慣地抬頭望一眼掛在書房門上的電鐘——十二時三十六分。

就這樣子，幾乎是頹然地埋坐椅中良久。

腦子裡空空洞洞。冷氣機的聲音是唯一可聞的，它甚至掩蓋了鐘聲。先前我還在運思構想寫字的時候，似乎把這單調的機器聲給遺忘掉，現在它嗡嗡地響個不停。我覺得有點冷，便起身關掉冷氣的開關。夜忽然就完全靜下來了。

我重又坐回椅中，望著眼前桌上一片零亂的景象。正中央攤著一疊孔雀牌（24×25）的厚質稿紙。那最後一個句號和（全書譯完）是寫在第十一張的稿紙上。右側是寫好的前面十張，依例對摺整齊，順序疊置，用一雙古獸形的銅鎮壓住。檯燈斜照著豎立於小型書架的吉澤義則《校對源氏物語新釋》卷六的最後一頁。左鄰並排而立的是谷崎潤一郎的《新新譯源氏物語》第十冊。稿紙的左邊，攤開著另外幾本書，重疊堆放在一起：最下面是Arthur Waley的刪節英譯本"*The Tale of Genji*"，其上是Edward G. Seidensticker的"The Tale of Genji"下冊，再上面是円地文子的《源氏物語》第十冊；都打開在最後的一頁。由於書的兩翼厚薄不均，所以用另一個青銅的魚形文鎮壓著。至於與謝野晶子的岩波文庫袖珍本《全譯源氏物語》下冊，則孤零零地躺在更遠的左方。

我想，應該收拾這些東西了。現在，我總算可以收拾眼前這一片零亂了。五年多以來，這些書和筆和稿紙，一直維持這樣的零亂；除了每年一次大清潔書房時，暫時把它們挪移開之外，始終維持著眼前這個有條理的零亂。這其間，我也寫過別的文章，但是這套《源氏物語》的組合卻未曾破壞過。其他文章的寫作稿紙總是壓在這一疊譯作用的稿紙之上完成；有些寄給遠方的信箋，也是壓在這一疊稿紙之上書寫的；當然，這些稿紙上面也曾疊放過學生的作業和考卷，甚至還有年節或宴客時草擬的菜單。

有一段時間，我曾迫切盼望著這一刻的到來——大概是翻譯的工作進行到一半的時候吧。那時覺得走過的路已迢遞，而前途仍茫茫，最是心焦不耐，曾經假想過千百種這一刻到來時的感受。然而最近幾天來，我好像在給自己尋找種種的藉口，故意把工作的進度拖延下來。過去，工作最順遂時，有過一天翻譯七張稿紙的紀錄，當然，那樣的一天是會令人精疲力竭的；然而，這一個星期裡，我有時一天只寫一張稿紙，甚至於只翻譯一首和歌，便去做別的事情。好像是突然害怕面對這一刻；也許應該說有一種依依不捨的心理吧。

但是，這一刻終於還是來臨了。

我先把第十一張的稿紙對摺，與前面的十張合併好，並用迴紋針夾妥，收入左側第三個抽屜裡那個存稿用的大型牛皮紙袋中。如今，這牛皮紙袋內已存放了全書最後四帖約八九萬字的譯稿，所以顯得十分臌脹。我用手掌按了一下，才能把抽屜關回去。

然後，從小書架取下吉澤義則本。這一套從臺大總圖書館借來的《源氏物語》古文注釋本，是昭和十五年（西元一九四〇）平凡社出版的。書皮的藍色絲面已有蟲蠹斑駁，紙張也泛黃，但字蹟仍清晰，注釋頗詳實，是我翻譯時最倚重的底本。名作家谷崎潤一郎費時三十年修訂的現代日語譯本，和現代女作家円地文子於五年前出版的最新譯本，是我自己從日本買回來的。當初購買時，只是爲了欣賞之用，沒想到後來竟成爲我讀原著遭遇困難時的良師益友。至於與謝野晶子的袖珍版本，則係最早的日本現代語譯本，自有其保存價值，可惜字小行密，我把它擱在最遠處，只偶爾在字句的推敲猶豫時作參考而已。Arthur Waley與Edward G. Seidensticker的兩種英譯本，都是朋友贈送給我的。前者雖是刪節本，但稱爲世界第一部《源氏物語》外文譯著，當然很值得重視，況且行文優美，在英文讀者間，應該仍具有其存在地位；至於後者，則爲當代美國日本文學權威的多年心血結晶，態度謹愼，譯筆忠實，我有許多無法直接從日語譯本或辭典解決的問題，往往卻是靠了這本英譯的書才得到答案。我把這幾本書慢慢的一一闔起來，忍不住多次摩挲，才放回書櫃裡。

書桌上陡地騰出一片空白來，一片令人不安和不習慣的空白。

我關掉燈光，讓一屋子的黑暗去掩蓋那桌面上的空白。悄悄走出書房，覺得十分疲倦，卻睡意全無，便又走出來，站在院子裡。

六月的臺北夜晚，空氣中仍殘留一股驅不走的暑意。草香和葉香微微可辨。離月圓大概尚有幾天吧，眾星倒是熠熠閃爍滿天。從這條深巷的一方院中，有時也聽得到遠處疾駛而過的車聲。左鄰右舍的窗口都沒有燈光，夜大概已深沉。

我伸一伸腰，又做了一次深呼吸，自覺從來沒有這樣滿足過，卻也從來沒有這樣寂寞過。

——一九七八年六月二十五日・選自洪範版《讀中文系的人》

一葉文集

去年深秋，趁賞楓享溫泉的短暫旅程，我又一度獨自徘徊東京文京區。文京區雖然是我每至東京必往之處，近年來因爲斷續翻譯一葉小說，以其爲同一地緣標的，所以更添一層文學的想像。此次赴日之前，便已聽朋友說起，樋口一葉的文集又增岩波書店的新譯註版本。我流連書肆，遂自然有了具體的目標。

日本較有規模的書店，多有分層分類便利讀者的安排。我到了那一家著名的書店，在電梯口看清日本文學類的標示後，便乘電梯直登四樓，以避免因雜誌、大眾漫畫之類刊物而耽誤旅行的有限時間。

寬敞的四樓，晝間亦設日光燈，明亮而整潔。但是書籍實在太多。除四壁由地板到天花板層層密排外，中間又分好幾段豎列與平放的各種精裝本與平裝本。我匆匆瀏覽一遍，沒有立即找到所要的書。爲了節省時間，便去問櫃檯後一位較空閒的年輕人。他禮貌地詢問作者姓名及出版處後說：「請稍等。」遂即在電腦上熟練地操作鍵盤。我看不見螢幕顯示的情況，但看得到他敬業而認眞的表情。稍頃，年輕人帶著抱歉的表情告訴我：「眞對不起。我們這裡並沒有這本書。」他再三躬身。

我相當失望。如果這家大書店買不到，恐怕其餘的書店也不容易買到了。是否新書尚未上市？難道得回旅館打電話去岩波書店出版部查詢嗎？我的旅程只餘一天半的自由時間，很不想把可貴的時間花在查問接洽來往上。我失望，幾乎頹然地穿過擁擠卻獨欠所要書籍之間，走到電梯口。電梯還在八樓，我竟有些不耐。於是，反踵再度巡索剛才瀏覽過的書架與書攤邊。才三數步，猛一回首，竟在堆積稍高處看到《樋口一葉集》的赭色精裝書，而且出版處赫然分明是岩波書店。查看最後一頁，出版時間爲二〇〇一年十月十五日。然則，新書才到未及歸檔嗎？以日本人的謹愼性格，當不致有此疏漏；或者那年輕店員電腦操作有誤嗎？然而，方才我又分明看到他認眞且敬業的表情。不必細究推測，能買到所需的書，令我頓時心情愉快起來，遂完全步伐輕鬆地走回櫃檯前。輪及爲我服務的正巧竟是同一個年輕人。他對於我的再度出現，一無疑豫。把書款與稅金合算的帳單客氣地遞給我，並開始把書裝入紙袋中。對於書名、作者及出版處，沒有注視。我本來想說些什麼，看到身後排著不少付書款的顧客，也只好客氣地取書，退出人群。待電梯降至一樓時，我已經決心不再去追究手上那本書從無到有的原因了。它已經在我手中，是一個重要的事實。

屋外秋陽正燦爛。我在書店後庭的木椅坐下，打開新購的書，隨興翻閱。乍入目的是正翻譯中的《除夕》篇中，關於地名的一條註：「菊坂。現文京區，一葉曾賃居此區。」一百年前，此區是東京中下流階級庶民活動地帶。十七歲喪父的樋口一葉與寡母及妹妹住在此區，母親與妹妹為人縫紉，才華出眾的一葉則努力寫小說，靠微薄的稿費勉強度日。她二十四歲因肺病而逝世，卻留下二十二篇中短篇小說、七十餘冊日記及四千餘首和歌詠草，成為近世明治文壇重要的作家之一。她的文集已有多家出版社先後出版，學界成立樋口一葉研究會，美國的學界也有取其人與文為博士論著者，可謂壽短文長。

移目仰望，但見四周高聳的現代高樓。文京區繁榮的底層，曾經是一葉筆下那些販夫走卒妓女高利貸棲息過的地方嗎？而此刻我坐著的位置，百年前曾印過樋口一葉匆匆捧著稿紙走經的足跡也說不定。

——二〇〇二年一月七日

輯二

歡愁歲月

撫育兒女的歲月裡，
充滿歡愁的許多經驗，
彷彿漫長，
卻實在是稍縱即逝的。
我珍惜已經擁有的一切歡愁記憶。

父親

病床上方的小燈照射在父親的臉上。父親沉沉地睡著。他的右鼻孔內插著一條細細的塑膠管。糊狀的食物，便是通過這條管子送達胃裡，每四小時定量供給。護士勉強在他的左手大拇指上找到一條小血管，將滴入鹽水與消炎劑的針頭用一小木板固定，以免因搖動而針頭掉落。床的另一端下方有一隻玻璃壺，盛著導尿管引出的小便。

在病房這一盞微弱的燈光下，父親已經臥睡了整整四年。起初只因腹瀉急診就醫，詎料，多年的糖尿病引起併發症，導致腿部血管阻塞，病況愈形嚴重，左足逐漸壞死。醫生們會診的結果，骨科大夫宣布：除非鋸除左腿，否則父親的性命難保；不過，對於九十餘歲的高齡病患施行如此重大的手術，危險性也十分大，所以醫生要我們做子女的慎重考慮。

四年前的暮春黃昏，我們兄弟姊妹聚在一起，做極困難而痛苦的商議。大哥逐一詢問大家的意見。記得父親在七十歲的壽筵席上曾對親友們誇言：人生自七十開始，他不但要活一百歲，更想要活到一百二十歲！言猶在耳，父親一向是勤勉而生命力旺盛的人，雖云當時已因病重不能言語表達意志，我們揣測父親的個性，爲他做了冒險求生存的抉擇。大哥沉痛地說：「既然如此，明天早上就把這個決定告知醫院吧。」言罷放聲嚎哭。昏暗的屋內，一時間充滿嗚咽悲泣。

鋸除了左腿的父親，出乎意外地迅速康復，傷口也癒合得乾淨。然而一個月以後，右腿又呈現與前時左腿相同的症狀。這次，醫生不容我們猶疑，斷然採取必要的救生手術。入院不及兩個月，我的父親失去雙腿換回一條生命。以如此高齡行如此重大手術而能成功，連醫院方面都認爲是罕見的奇蹟。但在那一段時間裡，我無論晝或夜，常常有一種幻覺浮現腦際、閃過眼前。彷彿一把巨型利刃重疾切落在腿上，一次復一次，時則以快動作，時則以慢動作，分不清楚究竟利刃是切落在父親的腿上，還是我自己的腿上？但驚悸恐怖的感覺分明一再地襲擊我，總是令我嚇出一身冷汗來。

四年以來，我幾乎晝夜風雨無阻地探望父親，唯恐有一天會眞的失去整個的父親。

而今，我的父親只剩下膝蓋以上的軀體，不能行動，不能飲食，不能言語，看不見的病魔還正一寸寸地噬食他衰老的肉身吧。四年以來，也經歷過無數次的危急狀況，都因爲父親可驚的生命力，與高明的醫術、細心的照料而一次又一次地度過險關；只是，父親每過一次險關便更衰弱下去。我知道，他是在慢慢地離去，極緩慢、疲憊、困難地。

有時不期然而遇見來巡視的主治大夫。以前，他仔細爲我講解父親的病況與治療方式；其後，我們漫談著一些死生問題及形上哲學；最近，他往往只是悲憫地陪我望著病床上只餘半身的父親，只中喃喃著：「怎麼辦？怎麼辦？」

怎麼辦呢？而父親總是沉沉地睡，沒有春夏秋冬、沒有悲歡哀樂。我輕輕撫摸那一頭白髮，不免自問：當時我們爲他所做的抉擇是對的嗎？現在父親若能睜開眼睛說話，他會對我們說什麼呢？

——一九九二年五月．選自九歌版《作品》

給母親梳頭髮

這一把用了多年的舊梳子，滑潤無比，上面還深染著屬於母親的獨特髮香。我用它小心翼翼地給坐在前面的母親梳頭；小心謹慎，盡量讓頭髮少掉落。

天氣十分晴朗，陽光從七層樓的病房玻璃窗直射到床邊的小几上。母親的頭頂上也耀著這初夏的陽光。她背對我坐著，花白的每一莖髮根都清清楚楚可見。

唉，曾經多麼烏黑豐饒的長髮，如今卻變得如此稀薄，只餘小小一握在我的左手掌心裡。

記得小時候最喜歡早晨睜眼時看到母親梳理頭髮。那一頭從未遭遇過剪刀的頭髮，幾乎長可及地，所以她總是站在梳妝臺前梳理，沒法子坐著。一把梳子從頭頂往下緩緩地梳，還得用她的左手分段把捉著才能梳通。母親性子急，家裡又有許多事情等著她親自料理，所以常常會聽見她邊梳邊咕噥：「討厭死啦！這麼長又這麼多。」有時她甚至會使勁梳扯，好像故意要拉掉一些髮絲似的。全部梳通之後，就在後腦勺用一條黑絲線來回地紮，紮得牢牢的，再將一根比毛線針稍細的鋼針穿過，然後便把垂在背後的一把烏亮的長髮在那鋼針上左右盤纏，梳出一個均衡而標致的髻子；接著，套上一枚黑色的細網，再用四支長夾子從上下左右固定形狀；最後，拔去那鋼針，插上一隻金色的耳挖子，或者戴上有翠飾的簪子。這時，母親才舒一口氣，輕輕捶幾下舉瘦了的雙臂；然後，著手收拾攤開在梳妝臺上的各種梳櫛用具。有時，她從鏡子裡瞥見我在床上靜靜偷看她，就會催促：「看什麼呀，醒了還不快起床。」也不知道是甚麼緣故，對於母親梳頭的動作，我眞是百覷不厭。心裡好羨慕那一頭長髮，覺得她那熟練的一舉一動也很動人。

我曾經問過母親，爲甚麼一輩子都不剪一次頭髮呢？她只是回答說：「呶，就因爲小時候你阿公不許剪；現在你們爸爸又不准。」自己的頭髮竟由不得自己作主，這難道是「三從四德」的遺跡嗎？我有些可憐她；但是另一方面卻又慶幸她沒有把這樣美麗的頭髮剪掉，否則我就看不到她早晨梳髮的模樣兒了。跟母親那一頭豐饒的黑髮相比，我的短髮又薄又黃，大概是得自父親的遺傳吧，這眞令人嫉妒，也有些兒教人自卑。

母親是一位典型的老式賢妻良母。雖然她自己曾受過良好的教育，可是自從我有記憶以來，她似乎是把全副精神都放在家事上。她伺候父親的生活起居，無微不至，使得在事業方面頗有成就的父親回到家裡就變成一個完全無助的男人；她對於子女們也十分費心照顧，雖然家裡一直都雇有女傭打雜做粗活兒，但她向來都是親自上市場選購食物，全家人所用的毛巾手絹等，也都得由她親手漂洗。我們的皮鞋是她每天擦亮的，她甚至還要在周末給我們洗曬球鞋。所以星期天上午，那些大大小小，黑色的白色的球鞋經常齊放在陽臺的欄干上。我那時極厭惡母親這樣子做，深恐偶然有同學或熟人走過門前看見；然而，我卻忽略了自己腳上那雙乾淨的鞋子是怎麼來的。

母親當然也很關心子女的讀書情形。她不一定查閱或指導每一個人的功課；只是盡量替我們減輕做功課的負荷。說來慚愧，直到上高中以前，我自己從未削過一枝鉛筆。我們房間裡有一個專放文具用品的五斗櫃，下面各層抽屜中存放著各色各樣的筆記本和稿紙類，最上面的兩個抽屜裡，左邊放著削尖的許多粗細鉛筆，右邊則是寫過磨損的鉛筆。我們兄弟姊妹放學後，每個人只要把鉛筆盒中寫鈍了的鉛筆放進右邊小抽屜，再從左邊抽屜取出削好的，便可各自去寫功課了。從前並沒有電動的削鉛筆機，好像連手搖的都很少看到；每一枝鉛筆都是母親用那把銳利的「士林刀」削妥的。現在回想起來，母親未免太過寵愛我們；然而當時卻視此爲理所當然而不知感激。有一回，我放學較遲，削尖的鉛筆已被別人拿光，竟爲此與母親鬥過氣。家中瑣瑣碎碎的事情那麼多，我眞想像不出母親是甚麼時間做這些額外的工作呢？

歲月流逝，子女們都先後長大成人，而母親卻在我們忙於成長的喜悅之中不知不覺地衰老。她姣好的面龐有皺紋出現，她的一頭美髮也花白而逐漸稀薄了。這些年來，我一心一意照料自己的小家庭，也忙著養育自己的兒女，更能體會往日母親的愛心。我不再能天天與母親相處，也看不到她在晨曦中梳理頭髮的樣子，只是驚覺於那顯著變小的髮髻。她仍然梳著相同樣式的髻子，但是，從前堆滿後頸上的烏髮，如今所餘且不及四分之一的分量了。

近年來，母親的身體已大不如往昔，由於心臟機能衰退，不得不爲她施行外科手術，將一個火柴盒大小的乾電池裝入她左胸口的表皮下。這是她有生以來首次接受過的開刀手術。她自己十分害怕，而我們大家更是憂慮不已。幸而，一切順利，經過一夜安眠之後，母親終於度過了難關。

數日後，醫生已准許母親下床活動，以促進傷口癒合並恢復體力。可是，母親忽然變得十分軟弱，不再像是從前翼護著我們的那位大無畏的婦人了。她需要關懷，需要依賴，尤其頗不習慣裝入體內的那個乾電池，甚至不敢碰觸也不敢正視它。好潔成癖的她，竟因而拒絕特別護士爲她沐浴。最後，只得由我出面說服，每隔一日，親自爲她拭洗身體。起初，我們兩個人都有些忸怩不自在。母親一直嘀咕著：「怎麼好意思讓女兒洗澡吶！」我用不頂熟練的手，小心爲她拭擦身子；沒想到，她竟然逐漸放鬆，終於柔順地任由我照料。我的手指遂不自覺地帶著一種母性的慈祥和溫柔，愛憐地爲母親洗澡。我相信當我幼小的時候，母親一定也是這樣慈祥溫柔地替我沐浴過的。於是，我突然分辨不出親情的方向，彷彿眼前這位衰老的母親是我嬌愛的嬰兒。我的心裡瀰漫了高貴的母性之愛……

洗完澡後，換穿一身乾淨的衣服，母親覺得舒暢無比，更要求我爲她梳理因久臥病床而致蓬亂的頭髮。我們拉了一把椅子到窗邊。從這裡可以眺望馬路對面的樓房，樓房之後有一排半被白雲遮掩的青山，青山之上是蔚藍的天空。從陰涼的冷氣房間觀覽初夏的外景是相當宜人的，尤其對剛沐浴過的身體，恐怕更有無限爽快的感覺吧。

起初，我們相互閒聊著一些無關緊要的話題。不多久以後，卻變成了我一個人的輕聲絮聒。母親是背對著我坐的，所以看不見她的臉。許是已經睏著了吧？我想她大概是舒服地睏著了，像嬰兒沐浴後那樣……

噓，輕一點。我輕輕柔柔地替她梳理頭髮，依照幼時記憶中的那一套過程。不要驚動她，不要驚動她，好讓她就這樣坐著，舒舒服服地打一個盹兒吧。

——一九七九年八月・選自洪範版《遙遠》

我的舅舅

民國二十年端午節稍前，我的舅舅連震東先生攜帶了外祖父雅堂先生的一封信，自臺灣赴大陸，晉見在南京的張溥泉先生。信的內容如下：

溥泉先生執事：申江一晤，悵惘而歸，隔海迢遙，久缺牋候。今者南北統一，偃武修文，黨國前途，發揚蹈厲。屬在下風，能不欣慰！兒子震東畢業東京慶應大學經濟科，現在臺灣從事報務。弟以宗邦建設，新政施行，命赴首都，奔投門下。如蒙大義，矜此子遺，俾得憑依，以供使令，幬載之德，感且不朽！且弟僅此子，雅不欲其永居異域，長爲化外之人，是以託諸左右。昔子胥在吳，寄子齊國，魯連蹈海，義不帝秦；況以軒黃之華胄，而爲他族之賤奴，泣血椎心，其何能恝。所幸國光遠被，惠及海隅，棄地遺民，亦沾雨露，則此有生之年，猶有復旦之日也。鍾山在望，淮水長流，敢布寸衷，伏維亮詧。順頌任祺。不備。愚弟連橫頓首。四月十日。

雖然當時臺灣已淪陷於日本三十餘年，外祖父堅信必有光復之日，而欲求臺灣光復，須先建設祖國，所以才毅然使他的獨子單身遠赴內地。溥泉先生讀信，深爲其凜然大義所感動，接受了外祖父之託，並且建議舅舅先去北平學習國語，以便利將來之生活及工作。

舅舅在北平的居所，是借住於臺灣同鄉洪炎秋先生的家。洪先生出身鹿港書香門第，當時在北平教書，他的夫人關國藩女士是北平人，燕京大學畢業。經由洪氏夫婦的介紹，舅舅認識了洪夫人的燕大同學，瀋陽人趙蘭坤女士。兩年後，舅舅與蘭坤女士在北平完婚，他們的籍貫，一位在極南的臺灣，一位在極北的東北，萬里姻緣，實在不可思議。

舅舅因爲追隨張溥泉先生加入國民黨，並且放棄當時臺灣人法定的日本國籍，正式回復中國國籍，抗戰時期便與舅母移居於西安、重慶，參與我國政府大後方的艱難工作與生活。表弟連戰於抗日戰爭前夕誕生於西安，外祖父曾預言：「今寇燄迫人，中、日終必一戰。戰勝始能光復臺灣。」表弟之名，實爲紀念外祖父之言而得。

雅堂先生有三女一子，次女春臺女士早逝。我的母親夏甸女士長於舅舅六歲，舅舅又長於姨母秋漢女士七歲。抗戰時期，我們居住在上海的日本租界，姨母一家在南京，尚可以來往，唯獨與遠在重慶的舅舅無由會見。至今我還依稀記得，母親偶爾輾轉收得舅舅親筆信函，總是如獲至寶，燈下反覆展讀。有一封信，是外祖母在西安過世後舅舅手書，母親保留了很久，那上面的文字內容已不復記憶，但泛黃的棉紙以及淚痕斑然的字跡，卻令我印象深刻。彷彿對於死亡的哀傷，是經由舅舅給母親的那一封信首度認識的；而我對於未嘗見面的舅舅，也透過那信而有一種情深親切的認識。

但是，我眞正認識舅舅，反而是在與舅母和表弟會見以後的事情。民國三十四年八月，抗戰勝利，臺灣光復。我的舅舅因奉命參加收復工作，於十一月間隨陳公洽先生直接由重慶返臺，接管當時的臺北州。舅母和當時方滿十歲的表弟，乘船順長江而下，來到上海，暫住於我父親原先出租給日本人的衖堂小洋房內。當時，我的姨父已先行返臺，姨母也帶著我的兩位表妹住在那衖堂裡的另一幢洋房內。我們三個家庭都計畫要返回臺灣定居，由我的父親接洽安排船位等諸事宜。從冬天到翌年初春二月，約莫有一季漫長的時間，我們表兄弟姊妹有足夠的時間朝夕相處。我們三家的孩子年紀相若，雖然上海口音、南京腔調和略雜著東北與四川方言趣味的語言，在初時不頂能溝通，但畢竟血濃於水，那一段無憂無慮的童年時光，手足情深，令人永難忘懷。

我們所乘的，是父親的上海籍友人所開「大陸行」的小船。自黃浦江出發，沿著海岸線行駛，幾達兩周始抵基隆港。舅舅把三個家庭的大人小孩十餘人，迎接到他在臺北的居所。

那是一座寬敞有庭園的日式舊房屋，我們在那裡暫時合住若干時日，然後，姨母和表妹們才隨來迎的姨父搬去臺中，我們則先搬到北投，然後又移回臺北的東門町。

由於同住在臺北市，母親經常帶著我和弟妹們去舅舅的家，我始有機會眞正認識舅舅。我的舅舅，和我在上海時所見舊相片中的模樣不太相像，是一位中等身材、不苟言笑的紳士。大概是因爲戴著眼鏡，不言語時薄薄的嘴脣常緊抿的緣故，他給人十分威嚴的感覺，我和弟妹們都很敬畏他。不過，舅舅對我倒是特別疼愛的，他時常會仔細凝睇，笑著對我說：「文月，你跟阿姊年輕的時候一模一樣。」有時，也偶爾會同我說一些母親年少時的趣事。四姊妹中，我最年長，最像母親；而母親是我外祖母的長女，最像外祖母，這個巧合，也許是舅舅在許多外甥女當中尤其關愛我的原因。不過，不言不語時的舅舅，看來嚴肅，我還是十分敬畏他。

我的舅舅外表嚴肅不苟言笑，同時又因公務繁忙，使我不敢親近他，但是他疼愛我的心卻表現在許多日常的事情上。我返臺時正値小學六年級的最後兩個月，當時臺北的教育制度，驟然間由日本式春季入學，改爲中國式秋季入學，顯得青黃不接，大部分學校的畢業班已沒有學生上課，我只得每天從東門步行四十分鐘，到老松國小去接受僅有的一個畢業班課程，而且只讀了兩個月的中國書就參加臺北第二女中的初中入學考試。母親甚爲我迫促的考期擔憂，同時也掛慮我不能熟悉臺北的地理方向。考試那天早晨，舅舅特別派用他自己的座車來接我去二女中參加入學考試。車中另有一位與我同年的少女，她便是世伯洪炎秋先生的女兒小如。舅舅的細心和關切，令我小小心中充滿了感激。那一次的考試對我是十分重要的，因爲他校都已於春季舉行過入學考，取則取不取則不取矣，是我由小學升入中學的唯一機會，幸得舅舅相助，我才能從容赴考場，終於如願考入了二女中。

舅舅與舅母只生有獨子表弟連戰，膝下難免寂寞，但是他常常說：「阿姊有四個女兒，秋漢有兩個女兒，都跟我自己的女兒一樣。」民國四十一年，我考入臺大中文系，舅舅家是母親第一個帶我去報喜訊的地方。我記得舅舅連連向我豎起大拇指誇讚：「了不起。讀中文系最好！你外公的學問有了傳人了。」次年，表弟考取政治系，我妹妹文仁取歷史系，表妹曉鶯取經濟系，都入了臺大，更令長輩欣喜異常。想當年在上海家的院子裡嬉笑頑皮的孩子們，都逐漸長大懂事了。這一年，舅舅的同鄉至友孫金寬先生的公子澄源也考上臺大電機系。澄源來自臺南，表妹來自臺中，二人都寄宿於舅舅當時爲建設廳長的官邸——在潮州街的日式大房子。由於我家在寧波西街，到舅舅家只須轉個彎，步行十分鐘可到，那一段時間，我和妹妹經常於假日流連舅舅家。我們五個大學生，所學各異，圍繞著舅舅和舅母閒談，往往竟日不倦。舅舅家居生活樸實無華，午間多享用舅母親手擀製的麵餃。舅舅學經濟，與表妹可謂同行，但他從政多年，而幼受庭訓，於文史又甚詳，唯於澄源所讀電機，他自稱「完全外行」，可又言談之間頗能及於許多應用科學問題，所以話題湧現，未嘗枯竭。

於今日回想起來，那眞是我們和舅舅相處最親密愉快的時光了。我們每個人都不會忘記，有一次大家談到當時正上演的美國喜劇電影「欽差大臣」，舅舅竟情不自禁模仿男主角丹尼凱在影片中誇張而狼狽的吃相。他的語言和動作整個投入，與我們年輕人完全不分彼此。那是我首次發現舅舅極幽默浪漫的一面，與平素嚴謹的外表迥然有別。

我讀研究所時，舅舅任民政廳長。當時我的戀愛正受阻於父母，母親見我執意不從，轉而求助於舅舅，要求他會見我的男朋友，並勸阻與我繼續交往。一日，舅舅邀約豫倫於上午八時到家相談。豫倫準時而至，坦率以告；詎料竟獲得舅舅賞識。後來，舅舅反勸我的母親：「阿姊，我看這個年輕人，除了窮一點，也沒什麼不好。他們既然相愛，你就成全了他們吧。」母親雖長舅舅六歲，俗謂「長姊若母」，平日舅舅是十分尊敬母親的，但母親對她唯一的弟弟，也頗爲倚重。由於舅舅開明的思想和一句支持的話，我和豫倫才得以順利成婚。

我結婚以後，忙於教書和自己的小家庭，而表弟出國深造。舅舅和舅母搬至士林，雖然當時舅舅身任內政部長，公務更形繁忙，但是他公餘除偶爾打高爾夫球外，別無嗜好，我和豫倫有時也專程去士林拜訪二老。我們夫婦都小有酒量，舅舅最喜歡我們陪他喝酒。舅舅爲人清廉公正，樂善好施，許多人受恩於他，唯有於年節時敬菸送酒致意，因此士林宅中，美酒幾呈氾濫。我們多數喝白蘭地酒，有時桌上有一碟花生米之類佐酒物；其實沒有佐酒肴菜時更居多。舅舅飲酒是純粹欣賞酒本身的甘醇，他食量原本不大，飲酒後更減少胃口，這或許是他始終清癯的原因，也是舅母不太喜歡他多飲酒的道理。但儘管清癯少攝食，喝了酒以後的舅舅比較愛說話。關於外祖父的逸事，便是在那種景況之下自然道出，而細酌漫談的點點滴滴，都成爲我寫《連雅堂傳》的最可貴資料了。

歲月流逝，往往不自知，待驀然一回首，始驚覺於時之不稍待。當時年少已逐漸步入中年，而我們的長輩則次第凋零。中年以後經歷不可避免的生離死別，在我們痛苦的回憶之中，卻又保留著一些甜蜜美好的痕跡。十年前，我於相鄰的兩年間連續喪失了母親和姨母；對於舅舅而言，先後失去僅有的姊姊和妹妹，白髮而悼手足，他雖不言語，內心的傷痛是可以想知的。

晚年的舅舅，辭去重要公職，奉聘爲總統府資政，他和舅母已自寬敞的士林宅第移居於臺北東區大廈之內，與返國服務政界的表弟一家，只須電梯代步來往。表弟事親至孝，人所共知，無論公私事務如何繁忙，上班之前下班之後，晨昏定省，無一日而怠慢，至於周日假期，更是隨時陪侍著兩位老人家。他們一家三代，每日有兩餐同桌共享，過著形式上分居而實質上團圓的理想生活。由於舅舅和舅母搬來臺北東區，與我的住所更爲接近，我去探訪的機會也無形間變得比較頻繁起來。舅舅患著痛風，而舅母則稍早因罹中風，右半身行動不便。我去看他們，多半選擇沒有課的下午四時左右。二老都已午覺醒來，坐在安靜得略顯寂寞的客廳內，舅母身旁有一位長年看顧她的護理小姐，舅舅則坐在另一端靠近電話的沙發椅上。我們隨便漫談，舅母時常掛記我兩個孩子的學業與生活近況。舅舅在舅母同我閒談時，經常都是手持玻璃杯，他的座位下有一瓶白蘭地酒，他默默地慢飲著那杯摻了白蘭地酒的開水。醫生規定他每日飲水若干量，「那白開水淡而無味，怎麼嚥得下去？我稍微對一點酒，好讓水喝下去順口些」。舅母對於他這個說辭，只好搖頭苦笑莫可如何。「文月，你去拿個酒杯來，陪舅舅喝。你喝純的，我喝摻水的。」舅舅的邀請，我是無法拒絕的。

那一天下午，舅舅的開水中或許多了一些白蘭地的比例，他說話的興致很好，卻也帶了一些感傷的氣氛；反反覆覆地對我說：「文月，你實在太像你母親。我看見你，就好像看見阿姊一般。」「你外公的文才，是傳給了你母親；你母親當年的文筆很不錯，可惜長年的家庭生活，拖累了她，沒有讓她發揮；所幸，你又繼承了這一分遺傳。你要好好珍惜自己的才學和機會啊。」說罷，他緩緩起身，到隔壁間書房去摸索一陣子，拿了一個舊牛皮紙袋交給我。那袋中裝的是我外祖父〈延平王祠古梅歌〉的手筆鉛版。〈延平王祠〉已收入《寧南詩草》集內，歌詞頗爲慷慨壯烈。舅舅把那鉛版送給我，要我好好保藏。他說：「連家兩代單傳，我是學經濟的，阿戰又是讀政治。你外公的一些東西，慢慢的，我要整理出來送給你。」

後來，我們又閒話家常種種，不覺得多遷延，辭出時暮色正四合。舅舅特地陪我乘電梯下樓，相送到門口，再三叮嚀：小心開車；忽又喚住我說：「舅舅年紀大了，不知早晚有什麼變化，你舅母身體也不好；阿戰，他單獨一個人，沒有兄弟姊妹，日後有什麼事情，文月，你是姊姊，要幫助他，照應他啊……」暮色令我看不清舅舅臉上的表情。平日十分達觀的舅舅，為什麼會對我談起這些話呢？當時有一種不祥的預感，在車座內遂忍不住地哭泣起來，久久無法平靜……。

兩年前，舅舅去世時，我一度提筆想寫紀念的文字，可是悲哀冰封了筆端，竟長歎不能成章。如今，舅舅的冥誕將屆，我勉強捕捉有記憶以來與舅舅相關的細瑣往事綴成此文；許多過去的歡愁，乃一一重回到燈下眼前來，令我感受十分哀傷但又十分甜美。

——一九八九年二月・選自九歌版《作品》

給兒子的信

——擬《傅雷家書》

一九八七年十月十五日夜

親愛的孩子：方才我在書房裡持續寫作一個多小時，感覺身心俱有些疲倦，便踱出來坐在客廳的沙發椅上休息，隨手撿出你臨別時錄製留贈與我的音帶，聽完了正面的男聲四重唱。你唱的是次低音，在均衡整齊的和聲中，你那略帶鼻音的唱法依稀可辨。還記得去年暑假的一個下午，你們四個大男孩就在這個客廳裡錄製此音帶，當時我並不知道那是你準備送給我的禮物呢。你從小就是比較沉得住氣的孩子啊。我尤其喜歡錄音帶的反面，你利用合唱剩下的空白部分，爲我彈奏了幾首古典吉他的曲子。你曾經說過你最崇拜的塞各維亞晚年的演奏已致爐火純青，往往不拘小節，而我聽得出你的指法似乎也想踰越尋常音律，當然，你還太年輕，有限的自我訓練更談不上藝術造詣，不過，對於音樂的喜好和領悟力，確實是在我們的不知不覺之中自己培養出來了。

那是從甚麼時候開始的？我已經記不得了。你對於音樂的醉心，表現在精選古典樂曲的唱片之上。你把大部分的零用錢、獎學金，和做家教領到的薪水都花費在購買唱片，以至於數量越來越多，我們不得不為你一再擴充放置唱片的空間。整個大學時代，甚至於在服兵役的假期裡，你在家的空閒時間，往往就是守著一套音響，手中拿的書或是理工科的原文版，或者是英文刊物，亦或是關於音樂的雜誌，就那樣子專注地陶醉於你心嚮往之的精神世界，而全然無視於走過你眼前的家人。

有一回深夜，你像往常那樣坐在客廳裡欣賞音樂，我則在自己的書房內閱讀寫作。我忘記其他的人是外出還是在樓上？總之，是一個非常安靜的夜晚。於書寫之際暫得片刻空隙，忽聞海飛茲的小提琴獨奏曲「流浪者之歌」。一曲終了，我走出書房，要求你重播一次給我聽。「原來，你也在聽啊！」你的眼神竟有喜悅與興奮的光芒流露。於是我們默默地並坐，再度欣賞那感傷而浪漫的曲調。那旋律和氛圍，倒是至今記憶猶新的。

今年暑假，我們準備去探望你，問你可需要帶些甚麼？你回信說什麼都不要，卻列出一些唱片的名單，要我們從你留下來的大批收藏中尋找出來迢遞運去。原來，在異國留學的生活中，你省吃儉用，居然又買了一組舊的音響設備，以及另一些唱片。

在羅城與你共度的半個月中，我觀察你的日常作息，除了要自己打理現實生活的一切瑣務外，其餘都與在臺北家居時並無甚分別。你仍然勤勤懇懇地依照過去習慣讀書、做實驗、慢跑、打籃球，同時還用大部分的休閒時間聽古典音樂。新大陸東北部的夏天，太陽遲遲不下，有一個傍晚，我爲你們三個人準備好晚餐，等待的時間，凝睇著映現在白牆上的窗外繁瑣的樹影，忽然有一種奇異的感覺產生，彷彿虛實莫辨，無法相信時間與空間變遷的事實。

十年前，你在臺北自己的房間裡擁著一隻吉他，曾經愣愣地問我：如果你也順應著時尚的叛逆心態而拒絕升學的話，我會如何看待你？我們溫和而理智地辯論，結果你接受了我的看法，並且選擇理工的世界做爲你未來發展的方向。在我們回顧的時候，時間似乎流逝得很快，但我們實在並沒有虛擲時間。十年來，你一旦對未來有了抉擇和憧憬，便像是對準了羅盤的舵手一般，穩健而恆毅地駛往既定的方向。你順利地通過每一個階段、每一個關口，以迄於今日。你從小到現在，幾乎未曾遭遇過什麼重大的挫折，一切都相當順利，所以同儕或許會認爲你很幸運。是的，人們往往把一個人的順利歸結於表面看到的幸運，卻忽略了順利的背後那一分努力和堅持。你的努力，我最知道。赴美之前，你悄悄地在我的梳妝台上留下一張卡片，那上面有感謝我和你父親養育的話，也有一句自我期許的話：「我知道這次將是生命中最後一次做學生的階段，我會好好珍惜。」你果然用事實證明了。每天不到凌晨不回宿舍，總是留在實驗室或研究室用功。你告訴我：「越到上面，遇見的對手越強。所以絲毫不能得意，更不能放鬆。」但我想，恐怕除此客觀環境之外，一個人多讀書後，心中更會明白知識的廣大浩瀚，自然也就會變得更虛心謙遜的罷。

說到讀書，我則又想起另外一些事情來了。你從小喜愛文學藝術，這也就是當初你在文科與理科的抉擇之間徘徊猶豫的原因；既已選定理科爲終生發展職志之所在，對於閱讀文藝方面書籍的時間，自然不免相對地減少。這次在你住宿處的書櫥上，我看到你從臺北帶去的《詩經》和泰戈爾《漂鳥集》等書擱置在較高部位，顯示出你較少去翻閱這些書。我明白那是你全神投入本科，未遑顧及其餘的緣故，但我還是希望你慢慢養成習慣善加支配時間，分一些精神閱讀文藝的書籍，尤其是哲學的書籍。現代的社會已經不可能有全才、通才的存在，知識愈分愈精細，大家必須分工合作，每個人扮演某個專才的角色。不過，我始終相信，無論文學家、音樂家，或科學家，若能夠在自己專精的知識基礎上，再多涉獵其他範圍的書籍，將會有更多的領會而豁然開通；即使閱讀之書駁雜無濟於所志向的專科又何妨？何況人生之路多麼寬闊，怎麼分辨得了有用與無用之區別呢？即令所讀內容一無濟於專業本行，總是會有助於豐富生命之內蘊。我時常被人問到：如何擬定讀書計畫一類的問題，其實，我眞心認爲讀書的樂趣乃在於無所爲而爲，驟然探得其中一點理趣的快樂，不太可能在功利式的閱讀計畫中獲得。我又始終堅信，無論文學家、藝術家、或科學家，終極的目的無非在追求眞善美的至高境界，而生活中的豐富理趣，正可以從旁協助我們接近這個境界。生命的軌道決不是單一的，應該有多種方向、多種層面才對。

除了讀書以外，做人更要緊。我認爲無論從事於哪一行業，或者成就如何，最後的目的是在做一個完好的人，如果讀書廣泛專精，而人格卑下，還不如做一個無知素樸的人。在你去年臨別的時候，你父親曾經給你幾句話，要你永銘於心，其中有一句是：無論失意或得意，在力爭上游的過程中，千萬不可踩在別人的頭上求取勝利。我在這封信裡爲他重複一次，因爲這也是我所深深同意的做人原則。今日的社會風氣似乎越來越多傾向於功利主義，爲達成目的而不擇手段的人比比皆是，但我們不希望我們的孩子趨利忘義。無論什麼時代，高尚的人格還是應該受到崇仰的。除此之外，我又希望你一方面能適應新環境，另一方面不要忘本，不要與你生長的故土脫節，所以去年八月間，我爲你訂購爲期一年的《天下雜誌》，做爲你二十五歲的生日禮物。今年暑假，一年期滿，知悉你已自動用獎學金續訂了這分雜誌，令我十分欣慰，因爲我看得出你用心閱讀，發現其中聯結你和國內動態發展的密切關係。有些青年人去國多年之後，專業的知識漸漸增加，卻逐漸與自己的國家疏遠陌生。我不希望我的孩子變成那樣子無根的人。

一口氣寫到這裡，才發現我竟然忘了問你近況如何，忘了一般母親對於孩子應有的噓寒問暖，說實在的，由於工作忙碌，近來甚至很久都沒有提筆給你寫信了。不過，我相信你是不會責怪我的。去年我生日的時候，你選了一張清雅的空白卡片寄給我，裡面有句：「我比別人驕傲，因爲我所受的教養使我比別人更能適應環境，我比別人驕傲，因爲我和母親的關係遠比別人親密。即使在地球的另一端，我仍感覺那條臍帶緊緊相連著。您也必會覺得臍帶的那頭已經延伸得很好。」孩子，你知道嗎？其實我也正感到安慰和驕傲，因爲千山萬水遙隔，我們依舊是那麼親密，而且互相了解，彼此信賴。

夜已深沉，我將停筆熄燈去休息，而在地球的另一端，該是旭日東昇，你自睡夢中悠悠醒來的時候，願你有美好充實的一天。

——一九八七年十月・選自洪範版《擬古》

歡愁歲月

兒子又在他的房中專心對著打字機敲打長長短短的英文字。隔著走廊，我在自己房裡一邊整理家務，一邊猜測那都是些什麼字？是感謝對方接受他入學申請嗎？或者只是一種表明志願的私函也說不定。除非得到他的允許，做母親的我也不能隨便偷窺他的信件。這種規矩原是好多年前，孩子們還不懂事的時候，我教給他們的：要尊重別人的隱私權，即使親如家人也不例外；並且以身作則，致有今日。但是，我現在竟有一種近乎按捺不住的好奇，想要知道他究竟在寫一封什麼樣的英文信。

我當然知道事情的大概。

二十四歲的兒子，大學已畢業，又於去秋服完兵役。原本不想追隨潮流渡洋留學，要先留在國內做事，得一些書本以外的實際經驗，但讀工科的他，在仔細觀察環境、自我反省以後，還是選擇了繼續出國深造之途。這是他自己的決定，我和他的父親都沒有干預影響他；

雖則結果相同，過程卻有別。

於是，自從去年秋天退伍以來，這事情便積極地進行著。他有一些同學好友商量，供給許多訊息。我又常見他對著一張新大陸的地圖，似乎在研究一些地理氣候等等的問題。有時他也在閒談之間詢問我曾經旅行過、訪問過的異鄉習俗。眉宇間認眞的表情，彷彿正燃燒著青春的理念與希望。近幾個月以來，郵箱內突然增多了他的航空信件。我明白事情必然是積極地朝預定的方向進行著。

到今年秋天時，兒子大概就會獨自離家到異國去讀書了。那時，也許他已經滿二十五歲，也許尙未。想到這事，我心中不免有淺淺的感傷，也同時混合著一些安慰與祝福的溫馨。

一向培養孩子們自主獨立的習慣，就是爲了有朝一日當他們需要振翼高翔時，希望他們能夠擁有一雙強勁有力的翅膀，足以抵禦風雨不定的天候。天下父母無不寵愛兒女，但有時親情愛護亦不能永遠庇佑他們。這是在兒子十歲那年他開盲腸時，令我深切感受到的。

眼看注射過全身麻醉劑的小小身軀，軟弱乏力地隨著推床左右晃動被推向手術室，當時我是多麼希望自己能代他承受這個痛苦啊！至少，在他最痛苦的時候陪在身旁，拉著他的小手，給他安慰和鼓勵；然而，我們只能送他到長廊門口，隔著玻璃門看自己的兒子，被一些白衣制服的陌生人繼續推向走廊那一頭，我突然明白，父母再愛孩子，孩子畢竟是一個獨立的個體，他的身體和命運，必須要他自己去奮力鍛鍊，克服爭取。

從那次的經驗以後，我盡量讓自己站在一個協助者的立場，減少直接的干預。我寧願讓他們接受一些挫折，從挫折的經驗裡漸漸成熟。

我常常自我反省，覺得自己還是一個不錯的母親；不過，老實說，有時也難免於挫折感的侵襲。爲了教書和寫作，我花太多的時間在自己的書房裡。孩子們從我這兒所得到的噓寒問暖式的母愛，必然較他們的朋友少得多。爲此，我有時暗自覺得歉疚。

大約是在兒子讀高中時期，有一回問過他：「你會因我不像別人的媽媽那樣全天候地照顧你們而感覺不滿嗎？」他笑笑地回答：「我怎能夠比較呢？我一生下來就只有你這個母親啊！」他的話雖然輕鬆，卻充滿體諒。當時幾乎有想哭的感動，我至今還記得。

孩子原是無法選擇父母的。由於孩子無法選擇更好的母親，所以我只有設法做一個更好的母親。然而，做母親有時也眞不容易；尤其在孩子十幾歲、似懂非懂、充滿反抗的時期。

我記得女兒在讀初三的那一年，特別讓我費神傷心。她和她的哥哥個性不同，從小好交遊，即使在升學考試的壓力下，也有無數的電話要接，無數的信件要回。那使她減少溫習功課，甚至睡眠休息的時間。我看著逐漸消瘦而功課又退步的女兒，不免心疼又發急，遂勸她暫時克制過分的交遊，專心向學。可是年輕的女孩子那裡聽得進這些「教條」？同樣的話重複幾遍後，不滿與反抗的情緒已然出現在那稚嫩的臉上。而電話鈴依然日夜不停地響，不僅占去她用功和休息的時間，也干擾了全家人的寧靜。最後，我不得不提出警告：「假如你自己不能跟朋友表示，下次接電話時，我便要告訴他們節省打電話的時間和精力，多用功一些。等考完試，大家再好好地玩吧。」

而每天她放學後，電話鈴依然一個接一個地響，時則午夜以後還有刺耳的聲音。我猶豫了一下。畢竟警告別人的孩子比自己的孩子更困難。但「言出必行」，也是我教育孩子的原則，遂終於委婉勸勉一個少年：「如果你們互相關心的話，應該彼此勉勵多用功。再過一個月，有的是談話時間，對不對？」語氣是溫和的，但態度是堅決的；我沒有把聽筒交給女兒。

女兒從房裡衝出來，脹紅臉指責我不尊重她，侮辱她的朋友！次晨，我在書房的桌面上看到女兒留給我的一封類似絕交的書信。那裡面說了一大套朋友相交的道理，最後也表示讀書要出於自願，「強迫」的方式，有時只會引起反效果！

讀完信後，我沒有氣憤，只是覺得十分委屈傷心。我把信摺疊好，收回信封放入抽屜內。一時間感到茫然，不知如何處理這件事。

女兒其實一向乖巧善解人意。在她小小的時候，冬夜改學生的卷子，我常常讓她坐在我的懷裡，用睡袍裹住她柔軟的小身體，母女心連心的幸福感與滿足感，彷彿是昨日之事，但她竟如此一夜之間變成了另一個我所不認識的小婦人！眼淚不自覺地沿頰落下。

我明白所有升學在即的孩子已形成一種特殊族類，他們都有莫大的心理壓力，那壓力來自校方日日的大小考試，甚至也包括來自家庭內過分關切的親情。我也明白，藉寫信、打電話來互相訴苦和安慰，其實是他們暫忘煩惱、逃避苦悶的一種方法。儘管了解其心態，做母親的我也自有正確輔導的立場，不能因爲收到女兒的「絕交書」而「認錯」討饒。

我決心讓事情自然發展和淡化。

女兒放學回家時的臉色是極不愉快的，她用沉默與冷淡表達心中的憤懣。時常，我望著她早早關閉的房門難過不已。不過我注意到，電話鈴不似往常響得多，信件也減少了。她的房門雖緊閉，深夜尚有一線燈光從門縫下溢出。我猜想倔強的她可能是加倍努力，要向我證明她能放也能收吧。只是她依然不願與我多交談，偶爾有必要，也只是以最少的字數表達。

家裡只有四個人，少了一個談話的對象是多麼寂寞啊！女兒又因爲對我的不滿，而似乎對全家的人也有對立的意識。我對此也感到極大的不安，不過，除了儘量不要再去刺激她，耐心等候她消除敵意，也別無他途。

這樣不快樂的日子整整持續了十餘日。女兒先是對父親和哥哥有了笑容。我有時在另一個房間聽他們說笑，既欣慰又嫉妒，是一種複雜矛盾的心情。然後，我試著用平常心與她多交談，她的反感彷彿倒也不再刻意冷漠，但雙方難免都有些不自然的矜持與尷尬。那眞是我今生不尋常的經驗！不過，我眞的爲女兒漸漸又回到我的懷抱，喜極而暗自流淚。

親子之情實在奇妙。有摩擦的時候，令你坐立難安，片刻不忘，一旦恢復正常，則又像呼吸空氣一般自然，以至於忘了一切。

這件事情過去很久之後，有一個晚上，我和女兒上街購物。她硬要搶過我手中大大小小的購物袋，減輕我的負荷，無端令我有提前衰老的感覺。我請她到一個精緻的小店喝茶。由於宿讀，只能周末返家的女兒，有說不完關於同學、老師、教官的話題。聽她滔滔不絕地講話，又見她眉飛色舞的神采，我幾乎忘記自己是她的母親，倒像是貼心知己的朋友似的。

住宿學校，令她獲得團體生活的正面與負面經驗。她皺起眉頭告訴我某些女孩子的不良習性，懷疑那是缺乏家教所致。「媽媽，我眞感謝你，從小教我要如何坐、如何立，免得我現在被別人嘲笑。」我起身去付帳，她又連忙撿起鄰椅上的各袋，並立在一處，她的身高已遠超過我。我微微仰看她青春姣好的面孔，私自慶幸女兒眞是長大了。

在回家的路上，她輕聲告訴我：「媽媽，我實在佩服你。有時候我想：如果我有一個女兒像我自己，眞不知該怎麼辦？」我愛憐地撫摸她細柔如絲的長髮：「那時候，你自有你自己的一套辦法疼愛她、教育她；不過，我祝福你有一個更乖順的女兒！」說完，我們兩個人同時笑了起來。

撫育兒女的歲月裡，充滿歡愁的許多經驗，彷佛漫長，卻實在是稍縱即逝的。我珍惜已經擁有的一切歡愁記憶。如果在母親節的這一天裡，我能許下一個願望的話，我願自己和兒女更努力地來維護我們這一分美好的關係。

——一九八六年五月．選自九歌版《文談》

臺先生的肖像

七年前的暑期，記不清楚是因爲心緒佳或情思鬱結，彷彿是暫時厭倦文字的孜孜矻矻經營，我從書房一隅找到了荒置多年的舊畫紙，已然有些泛黃了；又隨手抽取案前筆筒內一枝2B的鉛筆，試著照一本書冊頁內的川端康成影像，擬繪成那位日本作家清癯的相貌。同樣屬於握筆的工作，繪畫帶給我的快樂與成就感，竟然頗有別於遣詞謀篇綴文的辛勤。

次日，畫興仍濃。我翻找相簿，找到一張半年前王信所拍攝的臺先生影像，那是我陪她到溫州街龍坡里臺先生寓所，拍攝出來的佳作之一。

王信當時正籌畫拍攝人像開影展，她怕臺先生面對照相機會局促不安，所以特別邀我去和臺先生閒談。初時，臺先生和我都不免意識到那鏡頭後面的凝視，而稍感不自在。不過，王信盡量含蓄地左右上下捕捉動態，時間既久，我們也就逐漸忘了相機的存在而投入話題中。臺先生點燃一枝菸，也遞給我一枝菸和打火機。對抽著菸，似乎更覺閒在無所顧忌了。

那時，日本書道學會剛寄來一冊臺先生的書藝專刊，他欣欣然從籐椅邊側的矮几上取來，攤放在書桌前，要我爲他譯讀前面那一頁序文。遇著讚頌的詞句，他面上的表情倒是有些許赧澀和喜悅，提到他書法傳承的脈絡問題，則頻頻頷首表示同意。「是的，確乎如此。」他肯定自己的造詣，竟然與品評他人作品的口吻同樣的簡潔。約莫費時一個鐘頭，王信拍攝了三卷膠片，剩餘的幾張，也爲臺先生、師母和我合拍了若干不同的角度。照片沖印出來後，有幾張頗受臺先生喜愛。王信親自進暗房剪裁放大，贈送給臺先生，順便也送我數幀。

我挑選出來的一張，是黑白對比較強烈的側影，右側面幾乎大部分是暗影，只有眼鏡玻璃片後的眼神依稀可辨，整個背景也是暗調子的。這與當時書房內的光線有關，亦是王信攝影講究自然光不喜用閃光燈所致。不過，面部的輪廓十分清晰，應該是不難臨摹描繪的。

我取用同一枝筆、另一張紙，開始在畫面上測度大小、輪廓及動向，便開始一筆一筆著手畫起來。十五分鐘後，布局既定，心中便有一些自信，遂起坐離席，稍事徘徊。一方面是休息，一方面也是避免過度執著，會鑽入牛角尖，專注小處而忽略大局。忽然暗覺有趣，這習慣竟然與我近年來寫文章完全相同。我自幼喜愛畫人像，高中時期厭惡上數理的課，一本厚實的《范氏大代數》直立書桌上，正好可以擋住老師的視線，常常僞裝做筆記，其實私下畫著一張張的電影明星鉛筆畫像，同學們都知悉此事；實則，我是爲班上影迷同好繪製那些肖像的。那時候，通常可以一氣呵成，不必費時猶豫。早年寫文章亦復如此，有了靈感，往往能夠不假思索綴辭。其後，文章越寫越短，而且愈多顧慮，且又養成中途必須停頓以冷卻思緒的習慣。不知是年紀長大，精神體力不繼，還是其他原因。多年不提畫筆，一旦作畫，這種寫文章的習慣竟隱隱然也出現在構圖布局之際。

把五官定位之後，便開始描繪細部。做臺先生的學生三十年了，從學生時代坐在課堂上聆聽他講課，到其後數不清次數的面對面請益或閒談，都沒有如此專注仔細地端詳過他臉上每一處細微的部分。雖然較諸年輕時代的俊美，八十餘歲的臺先生身體已發福，面部也顯然豐腴了許多，卻更具長者的尊嚴與風貌。我重新驚異地發現，他挺直而骨肉均勻的鼻樑、炯炯智慧的眼神、厚薄大小適宜的嘴唇，和象徵福壽的長耳，整個的配合，依舊是十分好看。我很少看到這樣好看的老人。

最難以捕捉表現的是鏡片後面的眼神。王信偏愛暗調子的沖印效果，如果完全依照相片的明暗對比，幾乎會使雙目在暗影下模糊不清楚，尤其右眼，實在難以辨視，故只得做適度調整，減低明暗度的對比，以求畫面效果。臺先生的眼鏡，多年來愛用著那一副老式黑色框架的；不過，後來白內障開刀後，看小字尚須借助放大鏡。他性急，有時也不免抱怨：「老了，眞不中用。討厭死啦！」其後，逐漸習慣，始較能接受現實。歲月流逝，體氣衰老，確實是無可奈何之事！他原來並不留鬍鬚的，七十歲那一年太夫人過世，依古制不剃，後遂留上鬚。他的鬍鬚不如魯迅先生的濃厚，但疏密有致，且又有幾莖花白摻雜其間，亦頗神氣。

當時攝下的那個表情，是剛剛說完什麼話嗎？還是在聽我談什麼話呢？嘴角帶一些笑意。這微微的笑意，緩和了稍顯嚴肅的眼神，使照片上的臺先生看起來和藹一如往常。我用鉛筆來回加深嘴角的紋路和暗影，及下巴渾厚的趣旨，那種感覺就浮現了。鼻子、耳朵、頸部和眉毛，都比較容易表現，但眉間的一點皺紋，卻不易處理。太深會使整個表情凝重，過淺又無法襯托思考的印象。近年來，臺先生的頭髮竟如此稀疏變白，這倒是平日不怎麼刻意去注視的，只記得話興濃時，他常常會用手指去抓一抓頭皮，是那種不經意而快速的動作。我用快速而簡單的筆法淡化髮部，以求凸顯顏面；樸素的衣領，也不必過分注意細節吧。照片的背景是沉暗的，我故意使其留白。這是繪畫得有別於攝影之處，畫者比較多一些取捨變化的自由空間。最後，小心點染一些老人斑。因爲雖已淡化，整個臉部還是相當暗，斑點太深會像痣，太淺則又根本顯現不出來。原來，臺先生臉上的老人斑還眞不少。可能是由於他皮膚較黑，平時沒有注意到，但說實在的，普通談話時，誰會刻意去看別人臉上的斑痣等細處呢？

久不作畫，這樣一張素描，修修改改，竟也花費一個上午的時間。

傍晚時分，我連同畫冊內川端康成的肖像，一起攜帶到溫州街。臺先生端詳良久，十分喜歡。「畫得好，送我吧。」師母也在一旁笑瞇瞇地說：「很像、很像。」但我沒有什麼把握，怕他們兩位老人家是故意安慰我。正巧，他們的小孫兒么么跑過，我拿畫像給他看，問：「這是誰啊？」「爺爺嘛！」么么斬釘截鐵的說。當時他只有兩三歲許大，小孩子應該是不懂客套安慰的吧。

其實，我自己認爲川端康成的肖像畫得較好，但臺先生說：「我這張畫得更好！」其實，我原想要自己保留的，但臺先生和師母都喜歡，只好答應配好框子再送過去。

素描肖像不宜配太複雜的框子，老人畫像不宜太華麗，但也忌諱過於素淨。我到美術文具店訂製一個木框，請店主替我襯托各種顏色的紙板樣式。最後，挑選了墨綠色，但於靠近畫紙的四周，押一條細細的暗紅色，如此，看來既典雅而又帶一些喜氣。我相當滿意。

臺先生也十分滿意。他立刻把畫像掛在書房牆上，進門可見之處。我不是畫家，沒有受過嚴格的技巧訓練，那肖像只是一時心血來潮之作，想不到竟會讓我的老師如此高興。那日正逢教師節。

十一月九日星期五，上午出門時，豔陽熾熱，有如盛夏，正午授完課步出教室，天氣驟變，起風飄細雨，頗有些寒意。我快步走過風雨的校園到停車處。開啓車門時，迎面颳來的風夾帶的砂粒吹入眼中，令我流淚。我掏出手帕拭淚，待砂粒隨淚流出，方始發動引擎駛向歸途。霎時心頭忽一陣騷動，有異樣的感覺，但午後有公務要事，便也忙碌中忘了那個異樣的感覺。

一點十分，我已用餐畢，正待公家的車來迎，忽聞電話鈴響起，竟然是臺先生過世的噩耗！近十個月以來，臺先生纏綿病榻，許多學生關懷，頻頻探病，我自己也幾乎三兩天就去醫院看他；沒想到不及送終，也未能瞻仰遺容，委實悲痛遺憾！

當晚，我和張臨生從外雙溪趕至溫州街。日式房舍的玄關中央，已設置了簡單的靈堂。白布蒙罩方几，素花鮮果和香爐在上，端起兩炷香，仰視臺先生放大的近照，彷彿是夢幻，不能相信是眞實的事情。抑制了一個下午的悲哀，終於崩潰，我泣涕不能禁止。

益公和惠敏讓我們上去，坐在書房裡。桌面上書籍筆墨依舊，但臺先生常坐的那張籐椅空空在書桌前。今後我們將永遠不再見到老師坐在那裡談笑論事講學問了。

辭歸時，我回頭看了一下牆上那張肖像。肖像不會隨人而去，在我們的心中，老師的學行典範與許多美好的記憶，也永遠不會消失。哀傷中，我忽又體悟到這一點令人安慰之事。

——一九九〇年十一月・選自九歌版《作品》

因百師側記

我在書桌左側的底層抽屜內，收藏著三本老舊的筆記本，雖然封面破損、紙張泛黃，而且字跡也相當模糊了，我一直都小心保存著。這三本舊筆記本，都是我大學時期上鄭因百老師的課記錄下來的，其中有兩本是詞曲選的筆記，另一本是陶謝詩課的筆記。

陶謝詩的筆記比較簡單。大概是有一部分的文字記留在課本上，書的空白處容納不下的心得，才寫在筆記裡的緣故。

至於兩本詞曲選的筆記，當年眞是十分用心記的。凡是鄭先生在課堂上講授過的每一家每一篇作品，我都相當整齊而有系統地記錄下來。其實，我所以三十餘年來如此小心地保存這兩本舊筆記，倒不僅是爲了留駐自己用心聽課的痕跡而已，那上面的每一頁裡，都有當年鄭先生爲我仔細批改的紅墨水鋼筆字跡。

事隔多年，我已不記得是否當時同學們都是這樣做筆記的；但我清楚記得自己做筆記的方法，不是課堂上寫，而是每一次上完課回家，再將聽課的心得整理出來。有時候，我把鄭先生授課所講的詞曲理論，及各家作品的風格特色記下來，有時候也附加我自己的意見；更有一些文字，是把古典作品改寫爲短篇的小品散文，以大膽取代個人的聽課心得，而在每一詞家之後，總有一段綜合小論。這樣的筆記，約莫是隔週請鄭先生過目的。通常三數日後，他便發還給我。除了改正我的錯別字，記錯的地方，或值得商榷處以外，偶有一得之處，鄭先生每有雙圈表讚賞，更有一些眉批按語鼓勵；至於我逕以類似翻譯改編的白話小品替代心得處，鄭先生也曾批曰：「於講授諸語，頗能扼要記出，不失原意，有時參以己見，作適當之發揮，尤爲可喜。望循此途徑作去。勉之！」當時我正讀大學二年級，在古典文學的研讀方面，才開始摸索之際，能夠得到師長如許厚愛與鼓勵，委實有助建立較大的信心，也拓展更寬的興趣。

這些本子，隨我輾轉數易居處，一度也因住宅區域淹水而浸濕過，但細心曬乾後，部分字跡雖然更形模糊，幸而大體尚可辨認，偶爾重新翻閱，不僅引發我年少求學時期的許多溫馨美好記憶，而當日每當本子發下時按捺不住的興奮心情，也總還是歷歷如昨。

鄭先生是大學時期教導我文學課程最多的老師。從大學到研究所，我曾經正式選修過他教授的詞曲、宋詩及陶謝詩。他治學嚴謹，學識淵博，是眾所周知的。一本《從詩到曲》（後收入《景午叢編》），正可以代表他研究的方向；然而，事實上，凡是有關中國文學的問題，我們只要向他請教，無不獲得圓滿的解疑，而鄭先生又博聞彊記，我們學生之間，莫不視他為活辭典。

鄭先生的外貌看似嚴肅拘謹，但上過他課的人都知道，他其實是十分寬容而且風趣的。三十多年來，我從未見過他對任何人發脾氣，「躬自厚而薄責於人」的典型，大概就是指我所認識的這位師長了。

鄭先生患近視，而且很早即有重聽傾向，但是在講解文學的課堂上，我記得他曾不止一次的模倣風聲、水聲，甚至於細雪飄落的聲音。說實在的，當時我年輕，並不眞相信鄭先生認眞想告訴我們的話；及至自己年事漸長，閱歷漸多，才體會「反聽之為聰」的道理。文學的感應，或許是內省重於外求的罷。

鄭先生具有文人特有的敏感稟質，他看來倒是不像一位膽量特別大的人，但我又記得在講解詩鬼李賀的作品時，因話題及於鬼而告訴過我們：「你們不必怕鬼。若眞遇著鬼時，只要想一想：我頂多變成跟他一樣！」這雖是說笑的話，但對於膽小的我，一直是很好的信條。其實，凡事只要有最壞的打算，也就沒有什麼得失的計較。這一點，也是我後來才逐漸明白的道理。

我的學士論文〈曹氏父子及其詩〉，與碩士論文〈謝靈運及其詩〉都請鄭先生擔任指導教授。對於論文綱領，鄭先生要求我事先向他報告和商議，但是文章的內容方向，則儘量讓我自由發揮，而沒有給予任何限制。年輕人思想不免有些狂妄或武斷，但是只要能夠自圓其說，他也容許我執一偏之見。到如今，我都十分感激鄭先生這種開放包容的胸襟。我後來逐漸走上研究六朝文學之途，飲水思源，實在是他培養出我的興趣，復又建立起我的信心。

碩士班畢業後，我幸運地獲得留校任教的機會，並且又與鄭先生同在一個研究室。他的書桌在靠中庭的窗邊，我則分配到近門口的一個位置，朝夕請益的機會，反而較大學時代更多。遇著共同有課的日子，利用下課休息時間，鄭先生常常會有閒談種種的逸興；有時我輕輕走入室內，他正埋首翻閱書籍，並沒有注意到有人進來，我也不敢打擾，逕自坐下，望著那一身清癯的側影，不禁有一種溫馨的感動。在如此一個動亂的時代裡，能夠追隨一位自己欽佩的長者這麼多年，是多麼難得的事情啊！

十二年前，鄭先生退休了，卻仍繼續兼任教授研究所的課程，仍常在同一個位置上看書或休息，他自己打趣地說：「這叫做藕斷絲連。」後來，他辭去了兼任教授，告訴我：「近年來腿勁不足，不喜歡上下樓梯。」我看著他一點一點清理抽屜裡的東西，又把背後書櫥內的書籍慢慢地有些歸還學校，有些搬回家裡，心中有說不出的寂寞與感傷。

所幸，鄭先生的家就在學校附近，早晚有疑難請益時，只要先打個電話約好時間，他便在客廳裡等著，等我到達時，往往所需用的一本書或一摞書已經擺好在矮几上。鄭先生的記性還是不減往日，哪一段文字在什麼書的哪一部分，他都記得十分清楚。等翻找到有問題的一段文字時，他往往要摘下近視眼鏡，瞇起左眼，將右眼貼近書葉，上下移視；至於我自己，反而要快快自皮包裡尋找眼鏡戴上，才能看清楚那些小字體。三十多年來的師生關係，若說有什麼變化，這種眼鏡取捨方式的顛倒，或者是唯一可指稱處罷。

鄭先生也還是依然清癯如昔，除了近兩年腿勁稍不如前，雖清癯而硬朗。我想，這大概與他生活規律、飲食節制有很大的關係。他很少參加外邊的應酬，若有學生誠懇邀約，倒也偶爾出來，而若有老朋友臺靜農先生、孔達生先生在座，他會更高興。說笑話時，他習慣摸一摸自己的鼻頭，聲音往往並不大，卻經常能引起臺先生和孔先生的豪爽笑聲。孔先生一度戒酒，變成飲酒的旁觀者，使筵席間冷清不少。鄭先生的小酌，則與臺先生的大飲成有趣的對比。不過，酒席尾聲的甜點，大家總記得多放一分在鄭先生面前。鄭先生喜歡甜食，是老學生們都知道的。

前些時候，難得空閒，我曾打電話約好下午去看鄭先生。去前，先繞到一家西式糕餅店，挑了幾種精緻的甜點。鄭先生早已坐在前院的棚下等我了。透過花式的鐵門，他見我來，未等按電鈴，便緩緩走來替我開門。夏季裡家居，他總愛穿一襲半舊的白色中國式衫褲，在花木扶疏的背景襯托下，一時令我暫忘這個車馬喧囂的人境，「龍淵中隱」——鄭先生的筆名竟十分具體彰明地呈現在眼前。

這一次，我不是爲了任何書籍疑難或論著滯礙而來。炎熱的暑期，難得有一個清閒的午後，能如此安詳地與老師相對而坐，一邊看他愉悅地享用點心，一邊聽他漫談近況瑣事，眞是人生極美好的片刻。鄭先生告訴我，目前持續做的一項工作是整理他自己的舊詩。這是頗費眼力的工作，但他寧願自己一個字一個字地抄寫下來，偶爾也自註詩中典故或本事。我明白鄭先生的心情：文人最珍惜者，莫過於花心血認眞寫作的詩文。他不願假手他人做這一分謄書的工作，大概在重抄之際，許多寫作時的歡愁經驗會重新令他感動的罷。我彷彿看見鄭先生把近視眼鏡摘下，顏面幾乎觸及稿紙，用略微顫抖的正楷小體書寫時的樣子；那字跡應與我小心留存的舊筆記裡的紅字相同的罷，心底遂有一種難以言喻的感動！

我在鄭先生的客廳裡坐了多久，已不記得了，但記得辭出時已是天色昏黃。我的車子停靠在他家側面的鐵欄邊。我在門口鞠躬道別請他留步，然後繞到巷內；鄭先生竟也隨便觀賞院中花鳥，從透花的柵垣內頻頻向我揮手。

我迎著鮮紅而不再熾熱的夕陽駛車回家，滿載著幸福的感覺。

——一九八六年九月・選自九歌版《文談》

溫州街到溫州街

從溫州街七十四巷鄭先生的家到溫州街十八巷的臺先生家，中間僅隔一條辛亥路，步調快的話，大約七、八分鐘便可走到，即使漫步，最多也費不了一刻鐘的時間。但那一條車輛飆馳的道路，卻使兩位上了年紀的老師視爲畏途而互不往來頗有年矣！早年的溫州街是沒有被切割的，臺灣大學的許多教員宿舍便散布其間。我們的許多老師都住在那一帶。閒時，他們經常會散步，穿過幾條人跡稀少的巷弄，互相登門造訪，談天說理。時光流逝，臺北市的人口大增，市容劇變，而我們的老師也都年紀在八十歲以上了，辛亥路遂成爲咫尺天涯，鄭先生和臺先生平時以電話互相問安或傳遞消息；偶爾見面，反而是在更遠的各種餐館，兩位各由學生攙扶接送，筵席上比鄰而坐，常見到他們神情愉快地談笑。

三年前仲春的某日午後，我授完課順道去拜訪鄭先生。當時《清晝堂詩集》甫出版，鄭先生掩不住喜悅之情，教我在客廳稍候，說要到書房去取一本已題簽好的送給我。他緩緩從沙發椅中起身，一邊念叨著：「近來，我的雙腿更衰弱沒力氣了。」然後，小心地蹭蹬地在自己家的走廊上移步。望著那身穿著中式藍布衫的單薄背影，我不禁又一次深刻地感慨歲月擲人而去的悲哀與無奈！

《清晝堂詩集》共收鄭先生八十二歲以前的各體古詩千餘首，並親爲之註解，合計四八八頁，頗有一些沉甸甸的重量。我從他微顫的手中接到那本設計極其清雅的詩集，感激又敬佩地分享著老師新出書的喜悅。我明白這本書從整理、謄寫，到校對、殺青，費時甚久；老師是十分珍視此詩集的出版，有意以此傳世的。

見我也掩不住興奮地翻閱書頁，鄭先生用商量的語氣問我：「我想親自送一本給臺先生。你哪天有空，開車送我去臺先生家好嗎？」封面有臺先生工整的隸書題字，鄭先生在自序末段寫著：「老友臺靜農先生，久已聲明謝絕爲人題寫書簽，見於他所著《龍坡雜文》〈我與書藝〉篇中，這次爲我破例，尤爲感謝。」但我當然明白，想把新出版的詩集親自送到臺先生手中，豈是僅止於感謝的心理而已；陶潛詩云：「奇文共欣賞，疑義相與析。」何況，這是蘊藏了鄭先生大半生心血的書，他內心必然迫不及待地要與老友分享那成果的吧。

我們當時便給臺先生打電話，約好就在那個星期日的上午十時，由我駕車接鄭先生去臺先生的家。其所以挑選星期日上午，一來是放假日子人車較少，開車安全些；再則是鄭先生家裡有人在，不必擔心空屋無人看管。

記得那是一個春陽和煦的星期日上午。出門前，我先打電話給鄭先生，請他準備好。我依時到溫州街七十四巷，把車子停放於門口，下車與鄭先生的女婿顧崇豪共同扶他上車，再繞到駕駛座位上。鄭先生依然是那一襲藍布衫，手中謹慎地捧著詩集。他雖然戴著深度近視眼鏡，可是記性特別好，從車子一發動，便指揮我如何左轉右轉駛出曲折而狹窄的溫州街；其實，那些巷弄對我而言，也是極其熟悉的。在辛亥路的南側停了一會兒，等交通號誌變綠燈後，本擬直駛到對面的溫州街，但是鄭先生問：「現在過了辛亥路沒有？」又告訴我：「過了辛亥路，你就右轉，到了巷子底再左轉，然後順著下去就可以到臺先生家了。」我有些遲疑，這不是我平常走的路線，但老師的語氣十分肯定，就像許多年前教我們課時一般，便只好依循他的指示駕駛。結果竟走到一個禁止左轉的巷道，遂不得不退回原路，重新依照我所認識的路線行駛。鄭先生得悉自己的指揮有誤，連聲向我道歉。「不是您的記性不好，是近年來臺北的交通變化太大。您說的是從前的走法；如今許多巷道都有限制，不准隨便左轉或右轉的。」我用安慰的語氣說。「唉，好些年沒來看臺先生，路竟然都不認得走了。」他有些感慨的樣子，習慣地用右手掌摩挲著光禿的前額說。「其實，是您的記性太好，記得從前的路啊。」我又追添一句安慰的話，心中一陣酸楚，不知這樣的安慰妥當與否？

崇豪在鄭先生上車後即給臺先生打了電話，所以車轉入溫州街十八巷時，遠遠便望見臺先生已經站在門口等候著。由於我小心慢駛，又改道耽誤時間，性急的臺先生大概已等候許久了吧？十八巷內兩側都停放著私家小轎車，我無法在只容得一輛車通行的巷子裡下車，故只好將右側車門打開，請臺先生扶鄭先生先行下車，再繼續開往前面去找停車處。車輪慢慢滑動，從照後鏡裡瞥見身材魁梧的臺先生正小心攙扶著清癯而微僂的鄭先生跨過門檻。那是一個有趣的形象對比，也是頗令人感覺溫馨的一個鏡頭。臺先生比鄭先生年長四歲，不過，從外表看起來，鄭先生步履蹣跚，反而顯得蒼老些。

待我停妥車子，推開虛掩的大門進入書房時，兩位老師都已端坐在各自適當的位置上了——臺先生穩坐在書桌前的籐椅上，鄭先生則淺坐在對面的另一張籐椅上。兩人夾著一張寬大的桌面相對晤談著；那上面除雜陳的書籍、硯臺、筆墨，和茶杯、菸灰缸外，中央清出的一塊空間正攤開著《清畫堂詩集》。臺先生前前後後地翻動書頁，急急地誦讀幾行詩句，隨即又看看封面看看封底，時則又音聲宏亮地讚賞：「哈啊，這句子好，這句子好！」鄭先生前傾著身子，背部微駝，從厚重的鏡片後瞇起雙眼盯視臺先生。他不大言語，鼻孔裡時時發出輕微的喀嗯喀嗯聲。那是他高興或專注的時候常有的表情，譬如在讀一篇學生的佳作時，或聽別人談說一些趣事時；而今，他正十分在意老友臺先生對於他甫出版詩集的看法。我忽然完全明白了，古人所謂「奇文共欣賞」，便是眼前這樣一幕情景。

我安靜地靠牆坐在稍遠處，啜飲杯中微涼的茶，想要超然而客觀地欣賞那一幕情景，卻終於無法不融入兩位老師的感應世界裡，似乎也分享得他們的喜悅與友誼，也終於禁不住地眼角溫熱濕潤起來。

日後，臺先生曾有一詩讚賞《清晝堂詩集》：

千首詩成南渡後，
精深雋雅自堪傳。
詩家更見開新例，
不用他人作鄭箋。

鄭先生的千首詩固然精深雋雅，而臺先生此詩中用「鄭箋」的典故，更是神來之筆，實在是巧妙極了。

其實，兩位老師所談並不多，有時甚至會話中斷，而呈現一種留白似的時空。大概他們平常時有電話聯繫互道消息，見面反而沒有什麼特別新鮮的話題了吧？抑或許是相知太深，許多想法盡在不言中，此時無聲勝有聲嗎？

約莫半個小時左右的會面晤談。鄭先生說：「那我走了。」「也好。」臺先生回答得也簡短。

回鄭先生家的方式一如去臺先生家時。先請臺先生給崇豪、秉書夫婦打電話，所以開車到達溫州街七十四巷時，他們兩位已等候在門口；這次沒有下車，目送鄭先生被他的女兒和女婿護迎入家門後，便踩足油門駛回自己的家。待返抵自己的家後，我忽然冒出一頭大汗來。覺得自己膽子眞是大，竟然敢承諾接送一位眼力不佳，行動不甚靈活的八十餘歲老先生於擁擠緊張的臺北市區中；但是，又彷彿完成了一件大事情而心情十分輕鬆愉快起來。

那一次，可能是鄭先生和臺先生的最後一次相訪晤對。

鄭先生的雙腿後來愈形衰弱；而原來硬朗的臺先生竟忽然罹患惡疾，纏綿病榻九個月之後，於去秋逝世。

公祭之日，鄭先生左右由崇豪與秉書扶侍著，一清早便神色悲戚地坐在靈堂的前排席位上。他是公祭開始時第一位趨前行禮的人。那原本單薄的身子更形單薄了，多時沒有穿用的西裝，有如掛在衣架上似的鬆動著。他的步履幾乎沒有著地，全由女兒與女婿架起，危危顚顚地挪移至靈壇前，一路慟哭著，涕淚盈襟，使所有在場的人備覺痛心。我舉首望見四面牆上滿布的輓聯，鄭先生的一副最是眞切感人：

六十年來文酒深交弔影今爲後死者
八千里外山川故國傷懷同是不歸人

那一個仲春上午的景象，歷歷猶在目前，實在不能相信一切是眞實的事情！

臺先生走後，鄭先生更形落寞寡歡。一次拜訪之際，他告訴我：「臺先生走了，把我的一半也帶走了。」語氣令人愕然。「這話不是誇張。從前，我有什麼事情，總是打電話同臺先生商量；有什麼記不得的事情，打電話給他，即使他也不記得，但總有些線索去打聽。如今，沒有人好商量了！沒有人可以詢問打聽了！」鄭先生彷彿爲自己的詩作註解似的，更爲他那前面的話作補充。失去六十年文酒深交的悲哀，絲毫沒有掩飾避諱地烙印在他的形容上、回響在他的音聲裡。我試欲找一些安慰的話語，終於也只有憫然陪侍一隅而已。腿力更爲衰退的鄭先生，即使居家也須倚賴輪椅，且不得不雇用專人伺候了。在黃昏暗淡的光線下，他陷坐輪椅中，看來十分寂寞而無助。我想起他〈詩人的寂寞〉啓首的幾句話：「千古詩人都是寂寞的，若不是寂寞，他們就寫不出詩來。」鄭先生是詩人，他老年失友，而自己體力又愈形退化，又豈單是寂寞而已？近年來，他談話的內容大部分圍繞著自己老化的生理狀況，又雖然緩慢卻積極地整理著自己的著述文章，可以感知他內心存在著一種不可言喩的又無可奈何的焦慮。

今年暑假開始的時候，我因有遠行，準備了一盒鄭先生喜愛的鬆軟甜點，打電話想徵詢可否登門辭行。豈知接電話的是那一位護佐，她勸阻我說：「你們老師在三天前突然失去了記憶力，躺在床上，不方便會客。」這眞是太突然的消息，令我錯愕良久。「這種病很危險嗎？可不可以維持一段時日？會不會很痛苦？」我一連發出了許多疑問，眼前閃現兩周前去探望時雖然衰老但還談說頗有條理的影像，覺得這是老天爺開的玩笑，竟讓記性特好的人忽然喪失記憶。「這種事情很難說，有人可以維持很久，但是也有人很快就不好了。」她以專業的經驗告訴我。

旅次中，我忐忑難安，反覆思考著：希望回臺之後還能夠見到我的老師，但是又恐怕體質比較薄弱的鄭先生承受不住長時的病情煎熬；而臺先生纏綿病榻的痛苦記憶又難免重疊出現於腦際。

七月二十八日清晨，我接獲中文系同事柯慶明打給我的長途電話。鄭先生過世了。慶明知道我離臺前最焦慮難安的心事，故他一再重複說：「老師是無疾而終。走得很安詳，很安詳。」

九月初的一個深夜，我回來。次晚，帶了一盒甜點去溫州街七十四巷。秉書與我見面擁泣。她爲我細述老師最後的一段生活以及當天的情形。鄭先生果然是走得十分安詳。我環顧那間書籍整齊排列，書畫垂掛牆壁的客廳。一切都沒有改變。也許，鄭先生過世時我沒有在臺北，未及瞻仰遺容，所以親耳聽見，也不能信以爲眞。有一種感覺，彷彿當我在沙發椅坐定後，老師就會輕咳著、步履維艱地從裡面的書房走出來；雖是步履維艱，卻不必倚賴輪椅的鄭先生。

我辭出如今已經不能看見鄭先生的溫州街七十四巷，信步穿過辛亥路，然後走到對面的溫州街。秋意尚未的臺北夜空，有星光明滅，但周遭四處飄著悶熱的暑氣。我又一次非常非常懷念三年前仲春的那個上午，淚水便禁不住地婆娑而往下流。我在巷道中忽然駐足。溫州街十八巷也不再能見到臺先生了。而且，據說那一幢日式木屋已不存在，如今鋼筋水泥的一大片高樓正在加速建造中；自臺先生過世後，實在不敢再走過那一帶地區。我又緩緩走向前，有時閃身讓車輛通過。

不知道走了多少時間，終於來到溫州街十八巷口。夜色迷濛中，果然矗立著一大排未完工的大廈。我站在約莫是從前六號的遺址。定神凝睇，覺得那粗糙的水泥牆柱之間，當有一間樸質的木屋書齋；又定神凝睇，覺得那木屋書齋之中，當有兩位可敬的師長晤談。於是，我彷彿聽到他們的談笑親切，而且彷彿也感受到春陽煦暖了。

——一九九一年九月・選自九歌版《作品》

一位醫生的死

父親去世倏忽已經六年過去了。每當我緬懷父親的同時，很自然的也會想起C大夫和他曾經與我說過的話語。

父親原來是一位勤毅而生命力極強的人，但晚年因爲糖尿病引起的血管阻塞致腿部下半段壞死。兩個月之內鋸除膝蓋下方的左右雙腿，保留了生命。九十高齡而施行嚴重的手術，居然得以繼續生存五年，不得不歸功於現代醫術的高明，但父親強烈的求生意志隱隱然必也是一大原因；只是繼續存活的那五年，失去雙腿下半截的父親，無法行走，無法自己坐起，一切仰賴於他人，而在最後一年裡，他甚至多時是緊閉眼睛沉睡不醒的。

那五年之中，我雖然無法親自照料病中的父親，但幾乎每天都到醫院探望，遇有狀況發生時，則又日趨多次。

C大夫是父親的主治醫師。我時常在病房中不期然遇見晨昏必來巡視父親病情的C大夫。那一間病房並不寬敞，除了病床、桌櫃、電視機，和一張晝做沙發椅、夜供護佐休憩用的長椅外，便只有兩張高靠背的簡單木椅。護佐坐在桌櫃邊那一隻椅上，我通常就坐在靠窗的另一隻陪陪父親。C大夫進入病房內，我一定起立表示敬意和謝忱。病人及病人的家屬對於醫生和護士的感激之情，總是由衷而自然的流露出來。C大夫對父親的熱心關懷，尤其令我敬重。他的家在醫院附近步行五分鐘的距離，即使周末假日，他也會抽空穿著便服來探望他的病人。

C大夫和我夾著病床對立的次數，實在難以計數。初時，他對我談說的內容，總不免圍繞著父親的病況，諸如體溫、血壓、血糖如何如何，以及如何治療等等問題。我唯唯恭聽，常常感覺有一種無奈在心頭。那體溫、血壓和血糖等等代表生理狀況的指數起起落落，往往是今日和昨日無甚差別，此月與上月亦情況相仿。C大夫重複講述類似的話題多次以後，大概也覺得有些疲憊的吧。在父親的病情穩定但無甚進展的時候，他偶爾也會談說一些其他的問題。

「我年輕的時候，常常很驕傲。覺得做爲一個醫生救治了許多病人，讓他們回復健康的身體，是很了不起的事情。」

說此話時的C大夫，雖年近古稀，雙鬢華白，但面色紅潤，身材高挺，談吐溫文儒雅。

「可是，近年來，我往往感到自己的能力有限。許多事情似乎不是那麼有把握。」

他把視線收回到病床的中央。那個部位的白色被單底下忽然下陷呈平坦，父親的身體只餘原來的三分之二。

有時候，在例行的檢驗完畢後，C大夫並不說什麼。他只是站在病床的另一邊默默與我相對，悲憫地陪著我俯視沉睡似若嬰孩的父親，口中喃喃：「怎麼辦？怎麼辦？怎麼辦呢？高明的醫術保留了父親的生命，但是父親還是失去了許多許多。包括外形和精神，父親變成了我所不認識的人了。

有一次，於例行檢驗後，C大夫竟然神情悲傷地問我：

「人，爲什麼要生呢？既然終究是會死去。」這樣的話語忽然出自一位資深的醫生，不禁令我錯愕，猝不及防。我一時覺得自己髣髴是面對課堂上一位困惑不解的學生，需要回答一個非常艱難的疑問，遂不自覺地道出：

「其實，不僅是人會生會死。狗、貓也一樣的。」

「那狗、貓爲什麼要生？既然會死。」

「不但狗、貓。花草也一樣會生死。」

「花和草爲什麼要生？」

這樣的推衍似乎有些遊戲性質，但我記得那個夕陽照射入病房一隅的下午，C大夫和我說話的語氣及態度毋寧皆是嚴肅且認眞的；我也沒有忘記當時我忽然懷疑陶潛詩：「天地長不沒，山川無改時。草木得常理，霜露榮悴之。謂人最靈智，獨復不如茲。」露使榮之草，並非霜令枯去的草。所以春風吹又生的草，也必然不是野火燒盡的草；所以歲歲年年花雖相似，畢竟今年之花非去歲之花。生命的終極，不可避免的，是死亡。

那個黃昏，在父親的病榻兩側進行的短暫會話，令我得以窺見更爲完整的作爲一個人的C大夫。

其實，在醫院的走廊上或診療室中穿著白色外衣的C大夫，依舊是高而挺，充滿信心的樣子。而春來秋去，父親的身體賴醫療設備與藥物控制，持續某種程度的穩定，不過，我們都知道難以避免的事情埋伏在前方。

C大夫依然忙碌著，關懷著他的眾多病人。他原本微微突出的腹部，竟因稍稍消瘦而顯得更爲挺拔，整個人看起來也似乎顯得年輕有精神。

然而，不出兩三個月，我從照料父親的護佐處獲悉，C大夫忽然告知，他不能再爲父親看病了。原因是他自己有病。

C大夫有病？眞令人意外。究竟他是什麼病？只是匆匆告知護佐，而不及向我們家屬解釋就請假了呢？醫院各樓裡謠言紛紛。C大夫似乎得了什麼重症。

在我誠懇而熱烈的要求下，那一樓的護士長告訴我：「他發現自己是末期胃癌病人。」護士長紅著眼眶說。她也是C大夫關心提擢的晚輩之一。

父親在住院前後都蒙受C大夫仔細照料，我們家屬對於發生在C大夫身上的事情，於情於理都應當表示關切，遂由我代表兄弟姊妹去探望。初時，C大夫婉轉拒絕，在電話裡尚且故示輕鬆道：「我還好啊。還能隨便走動，跟前陣子你見到的沒什麼不一樣。」然而，對我個人而言，C大夫不僅是父親的主治醫生，透過幾次談話，他似乎已經是我年長的朋友了。也許，C大夫也認爲我不僅是他照拂的病患的親屬，也像是一個朋友吧。他終於答應：「但是，不要來我家。到我家隔壁的咖啡館見面吧。我還沒有那麼嚴重！」說完，他甚至還輕笑。

從外表看來，C大夫確實與兩個月以前在醫院見到的樣子沒什麼大異。穿著休閒便裝的他，依然十分精力充沛。

「我看起來像個病人嗎？你說，我像癌症末期病人嗎？」

「那天休假，去打了一場球。平時輕而易舉的運動，不知怎的，到了最後一個洞，怎麼也沒有力氣揮桿。勉強打完，回家累得不得了。我這人，從不知累的。兒子是腸胃科專家，他勸我應該去檢查，照個透視片子。」

「哪知道，隨便照照的片子，我一看，愣住了。我自己是醫生，清清楚楚的，是胃癌，而且是末期了！」

「可眞是奇怪，怎麼一點也沒有跡象呢？」

我坐在Ｃ大夫對面，聽他近乎自言自語的許多話，不知說什麼好。

「我並不怕死。自己是個醫生，我醫好病人，也送走過不知多少病人。反正，人生就是這樣。有生，就有死。」Ｃ大夫反倒像是在安慰我，而我竟無法像前時談論死生問題那樣子雄辯，面對著一位自知生命有限的人。

「只是，我近兩天看著我內人，想了很多事情。我走了，她怎麼辦？」他說到這裡，聲音變得低沉。「昨天，孫子從國外打電話來。我實在忍不住了。」Ｃ大夫終於哽咽起來。

咖啡館裡有流動的輕音樂，鄰座的年輕人正愉快談笑著。我覺得不宜久留，便提議離開。臨走時，我送了一枝外觀精美的原子筆和一本筆記簿給Ｃ大夫；心裡想著，也許兼爲一位醫生的智慧和一位病者的感受，他可以記一些事情。Ｃ大夫敏銳地察覺到，他大聲笑說：「哈哈，我可以像你那樣子寫文章了。」他伸手向我道謝，那手掌有力而溫暖。

我第二次去探望Ｃ大夫，約莫是一個多月以後。與護士長同行，直趨醫院附近的府邸。Ｃ大夫和他的太太在客廳裡和我們坐談。客廳裡溫暖的色調及兩位主人穿著的明亮彩色衣服，反而顯出病人的憔悴；Ｃ大夫比我前時在咖啡館內所見消瘦許多，頭髮稀薄，可能是接受藥物治療的緣故，連鏡片後的眼神都暗淡缺乏往日的光彩。

兩位主人輪流地敘說著病情和近況。他的太太故作鎮定的言辭中，隱藏著深深的憂慮。Ｃ大夫的聲音倒是不減往日的精力，只是他談話的內容竟全不似一位資深的醫生口吻，而令人感到眼前坐著敘述病情的只是一個普通的病人。護士長在談話間隔中偶爾投注於我的目光，似乎也表示與我有同感。那種感覺很奇怪，髣髴是同情悲憫之外又有些許失望吧。

「你送我的筆和本子，原封不動在那兒。我什麼也沒有記。一個字都寫不出來。」送我們到電梯口時，C大夫對我說；而當時我幾乎可以預料到如此。

其後一段日子，纏綿病榻長達五載時而平穩時而危急的父親陷入昏迷之中。兄弟姊妹都趕回病榻旁。深秋的一個夜晚，我們輪流握父親的手，看他平靜的過去。九十六高齡的父親，太過衰弱，以至於走得極爲安詳。

越一月，而收到C大夫的訃聞。

護士長告訴我，C大夫維持了最後的尊嚴。他在父親病房的那層樓偏遠一間過了最後的一段時間。除家屬外，不許任何訪客進入，即使醫院的同僚。而唯一照料他的人，便是護士長。她說：「C大夫自知沒有痊癒的可能，除止痛藥劑外，幾乎拒絕一切治療和營養的藥物。」

人爲什麼要生呢？既然終究是會死去。

有時，忽爾想起C大夫說過的那句話，眞是十分無奈。而今，我比較清楚的是，死亡，其實未必浪漫，也並不哲學。

——原載《自由時報》副刊

尼可與羅杰

尼可是房東的先生。正確的稱呼是尼可來・波勃。他是我的房東希薩・麥裘的丈夫，但是由於居住西雅圖三個半月的期間裡，我始終沒有見到麥裘女士，所以總是把尼可視爲我的房東。

殘夏八月底的一個下午，我飛抵西雅圖，帶著兩隻行李，從機場直赴那一幢小木屋。

尼可應門鈴出來迎接，熱心地替我搬運沉重的皮箱。他是一個望之若四十歲許的瘦高男士，有濃密的眉髮和鬍鬚。溫文有教養的舉止，以及略帶外國口音的英文，令我乍遇時以爲是希臘人；爾後乃知是保加利亞人。

尼可給我和我的朋友介紹另一位金髮的青年：「他叫羅杰，是租我們樓下的。」羅杰羞澀地同我握手，只說一句：「我只是上來歡迎你。」便自邊門下梯，回到他的房間。在稍黯的餐廳角落，匆匆一瞥，我根本來不及看清對方的形貌。

我與我的房東以及他的房客首次見面的情況，便是如此簡單而短暫；然而，在從殘夏到冬季的異國獨處，他們兩個人彷彿成爲我生活中熟悉的陌生人，或者也可以說是陌生的朋友。

羅杰住在樓下，但他大概是比較內向的青年，而且也十分安靜。我們共用地下室的洗衣機和烘乾機，那兩臺機器是放置在他的房門口，但兩個人從來沒有在那個空間不期而遇，許是彼此有意避免造成那樣尷尬的場面之故，亦未可知。

木造的建築物，防音效果較差，通常樓上的舉動、步行聲都會直接傳達於樓下；反之亦如此；但是，羅杰實在很安靜，除了進出之際開關房門之外，幾乎沒有什麼很大的聲響。我判斷樓下房客是否在家，往往是需要撥開飯廳的百葉窗簾，看看屋側的通道上那輛棕紅色的車子有沒有停放著。那一條窄巷，是我們的露天停車位，如果我先回家，那租來的淺藍色小轎車便停駐在前面，晚歸的羅杰，會將他的車停妥在後面。

羅杰和我的生活習慣及作息時間不太相同，可能也是我們很少見面的原因。好幾次深夜裡，我從百葉窗簾的隙縫俯視巷道，只見澹月冷冷地照射著我的車子，那後面空著的泥地上，徒有野草數莖在風裡搖曳。想到在這異鄉的小木屋內，樓上樓下就只有自己一個人，便有十分孤單落寞的感覺。時則睡夢中忽聞下面的門開啓又關閉，偶爾也雜一兩聲抑壓似的咳嗽，遂彷彿候得夜歸人，翻一個身，安然踏實地續夢。

西雅圖的殘暑，很快就被秋風吹散。九月以後，天氣逐漸轉涼，落葉不知不覺間已厚積在陽臺外的小院裡，不時見到街坊鄰居們勤快地扒掃著黃葉。我有了一間暫屬於自己的辦公室，日日往返學校，開始準備授課的大小事宜，生活也逐漸上軌道而忙碌起來。幾乎有半個月的時間，我沒有工夫去注意樓下的動靜；也許，我已習慣於那樣的生活方式了。我們雖然居住的空間只隔著一層地板和天花板，自移居之初遽爾一面後，已有多時不曾遇見。

罷了，這樣也好。反正這一趟來到西雅圖，只是短暫的一季居留，無需多認識人；我甚至於對風景也有意保持冷漠，怕走時徒增眷戀之情。

倒是尼可來·波勃先生有時會來取信件，或查詢居處有無不便之類的問題。他每次回到自己的家，總會禮貌地事先打電話徵求我同意，又耐心地揿電鈴，等候我開門。有時候是堆積的信件多了，或者有什麼緊急事情發生，我打電話去邀請他過來。

那房子不大，進門處有一張書桌，桌旁一架打字機，不知是尼可使用的，還是他的妻子希薩所有？大概是他們夫婦共同所有而交替使用的吧？我總是把他們的信件放置在打字機邊上，所以尼可進門便伸手可及那些東西。他站在那裡，瘦高的身影擋住屋外的光線，我和他說話，須得吃力地仰著頭。

尼可總是禮貌地，謹慎地站在門口取信，迅速辨別屬於自己的，以及一些從前租過此屋的房客們的，然後，道別、轉身，鑽入那輛跟他的身材不甚相稱的小型車內。他原是屋子的主人，一切舉止卻看似普通訪客；而我竟暫充屋主的角色。由於一紙租屋契約，而使彼此的角色易位，寧非滑稽有趣？

其實，那張租契也不過是簡單的說明而已。說明每月房租若干，何時寄支票，以及水電雜費由誰負擔一類的事項。簽署者是尼可的妻子希薩．麥裘。她是華大英文系的教授，也是一位頗有名氣的詩人。每年只教半年的書，餘下的半年，經常在外地寫作。這次，她獨自開車赴東部，住在一個半島上。

從家裡遺留的相片看來，麥裘教授是一位細緻的中年婦人，年紀約莫比丈夫大一些，而且有一雙漂亮的子女。她可能帶著子女去東部居住，所以尼可獨自另租了一間單身的住所。尼可與希薩的婚姻有些不同尋常。一個出生於美國的婦人，怎麼會嫁與一個比自己年輕許多的東歐男子呢？我不免有些好奇。但是，念及三個月以後，將離開這個暫時租借的房子，一切都會成爲不相干的記憶，遂決心不必多費精神猜測他人的生活了。

儘管我已決心不再猜測尼可和希薩的事情，但是，每次匆遽的來訪，交談之間難免會留下一些印象，而令我對於這一對陌生的異國夫婦逐漸有了些許認識。這好比拼圖遊戲，原本是撒落一地的碎片，理也無從理起；無意間掌握了一個角落，那完整的圖面竟有展望的可能性；而且逐漸引人越發產生徹底整理的期盼了。

十月中旬過後，入夜已頗有寒意。我想使用暖氣設備，但整個暖氣系統不知何處發生了故障，遍試無效，只得打電話請尼可來查看。畢竟是自己的家，尼可樓上、樓下地奔走勘察，費了很多精神，終於找出故障的原因：石油枯竭了。「一整個夏天都沒有使用過暖氣，忘了請人來加添油呢。」他用手背揩拭額際沁出的汗珠，那汗水甚至於沿著濃密的眉毛滴入眼中。我注意到那一雙濃眉下是深邃有神的眼神，眼珠是藍灰的，帶著些許詭譎的色彩，卻又蘊藏著溫文善良的氣氛。

尼可立刻熟練地翻找電話簿，通知石油公司派人前來注油，但是夜已深，至少要候到明晨才會有工人來。

「這樣吧，我來替你升一個火爐。很管用的。」尼可便又忙忙碌碌到後院的扶梯下面去搬運儲藏的木塊。客廳的中央部位有一座樸質饒富古趣的生鐵壁爐。他蹲在爐前將報紙、木片等物點燃做火源，稍頃，柴火就在爐中必剝作響，眼前果然有了一座火光熊熊的壁爐。

「看，這不是很簡單嗎？有時不妨試試燒壁爐，挺有意思的。希薩和我都很喜歡燒壁爐取暖，是別有情趣的。」他望入熊熊的火燄說，瞳孔中映著那火光明亮。尼可繼續蹲在爐前，似為成功地升起柴火而感覺興奮和驕傲。

「喝一杯茶吧。你辛苦老半天了。」我囁嚅地邀請，同時也想好了萬一對方拒絕時的應對之辭。沒想到他竟然滿心歡喜地答應了。於是，我請他去盥洗室洗淨弄髒的手，自己則迅速走進廚房準備熱茶。

壁爐前有兩隻簡單的沙發椅，尼可和我各據一方，喝著新沏的茶。屋內的溫度逐漸升高，茶的清香又添幾許溫馨的氛圍。外面是濛濛的細雨。我們用帶著不同口音的英語交談著，談一些風土人情，談一些社會政局，也談一些各自的家庭生活。

尼可說他的妻子是一位十分獨立的女性；半年在華大教文學，半年去外地尋覓靈感和寫作；樓下的房客便是她的學生。「羅杰偶爾也在文學的刊物投稿。他是極有潛力的青年詩人，假以時日，必然有可觀的成就。」這是他對那個羞澀而安靜的年輕人的讚許。

「你也寫詩嗎？」我終究抑制不住好奇而問。

「哦，不。我時常寫評論的文章，不過，跟羅杰及我的妻子不同，我不寫詩；我只是愛讀詩。」接著，尼可告訴我，他目前仍在華大英文系攻讀博士課程，兼任英文及英文寫作的教職。（然則，他原是麥裘教授的學生嗎？）我心中產生更大的疑惑。但是，這樣的問題太唐突，不便發問，所以繼續談著一些關於大學教育及學生素質等的問題。尼可感慨地歎道：「美國的大學生太舒服了，他們根本不用功。我很驚訝於他們英文程度之低。我在歐洲讀書的時候，一般說來，歐洲，尤其東歐的大學生，比較成熟，程度也較高。」說完，尼可忽然起身。「我應該告辭了。謝謝你的茶。」

茶已涼，夜已深。尼可留下一壁爐的溫暖給我，消失在西雅圖陰濕的夜色中。

開學之後，生活忙碌而有秩序。由於課都安排在午後，我總是匆匆吃些簡單的午餐才出門。一個人的時候，我愛在廚房窗邊的小几上吃食。那窗子與後門並行，坐在火車座式的餐椅上，正好看得見後院子，矮牆之外的後巷，幾排後巷的高低房子也一覽無遺。入夜後，我會把窗簾拉起，午餐則喜歡隨便看看草樹、屋舍和偶然走過的行人。

一天午餐時，忽然看到羅杰正靠著磚牆坐在草地上曬冬陽。他好像在閱讀一本書，十分專注的樣子，所以並未察覺我正俯視著。

我想起正好有一個女學生做了一盒糕點來，十分新鮮可口，便從冰箱裡取出一半，切成小塊放在塑膠盤內，出門時繞到後院子。羅杰見我走近，並沒有起身，只是仰起頭來笑笑打招呼。他戴了一副細金邊的眼鏡，陽光正照射著鏡片，遂舉起一手遮擋著。他瞇著眼睛，白皙的臉曬得紅紅，是一張帶著些許稚氣的臉。對於我很誠懇的餽贈，他很誠懇地接收，並且道謝。

「令尊近況好嗎？我是聽尼可說的。」尼可曾在閒談間提及羅杰的父親罹患癌症，纏綿病榻多時。

「情況不太穩定。這就是我有時三更半夜才回來的原因，希望沒有打擾你。」

由於要趕去上課，我沒有多逗留，簡單交談，即匆匆離去。臨走時，瞥見羅杰攤放在草地上的書，那是一本詩集。開車從側巷駛出時，在照後鏡裡看見羅杰已從盤中取出糕點享用，又繼續在讀詩，熙和的冬陽照耀著他鬈曲的金髮。

關於羅杰，我沒有多少了解。也許這兩天來，老父的病情稍微穩定；也可能家族中其他的人在照料著；他有母親嗎？有兄弟姊妹嗎？人活著，不免遭遇一些悲歡哀樂。羅杰的父親罹患了不治之疾；而此刻，年輕的詩人在冬日午後的陽光下，吃著我送他的糕點，讀著一本詩集，看來是那麼和平閒在；究竟，我們如何能從外表去揣度他人內心的心事呢？駛向學校的路途十分寧靜，我的思緒卻一路起伏不定。

樓下的房間，大概只出租給單身者，似乎僅有盥洗室而無廚房，所以有時從羅杰進出的時間，可以推斷大概是出外用餐去了。我們共用的洗衣間正當他進出的通道上，洗衣機旁一張簡單木桌，平時放置幾本雜誌。一次，下樓洗衣時，看見羅杰留了一張紙條，表示將出門幾天，希望我把屬於他的信件取進放在桌面上。從此以後，那桌面變成了我們留字通訊的地方。偶爾，我會放一些簡單的食物請他享用，隔幾天，便會見到致謝的字條。

感恩節的前幾日，下樓洗衣時，發現小桌中央明顯的部位，放著一小籃子的紫色花卉，下面壓著一張紙條：「感謝你對我的關懷，送這株非洲紫羅蘭給你。希望你能及時看到這植物；至少，你可以留著這個小籃子。羅杰。」那鉛筆的筆跡十分零亂，是寫在一張撕下的筆記本紙上。

往後的好幾天，樓下靜悄悄，沒有人進出的聲音。是不是感恩節之前羅杰父親的病情惡化了呢？難道在匆匆趕回家之前他仍記得留下一籃紫花給我嗎？

而感恩節一過，時間便急速地滑向年終。期末的忙碌，加上被周遭渲染的聖誕節氣氛，異國的歲暮熱鬧而落寞；學校在聖誕節之前結束，我也即將要結束短暫的教學生活，整裝離開西雅圖了。

離開西雅圖的前幾天傍晚時分，我打電話約請尼可來。我已經把房屋洗刷乾淨，準備交還之前，讓房東查看一番。尼可似乎被什麼事情耽擱了，遲遲未至，而北美的冬季，天奄忽就黯下，我只好匆匆吃過晚飯候等。

尼可約莫八點鐘才來到。「臨走時，有朋友來。」他解釋遲到的原因。

「其實，用不著看。每回來訪，我都注意到你把房子維持得很整潔。比其他房客，甚至比我們自己住的時候還乾淨呢！」他並沒有到處檢查，只是站在客廳裡環視。

他穿著一件肘部破了一個小洞的厚毛衣，灰黑色的頭髮有一些零亂。不知是忘了梳理？還是被外面的風吹亂的？那天是一個乾寒的日子，門外漆黑，冷風呼嘯著拂過街側的枯樹。尼可看來有些疲憊的樣子。

「你吃過晚飯了嗎？」我的問話十分中國模式。

「沒有，還沒有。」他笑笑。

「你不介意喝一碗湯吧？還挺熱的。」說完，才有些後悔，怕對方拒絕。但尼可・波勃先生當時大概相當餓，天氣也十分寒冷，所以欣然接受了。爐子上有一鍋熱騰騰的羅宋湯，我盛了一大碗端出來。尼可便坐在客廳的沙發椅上啜飲著熱湯。沙發椅子是他自己家的，甚至於那瓷碗也是；但他是客人，喝著我做的熱湯。

「湯很可口。像極了我們歐洲人的味道。」尼可邊喝邊稱讚。趕巧，那湯是刻意學著西菜的方式調製出來的。這樣的寒夜，有人分享我烹調的食物，令我感覺十分安慰。

話題遂跳躍過洲際。尼可開始談起保加利亞的一些風俗民情。忽又提到：「多年前，我曾經接我的母親來美國住些日子。你知道嗎？她越住越生氣！」尼可的眼神忽然變得詭譎起來。我並不知道他有一位年老的母親。

「我的母親說：美國的婦女，跟她差不多年紀的，並不比她工作更勤勞，可是她們衣食住行，樣樣比她享受多了。她自己辛勞一輩子，結果，日子過得很辛苦。她實在很生氣，所以不高興看，就回保加利亞去了。現在，她和我的女兒住在一起。」我也不知道尼可還有一個女兒在家鄉。那女兒大概不是希薩生的，而希薩的一雙子女的父親大概也不是尼可吧？

喝過熱湯的尼可，話興頗濃，正侃侃而談。但是，他談得越多，越增加我的疑惑。眼前這個保加利亞男子到底是怎樣一個人啊？自以爲圖面逐漸可辨認之際，錯置了幾塊部位，那拼圖遊戲竟然幾近前功盡棄而徒勞無功；唉，不如將其推置一邊吧。

不知是因爲這個放棄的念頭，還是由於室內稍微溫熱的空氣，我忽然覺得十分疲憊，也就沒有再專注去聽尼可的話。尼可繼續又講了一些關於保加利亞的什麼，最後起身告辭，又禮貌地重申對於羅宋湯的讚美。

送走客人的時候，有一股寒冷的風吹入稍嫌溫熱的室內，帶給我愉悅的清涼。我進入房裡，收拾一些書冊和衣物，盤算著若干天之後就可以回到臺北我眞正的家了。中年以後，人事歡愁已見聞不少，外界的喜怒哀樂則又難免激動心湖，無端添增煩惱。我決定保留一段值得告慰的教學經驗，其餘的人與事，甚至美景與佳俗都歸還給異鄉的風雨景象吧。

臨走的時候，我買了兩本附錄中國圖片的英文記事簿，一本留在客居的書房內，送給尼可與希薩夫婦，另一本放置在樓下的小茶几上。羅杰還是沒有回來。

離開西雅圖的下午，有寒風微雨。

回到臺北，也是有雨有風的季節，我又陷入忙亂的現實裡，在無邊無境無休無止的人情世故責任義務之中，西雅圖的一季，彷彿退得邈遠無由追憶；然而，有時候不經意的，忽然會閃過某些不成串的片段，譬如，冬陽下讀著詩集的金髮青年，或者喝著熱湯談論縱橫的保加利亞人……。

——一九九〇年三月・選自九歌版《作品》

臉 外一章

臉

深秋的臺北東區，午後七時許，華燈初起，街頭人潮洶湧，車水馬龍。車的行速很受限制，無法暢通。幸而當天我不是坐在駕駛位置上，所以不必受到情緒上的焦躁困擾。行行而止，復行行而止，我無所事事，漫無目地瀏覽右側窗外的景象。

那張臉，便是這樣極自然地映入我的視覺中。

那是一張女童的臉，約莫七、八歲，也許八、九歲罷，正從相隔不到五公尺的一輛平行慢駛的計程車後座窗內望出。起初，我只是藉停車之便匆匆一瞥，爾後車子前進，我便收回視線看前方車子的尾部；但車行約十公尺，又被迫減速停止，我乃自然地又將目光移向右方車外。大概是整條大街的通行速度相若，所以我又看到女童的臉。

第一次見到時，我並沒有刻意去看她，只覺得是一張相當娟秀的臉。這次側首，卻注意到她定定的眼神在注視著我。天色已經黯下，但街心受到兩側高樓反射出來的各色光線，所以也依稀明暗。女童的臉彷彿是石膏的頭像，只露出頭部，頸胸以下埋在漆黑的車內。她的身旁好像有一個更小的男孩子，再過去是一個母親模樣的婦人，都十分模糊不清楚。

或許是她先看到我也說不定。這條路上的車子，各線道上雖然忽前忽後，卻似乎誰也超不過誰；或許那輛計程車就這麼一直跟我們的車保持不分先後的速度同時並進了許久。或許是那女童一直在注視我，才令我的視覺受到吸引的罷。

這一次，我也定定地望回去。女童的臉仍然像從後車座內浮起的雕像一般穩定，在朦朧的光線裡，顯得有些透明似的白皙。她小小的臉，五官出奇端莊。眼睛並非圓大，卻有一種古典的韻致，挺直的鼻子具有成熟的美，似乎不應屬於十來歲的女童的臉，嘴唇小小薄薄，下巴略微削尖。這張雅緻的臉上，垂覆著齊眉的劉海短髮。

我過去曾在現實裡及圖像中見過許多逗人喜愛的少女的臉，但似乎從未看到過這樣一張近乎成熟的好看的臉。她一動也不動地望著我，無法形容那表情，彷彿是冷漠的，又像是好奇的，甚至是關切的，卻終究給人十分平靜的感覺。我們的車子是關著窗開空氣調節，這一層玻璃給我一種距離感和安全感，否則被她如此直視，眞有些狼狽不知所措。車子停了許久，可能是前面的圓環形成交通阻塞狀況。我有時不耐煩地看看前方，然後再側過頭來看右方；而那女童似乎比我冷靜穩重，每回我看到的她，都保持同一個姿態，甚至同一種眼神。

我試著向她微笑，但她沒有回應，也沒有退縮。這使我覺得相當尷尬。幸而這時車道稍稍流動，我乃得藉機轉回頭避開她。但是，我仍然看到那輛計程車在旁邊車道上駛得比我們快，超前兩三部車子，又意外地發現，女童努力地從半開的車窗探出半個臉向後望，雖然夜色迷濛，我彷彿見到她那焦躁的眼神；這個發現，使我感到一絲溫暖。

然而，等我們的車子趕上那輛計程車，平行並駛時，女童又回復了先前那種近乎冷漠的矜持。她那一張好看的臉浮現在夜色中，吸引著我不得不看，但那雙不知代表什麼感思的眼神，直望得我心惶。我從來沒有被一個女童看得那樣不知所措過。

我們似乎在比賽看對方。

而終於車輛的流動有了較大的改變。計程司機技高一籌，左右穿梭，把我們拋在後頭，改道爭在前行。我一直盯住那輛車，明明看見女童站起身，從寬敞的後車窗向後望。這次，她不再矜持了，顯然流露出好奇與關懷，但我們的車子遠遠被拋落在後，只見她那瘦小的上半身暗影，看不見月光似的白皙臉龐，也望不到不可言狀的眼神。

我們開車出來，是準備去慶祝一個家庭的紀念日，可是，那張陌生的女童的臉，卻無端帶給我驚喜和感傷。

是以後大概不會再見到的臉罷。那張臉長大之後，會有什麼樣的改變呢？我擔心那樣美好的臉龐上任何一點改變，都會有損於今晚所見的印象；然而事實上，任何一張臉都不可能永遠停留在某一個階段的美好，應是無疑的。

腳

三年前的夏天，我們由朋友駕車去觀賞九州的阿蘇火山，回途在一家沒落的老式旅館停留。由於旅館老舊沒落遊客稀，反而得以享受一分清閒的度假氣氛。沐浴罷，換上白底青花的日式浴衣，覺得遍身舒暢，旅行的勞累盡消。丈夫與朋友還留戀溫泉浴，沒有回房。

我和女兒穿著同樣的浴衣，並列依欄眺望著窗外景色。這家旅館雖已老舊過時，地點倒是上好的。窗下是凸出的岩石，岩石之下便是潺潺的溪流，帶著硫黃味的水色，十分澄鮮。溪流相當寬廣，對岸也有一大排高高低低新舊雜陳的屋舍，多半也是旅館一類的建築。有三兩個人在岩間蹲著垂釣。我沒想到硫黃水中也有游魚。對面屋舍之外，是起伏的山巒。雨後的山色，蒼翠欲滴，而除了淡淡的硫黃味之外，我們又呼吸到屬於鄉野的純淨空氣。

老式的旅館，沒有空調設備，但是完全敞開的窗子，卻一任山間的清風吹入，清風吹散了我們的髮絲和衣襟。

我們母女於飽覽山水秀色的同時，又絮絮叨叨漫談著。我感覺到一種浴後的慵懶，便趺坐在榻榻米上休息。女兒依舊貪婪地彎著上半身憑欄迎風賞景。

我把背靠在窗緣坐下，和女兒正成相反的方向。由於姿勢變低，視線所及也自然矮下來。在我放任伸直的雙腿前，是一張長方形的矮几，方才那位老闆娘放了一組日式茶具與一隻熱水瓶。矮几下面兩旁，各放置三個座蒲團，雖然布套的花色半褪，卻洗滌乾淨，又漿得爽挺。八蓆大的木造房間，到處陳舊卻處處有維護的痕跡，譬如地面上的榻榻米，已變得近乎褐色，卻一塵不染，且又有一種含蓄的光澤。記得從前有人告訴過我，舊時日本婦女用米粳刷洗地板與榻榻米，以保持其光潔，不知這山間的旅邸是否仍沿用傳統老方法？

在我的目光巡梭於陳舊而光潔的榻榻米之際，卻忽然被自己身邊的一雙裸足所吸引住。那一雙青春的裸足，因爲浸泡過溫泉熱浴而顯得極其純淨無垢，白皙的肌膚上隱隱透著一層紅潤的血色。骨肉均勻而自然伸展的五趾，像春天剛剛茁壯的植物一般無拘無束，可愛極了。

女兒並不曉得她的母親正被自己那雙裸足的美所震懾，仍然陶醉於遠方的山光水色。

這是我第一次注意到一雙十九歲少女的腳有如此美麗，而且是自己女兒的身體的一部分。在她嬰兒的時期，我不是一次又一次小心疼愛地爲她沐浴，洗滌那雙小腳的嗎？先一刻我們還母女共浴在一池溫泉裡呢。不過，說實在的，剛才那種公共浴室的裸裎相對，可眞有些令人尷尬。儘管浴室之內別無他人，我們還是佯裝自然地極力迴避著對方軀體，只有把頭部以下沒入淺黃色的溫泉池中，才敢悠然對談。我已經不記得有多久未見過女兒的胴體了，那似乎是遙遠的過去。講究禮貌和尊重隱私的日常生活，竟然使我們已經習慣於某種程度的陌生。

眼前她那一雙自然放鬆的裸足，可以任由我凝視而無須迴避，才使我眞正意識到女兒的成長，以及伴隨其成長而表露的美。多年以前，旅遊歐洲，在翡冷翠、在凡爾賽宮，曾經徜徉於古典名畫、大理石雕像之下，對於那些栩栩如生的雕繪，那樣崇仰那樣讚歎過；然而，布面和石刻的模倣，畢竟無法與這一雙觸摸有溫暖的肉足相比！

我不否認最初看到這雙裸足時，多少有些慌亂的感覺，彷彿有一種無形的道德束縛壓迫逼我移目，但是過不了多久，卻能勇敢而坦然地欣賞；我甚至於忘記那是女兒的雙足，而只是感動於一種純然無邪的美之中。

過去，我自以爲了解日本文學，但偶爾也會對其中有些耽溺於肉體讚頌的部分感到排斥。讀川端康成的《睡美人》時，對那個伴同失去知覺的少女臥眠的老人，有說不出的嫌惡，至於小說與電影中屢屢強調的女性後頸和足部，也始終是曖昧懵懂的。

這次溫泉旅邸的美感經驗，令我似乎又稍稍接近了某種眞質。而經由這個體驗，也使我更相信，在文學藝術的世界，有時僅依憑文字理論的修積是並不完足的。

——一九八六年十一月・選自九歌版《文談》

輯三

窗外

失眠的夜晚，
掀開簾帷，
見上弦月淡淡貼近衆塔一端，
似夢如幻，陡添鄉愁。

臺北車站最後一瞥

計程車抵達臺北車站正門口時，是十點二十分，距離出發的時間尚有四十多分鐘。那夜臺北的交通情況意外順暢，致早到這麼多的時間。也是由於看到新聞報導說：臺北車站將從當晚十一時以後改用西側的臨時車站，所以才格外提早出門。我們的車票是二月二十五日二十三時零三分的南下復興號。未知到底該由舊車站進入月臺，還是新的臨時車站？

舊車站正門上方的時鐘，仍然極盡責地指示著全臺北市最準確的時間。要直接跨入這幢舊的建築物內呢？還是改向隔鄰的西側走去？我們猶豫了一下。

「反正還早得很，先到新的臨時車站試試看吧。」我提議。其實，一半是想看看所謂臨時車站究竟是什麼樣子。說新也不眞的新，這臨時車站也已經啓用一段時間了，只是，在臺北市的東區住了十幾年之後，平日的生活範圍已經有意無意間拘限於東區，無事不到其餘三區去；臺北市的鐵路地下化消息，從報紙電視裡已得悉，臺北車站有了新的臨時建築物的消息，也從報導中知道了。我甚至還路經過幾回，匆匆從車窗內望見過這二層樓的建築物，卻始終無由踏入其內。

臺北的夜空無月也無星，是陰雨後黯淡乏味的夜空。那臨時車站卻異外光亮，樓上樓下燈火通明。我們在樓下走了一圈。畢竟是夜深時分，搭車和送客的人並不多，四處都維護得相當整潔，令人滿意。我們看到中央設有電扶梯，便也好奇地讓那電動的機器送上樓。我看見扶梯的右手邊牆上掛著一大塊大理石雕字，十分氣派壯觀。

樓上的人也不多，有兩三對學生模樣的男女，戴著毛線帽，穿著厚襪子與登山鞋，背上各負一背包，正興高采烈地談笑著，顯然是要遠行冒險的樣子。三個人聚在一起的，是小家庭吧，男人提著一隻中型旅行箱，女人懷中有一個睡著的幼童，他們默默相對，有些疲憊的神情。另外還有些人上上下下走動著。

我們找到一位穿制服執勤的人詢問：十一點零三分的復興號車要在什麼地方進月臺？那位表情肅穆的中年人說：還是從舊車站上車。遂又乘電扶梯下來，穿過露天的通道，回到方才下車處。

十一點三分仍然畫歸入十一點之內的吧。我心裡想著，同時也寧願從這個舊車站上車。這一班車次，若非最後一班從舊車站上車的，也該是少數最後從此上車中的一班才對。至少，明晨開始，所有的乘客都得由新的臨時車站進出。這眞是一種緣分，讓我們趕上臺北車站的最後一夜！

其實，也是出於我一時好奇而浪漫的心情使然。想在舊曆年後學校開課以前到南部去度假，從繁忙緊張的人際事務走離一陣子。旅行的時間是大致商量好了的，至於採用何種交通工具及什麼時候出發，卻是我忽發的興致。開車太累，乘飛機又太快速，何不利用火車？若是乘坐日間的班次，幾乎要虛擲大半天功夫，未免可惜；若改乘夜車，讓火車把我們在睡眠中送到高雄，豈不美妙！雖然事後知悉，那種「東方快車」似的臥鋪，早已成臺灣的鐵路歷史，根本不存在了；不過，偶爾在火車上睡一宿，將車廂晃動權充兒時的搖籃，軌道聲響當作記憶裡的催眠歌，也可能別有風味亦未可知。

既然要在火車裡睡眠，就不宜到達得太早，至少，抵達高雄後，能接上駛往鄉間的公路車才好，否則凌晨徘徊街頭，不堪設想。我們用倒數計時的方法選擇了幾種可行的列車班次。最後決定夜晚十一時零三分出發的復興號。我們小心謹愼地在三天前就購妥車票，當時並不曉得那會使我們成爲臺北車站的最後一批旅客。

從方才燈光明亮的臨時車站折回到舊建築物內，相形之下，這個古老的車站，未免黯淡；或許夜深旅客稀少，也是造成黯淡印象的一個原因吧。我發覺自己從未有這樣夜深時分進出臺北車站的經驗，便也就越發感到冥冥中促使自己在這最後一刻來到臺北車站的緣分不可思議。

以往，這裡給我的感覺總是擁擠的，火車南下北上不停，人潮也一波接一波，空間永遠顯得不夠大。但今晚燈光悽慘，旅客稀疏，騰出偌大的留白。正門入口處，有工程用的圍柵攔阻。我們從左邊繞過，到前方來。左側售票的窗口都已緊閉。我想到也曾經在這裡排過長隊，懷著焦躁不知是否買得到車票的心情，遂不免多望一眼。許多的窗口沉默緊閉，在如此寒冷落寞的冬夜，彷彿一雙雙沉睡的眼睛，更像一雙雙死亡的眼睛。

售票處的對方，是候車室。坐在椅上的人，不滿兩成。時間依然還早，我們決定去參加那稀少的候車者陣容。走過這一排又移到另一排，空席太多，反而不知挑選那一個位置才好。我心中暗想，這樣未免太奢侈，便中止無意義的徘徊。

我們坐在面向進門的第一排座椅上。這一排席位，除了我們兩人，便只有一位單身女子坐在另一端，箱子放在隔席位置上，正低首閉目養神。我們也讓旅行箱占據一個座位。今夜，臺北車站最後的一晚，旅客寥落，就讓我們奢侈地占用過多的空間吧。

有兩個穿著鐵路局制服的男人，各拉一輛拖車走過我們面前，那上面放置著大型紙箱。從他們的方向判斷，是朝新樓那邊走，大概是在搬運遷移辦公室用具一類東西。

明天早上開始，他們都將在西側的臨時車站上班了。

我漫想著，抬頭看看這幢舊建築物。屋頂很高，尚未流行冷氣設備時代蓋的房子，多半都有這個共同的特色，至少讓大家的頭頂上方有較多的空間，不至於像最新的建築物具有壓迫感。日光燈的照射下，我辨認不出那牆的顏色是白是黃還是灰？也許曾經是其中的一種顏色，古舊加上臺北市的空氣灰塵污染，終於變成這種性格模糊的中間色吧。在牆與屋頂交界處，有蜘蛛網。可能因爲新舊層層編結，再經灰塵助威，竟有好幾處顯現牢不可破之勢，尤以轉角部分爲最壯觀。蜘蛛網陣與蜘蛛網陣之間，有一個也是顏色極難辨識的抽風機，介乎灰色與黑色之間。那個抽風機想必也曾賣力地轉動過，拂去人們身邊的一些暑氣才對，如今卻睏倦地嵌鑲在那裡，彷彿它只是老舊的牆壁的一部分。

無意間竟看得這麼徹底。我覺得有些懊惱，也有些感傷，或者兩者兼有，那種曖昧難辨的感受，竟也與牆壁和抽風機的顏色一般無法形容。

一個接近退休年齡的男人，提著一隻大型的塑膠袋，逐一檢查垃圾筒，將筒內的東西倒入其中。趁他過去檢查另一個牆角地帶時，我把手中捏著的紙屑丟入那藍色大袋中。地面上也老舊，倒是維持相當程度的清潔。我內心對這位盡責的老人肅然起敬。不知道從今晚以後，他會在什麼地方執行他的任務？

從屋頂看到地面之後，便也就無甚可觀了。

「呵——呵——」突然從身後傳來一個男人打呵欠的聲音，在空曠的候車室裡引起回響，致有格外放肆的效果。我決心不要回頭去看打呵欠的人。不過，這一聲響倒提醒我，今夜不僅色調黯淡，而且也寂寂無聲。沒有音樂，沒有電視播放新聞之類的聲音，甚至深夜的候客也停止了交談嗎？也許是我太專心看有蜘蛛網的牆角，清潔垃圾筒的老人，而怠慢了聽覺。

「走吧。可以進月臺了。」我順從地立起身，隨手提起箱子，依依對無甚可觀的候車室再度瀏覽一下，才慢慢走向列隊人數不多的剪票口。

剪票員把我的車票翻過來仔細核對後，在邊上剪下一個小洞。剪完這一隊人的車票以後，下回他大概要到西側明亮的建築物內工作了吧。

復興號已在站內。我們很快就找到六號車廂裡的位置。我選擇靠窗的座位，正好側首可見車站外的景象，但是由於車廂內燈光很亮而外面較暗，所以不貼近玻璃窗就會看到自己的臉和車廂內景。

我們把行李放妥後，靜候發車。

陸續地有人剪好票走過來找車座。

我回想自己從這個車站上車的經驗。比起通學通勤的人來，進出的次數當然是少多了。不過，南下北上甚至往東，或者從各方向回到這裡的次數，竟也多至不可數。

記憶中最興奮的一次是初中畢業旅行。全班三、四十個同學，由一位年輕單身的物理老師領隊，去阿里山旅行。那是我生平第一次離開家人的遠行。好不容易拋開母親一再的叮嚀才跨出家門。穿童子軍制服，提一個旅行包，趕到臺北車站集合。時光雖不可倒流，但那時候的心情，似乎還依稀記得……。

像我當年的學童，在這半個世紀以來，不知到底有多少人經驗過多少類似的心情？當然，尚有其他的悲歡離合，也在這月臺上一次一次的留下痕跡，旋又消褪無蹤。

臺北車站，像一個擁有無限包容胸懷的母親，默默地凝視人間的一切。而今晚，將是她最後的一夜。

有一個中年男子推著大拖把，來回在我的車窗下走過。每走過一次，地面上就乾淨出一條路來，雖然不斷有人踩過他剛剛清潔好的地面而留下足跡，他還是絲毫不懈怠地工作。

十一點正的時候，從我坐著的車窗正對面辦公室內，走出一個人，手裡提一隻公事皮包，熄了燈，鄭重其事地鎖上門，然後，彷彿遲疑了一下，才轉過身來，與拖地的中年男子打了個招呼，向西側新站的方向走去。

他的心情，我想我明白。

不久，傳來播報火車出發的消息。

火車於是開動了。我把臉更貼近玻璃窗，專心注視所能收入眼簾的一切，因爲我知道這是臺北車站最後一瞥。

——一九八六年三月・選自九歌版《交談》

不見瑠公圳

也許你們知道，也許你們並不知道，在這裡，在這條平坦筆直的柏油路上，在這條晴時灰土揚起雨時水滴向寬闊的兩側流瀉的柏油路上，曾經有過一條長長的溝渠，也是這樣子平坦筆直地從不知什麼地方源起通向什麼遠方。

你們在寬闊的新生南路東邊或西邊的紅磚人行道上鵠候著公共汽車，盼望著盼望著一輛巨大的交通工具，把你們載向上班上學的方向，或回家休憩的方向。你們引頸回望，只是焦躁地期待著一輛巨大的交通工具，常常是忽略了中間這一條廣闊平坦的柏油路；除非在雨天遇著一個粗心駕駛的人，濺起一攤水灑在你們的褲管或裙襬上，或者會憤怒地追看那輛似乎得意威風的車尾漸駛漸遠，消失在車群擁擠的新生南路上。

或者你們正駕駛著各種車輛，抑或者正騎著摩托車飛馳在這條寬闊的新生南路，寬闊卻永遠擁擠的柏油馬路。你們爭先恐後，甚至駛出了柏油路上的行車標記。忽然交通號誌轉變爲紅色，於是，你們焦躁地手指拍打著方向盤，眼色茫然地看著匆匆橫過斑馬線上的行人群。眼色茫然是因爲知道那些行人中不會有一個你們關心的熟人，總是一些不相干的男女老少在過馬路。也可能你們正在交通顛峰的時刻無可奈何地排列在某一路段的車內，羨慕著對面反方向的路怎麼永遠比這一邊空敞？是的，新生南路彷彿常常是有一邊比較交通順暢，而你們是運氣不佳，駛在車隊長曳的另一邊。

或者你們正嬉笑談說著走出大學的側門。男生蓄著長髮，也許索性用一根橡皮筋紮一束細細的馬尾髮梢，垂晃在桃紅色的襯衫領上；女生窈窕的身上套著寬鬆的毛衣，裹在牛仔褲的雙腿踏著輕快的步伐，就這樣子三五成群抱著書冊走在凹凸的紅磚道上。你們也許在談說之間把目光投向對面。新生南路平坦的路面上有車輛往來，在往來車輛的空隙裡，你們可能不經意地發現同學正在對面的紅磚道上，剛剛從一家書店，或一間速食店走出來，於是一陣年輕的呼叫聲穿過路面飛馳的車陣，傳到了對面的年輕人耳中。校園裡的活動，從側牆的鐵柵間可以一覽無遺，有人在打球，有人在慢跑，說不定還有些上了年紀的人在一隅打太極拳……。這些都可看可不看。你們也許是一對情侶，互相依偎著，不看校園，也不看道路，一逕閒閒地踱著。再往前走就看到橫過中空的高架橋。也是車輛飛馳，但上下左右的車聲喧嘩大概不會影響你們綿綿的情話。你們所走的正是長長的平平的新生南路。

那條在瑠公圳的馬路

也許我們知道，也許我們並不知道，在這條中間有溝渠把新生南路畫分出東西兩條平行的瀝青馬路，在這條溝渠裡有流水涓涓，溝渠兩側的草坡，春天杜鵑花嫣嬋，夏季綠柳垂蔭的優雅的道路上，許多許多年以前，曾經是一片荒蕪，草木雜生，而在乾涸的季節，於是眾木眾草都枯黃了。在尚未有這條長長長的溝渠以前，這裡曾經還有山岳還有叢林，也許還有一些虺蠖毒蛇與黃蝶蜻蜓。

可是，我們在春季裡騎著腳踏車去辦理註冊的時候，總是一路顛簸著，先覷覽嫩綠的柳芽枝條垂拂在瑠公圳的隄上，嫣紅的、紛色的、淨白的杜鵑花，叢叢盛開在和風中翼翼披靡的春草間。我們有時候甚至忘記那一條長長的瀝青馬路稱做新生南路。「喏，那條有瑠公圳的馬路。」只要這樣一說，大家就都知道所指爲何了。走過有瑠公圳的新生南路，我們就可以跨進校門內去辦理註冊選課。把腳踏車停好在竹棚下的停車處，向那位不知在學校裡已經服務了多久的老工友打一聲招呼，領取一塊小木牌寄車證，趕緊便去接排在已然呈長龍的隊伍後。臨時教室的前後門都敞開，一條長龍是進去註冊的隊伍，另一個門是辦完手續出來的，三五成群，也有特立獨行的。來者往者都踩在沙沙作響的碎石路上。路邊的草地上也開著白淨的、紛色的、嫣紅的杜鵑花。處處都是盛開的杜鵑花，彷彿瑠公圳兩側的杜鵑花從新生南路那一頭一路開過來，到了校園內便傾盆撒了一大片；又像是校園裡的杜鵑花海出了大門便一逕散瀉，順著瑠公圳的兩旁綿延流向不容追究的遠方。

我們那樣子端莊典雅地抱著幾冊書本筆記，晨昏往來於有瑠公圳的新生南路上。腳踏車會賽過身旁前去，那個男孩子可能裝作若無其事地回頭偷覷女孩子，杜鵑花瓣似的嫣紅便飛上她的雙頰了。若有相識的朋友在對面，得要退後或者再走一程，到了有石橋的地方才能夠彼此會見。石橋下水淺淺，偶爾漂浮著落葉，水似乎總不及橋柱一半深。颱風過後，水變濁了，也漲高了，可是我們不必擔心，因為長長的瑠公圳總是有辦法把雨水載向什麼方向去，那樣任重道遠地。瑠公圳的水從來也沒有溢出過橋面隄防；否則可就糟糕了，沒有圍牆的校園恐怕會變成汪洋一片，更糟糕的是校園對面溫州街地區的日式木屋恐怕會淹水，那麼教授們家中的書籍豈不都浸損潰毀了嗎？

當然，有時也會有三輪車從我們的身旁踩過。除非烈日當頭時，或坐著一對肥碩的乘客（而肥碩的人彷彿並不多），三輪車夫把背心的下半截捲到胸口，露出古銅色的結實的腹部與背部，額際滴著汗，便用搭掛在脖子上變黃的毛巾拭一拭，吃力地踩著踏板；但時常都是閒閒地踩過行人身旁。瑠公圳的兩側沒有多少紅綠燈。可是，行人、腳踏車和三輪車之間，大概有一種心中的紅綠燈的吧？那種紅綠燈也許就叫做「默契」，而彼此的「默契」相當有默契，所以甚少發生什麼車禍。

我們其實並不是常常注意到瑠公圳的存在，春天花開了，夏天柳綠了，雖然會引起一陣行人賞愛的眼光；但如果有急事趕路時，眼睛恐怕是直望著前方，所謂前方就是新生南路，那一條原先是堅實的泥路，後來終於也鋪上柏油的瀝青馬路。

瑠公圳理所當然地存在著，所以我們通常沒有特別去注意，白天如此，夜晚也如此。黃昏之後，瑠公圳與校園靠近的那一側，夜市小攤子的主人便忙碌起來了。時時敞開雨天搭篷，泥地上擺幾個方几矮凳子，便可做起南北小吃食的買賣來。夏夜，客人悠閒地趿拉著木屐或拖鞋踱過石橋，從瑠公圳的那一方到這一方來，三三兩兩尋著空位子坐下。「頭家，來一碗切仔麵。」「老闆，下二十個牛肉餃子。」或者叫一碟蚵仔煎，切幾兩粉肝什麼的。冬夜，則將衣領豎起，縮著脖子，把凍僵的雙手插入口袋裡，踹踏著冰冷的馬路鑽進布篷下，炒菜煮食的火光，驅走了新生南路上的冷空氣，讓沉默的瑠公圳兀自承受亞熱帶冷鋒襲來的寒風冷雨。先來兩瓶紅露酒喝了兩說，再配就幾碟花生米、豆腐乾或海帶絲。慢慢的，手掌腳底暖和起來，鼻尖上也冒出幾許油光，於是，注意到布篷下的小世界：各色人等，那邊廂猜拳吆喝的一群，三字經與檳榔汁齊飛，這邊廂瞎皆爭議的一堆，存在主義共達達派論並發。而這一切的熱鬧，瑠公圳也許聽到，也許看不到，那溝水應該是凍冷的，但不致結冰，在黑暗的夜空下兀自靜靜地向一個方向流去。

後來我們親眼看到布篷和吃食攤子被拆散、吃食攤販住宿的克難房屋也遷走，附近的水澤地區被塡平後，築起一道整齊的圍牆，大學的版圖便有了淸楚的眉目。透過上半截的鐵柵，校裡校外雖然可以一目了然聲氣相通，但畢竟與往昔大不相同了。

我們又親眼看到瑠公圳的消失——嚴格說來，瑠公圳並未消失，只是加蓋、化入地下而已。先是，柳樹、杜鵑花和其他草木被砍伐；接著，埋設巨管，加上板蓋、堆土使平；最後，施工鋪以柏油瀝青。工人們在砍伐第一株杜鵑花的時候，容或有些許不忍之情吧？但百株千株以後，大概疲倦了痲木了，期待完工的焦慮可能取代了不忍之情。甚至連我們爲之灑淚爲之詠誦弔文的年輕人也終於疲倦了無奈了。拓寬馬路的工程前後長達七年。

有時候，我們和你們一樣匆匆奔走往來於平坦便利的新生南路上，幾乎忘記這裡曾經有過一條長長的優美的溝渠；只有偶爾黃昏或夜晚時分閒步在兩側的紅磚人行道上，看著來往飛馳不已的車群，才會忽然憶及逝去的景物以及不再的年華；也難免惋惜無數車輛碾過的道路下不知埋葬了幾多花魂啊！

瑠公圳的由來

也許他知道，也許他並不知道，這條溝渠竟會以其名命之。當初捨己爲人，不畏艱難鑿開圳路通水，其實只是憑一股熱血與傻勁而已！

郭錫瑠先生，福建漳州人。幼年隨父來臺定居於彰化，乾隆初年來此開墾。當時的臺北雖有少數漢人墾殖，卻仍是一片荒涼，尤其缺乏水源，不利於農耕。他異想天開，要鑿渠建壩，導引新店溪與青潭溪的水，使順溝渠流入臺北地區，灌溉農田。他心目中的溝渠所經，不僅蜿蜒周折，而且邱岳森林橫梗其間。但是滿腔熱血沸騰，傻勁而堅毅，他終於採取了行動。

錫瑠先生將彰化家產全部變賣，得二萬兩銀，做爲雇工人開圳的費用。其中最艱鉅的工程是新店溪右岸一百多公尺岩石部分，必須鑿穿一條隧道圳路通水；另一處爲橫貫景美地區九十多公尺寬的景美溪，必須架設木製水槽通水。其後，因木槽被居民當做木橋行走而毀壞，遂又設計用水缸去底連成通管，埋置入溪底通水。自乾隆五年興工，到乾隆二十七年竣工通水，灌溉農田，夢想終於實現。

溝渠縱橫流布，廣袤數十里，受益的田地計達一千二百餘甲。自此，無虞乾旱，五穀豐登，昔日的荒地，也先後墾爲良田。如果傳說中的愚公可能再世，那必然是錫瑠先生無疑！詎料，乾隆三十年秋，豪雨連日，洪水氾濫，把景美溪底的暗渠沖毀，錫瑠先生雖曾力圖修復，惟已心力交瘁，受到如此巨大的打擊，竟憂慮成疾而一病不起，於那一年冬天亡故。其子郭元芳先生繼承父業，改用尖底木槽架於景美溪上，恢復通水。

後人爲感念郭錫瑠先生毀家建圳，造福鄉民，乃將他所鑿開的圳渠稱做「瑠公圳」。

然而，瑠公大概料想不到，經過兩個世紀以後，當初由他引水灌溉的一大片良田竟因人口激增，原有的佃農逐漸棄田轉業，臺北也急速發展成爲商業都市。瑠公圳除了排水功能外，已無農田灌溉的需要，遂不免於加蓋埋入地下了。

紅磚道上的墨色石碑

如果你有思古之幽情雅興，請走到新生南路臺大側牆近正門處，在紅磚的人行道上，密集的公車站牌之後，有一枚墨色大理石的石碑默立在三層石階之上。正面鐫刻著「瑠公圳原址」五大字，其背後有二百數十字碑文說明沿革。這一枚石碑係由臺北市文獻委員會於民國七十二年四月豎立。碑文末段寫著：「今羅斯福路四段、新生南、北路部分路域，皆圳址也。」

如果你有一天走過羅斯福路四段、新生南、北路的部分路域，請你想像瑠公和瑠公圳，以及其後的一些變化，那麼「瑠公圳原址」或許就不只是一枚墨色石碑了。

（本文後段之撰成，有賴臺北市政府提供資料，謹此致謝）

——一九九二年六月・選自九歌版《作品》

東行小記

不知從什麼時候起始，左側車窗外的景色已不再是櫛比的鋼筋水泥建築物，也不再是疊現的瓦簷磚牆，卻是一逕綿延的海岸線。

沙灘看來十分細柔，岩石與草叢不時以各種或同或異的姿勢在窗外飛逝。極目處的海洋是湛藍，中間的一段反而忽暗忽淺變幻莫測，等到湧向岸邊時，又是澄清無比的藍，而當其親吻沙灘之際，則已化作一條無可限量的白色花邊了。

婆娑之洋，美麗之島。

火車正沿著美麗之島的西北端急駛，這海水應是臺灣海峽。

倚靠著舒適的車座，任由身體隨車廂搖晃而規律地左右擺動，我的思潮難免也起伏著。然而，初冬煦陽下的海水似乎和平安詳，若無其事地重複其永恆的漾盪。

既然出遊，最好不要把煩惱憂慮帶出來，至少也要想法子暫時拋開；儻若拋不開，那就把它們收藏起來。我已經把那扇門關好，而且還上了鎖。

海岸線忽然不見。放眼望去，是丘陵、是林野、是荻葦。蓬蓬然的荻葦，有些已枯萎，有些尚餘灰白，大概是唯一能夠令人鑑別季節的植物吧。生活在亞熱帶地區，實在不容易體會「歲寒然後知松柏之後凋」，似乎所有的草樹都是後凋；當然，若是細心觀察，夏冬之間的綠，還是自有層次分別的。

丘陵、林野、荻葦和沒有季節敏感的綠，構成廣大無邊的視野。客觀說來，或許找不到恰切的讚詞。但這是我們的土地，而且是美麗之島的一部分，所以依然是十分美麗。

在缺乏變化的這一大片視野之後，火車通過了幾個隧道。有的是閉目睜眼之間就已光明在望，有的則是出奇的漫長幽黯；可又不是川端康成筆下雪國的隧道，因爲隧道之外，仍然是綠。

篳路藍縷，以啓山林。

幾度明暗交錯之後，風景逐漸改觀，山勢陡現崢嶸。連嶂疊巘的山脈，從遠方雜沓逶迤而來，忽呈絕嶝蹲踞車窗邊，幾乎伸手可以觸及那疏密錯落的林陬與山石。像似一個長途奔跑的人猝然止步，胸膛猶起伏未已地立在那裡；而那起伏未已的胸膛，則又髣髴若無數重疊的仕女裙褶，一頁一褶的筆觸都清晰可見。

不是沒看過山。富士山遙望，確實近乎神聖。阿爾卑斯山登躡，猶覺其雄偉壯觀。然而，神聖或壯觀，都是異國的山，總不免於隔閡。眼前這巖嶺重疊，蓊鬱蒼翠，則如此具體實在，是我們的。我的心充滿欣慰與振奮。那扇門關得緊緊，鎖得牢牢，沒有一絲煩惱憂慮會溢溜出來。

火車已經轉了一個大彎。如今，又見海洋在左側窗外，卻與前此之所見甚不相同。雖是迢遞遠瞰，那勁風衰草之外的岩岸牢落奇絕，自有一派野性難馴的風骨，驚濤翻騰，則又助添傲睨不可一世之概度，但波浪的進向是無法逼視的，大概是岩岸高踞的緣故。至於水，是碧綠一色；屬於太古原始的那種碧綠，把海天相連，令空水共澄。這水色與臺灣海峽有別，這是太平洋的一隅。

然而，碧綠的太平洋並不能順利飽覽，因爲車窗之外時有峭壁赫然阻擋視線。於是，太平洋的岸線便在那斷續的峭壁之間兀自延伸開來。

極目睞左闊，回顧眺右狹。

其實，右側的景物也十分豐盛。林壑與危石的組曲，是右窗外引人之處。由於崖壁陡絕，往往就在咫尺眼前，故而草樹砂石，蔽翳皆周悉。屬於臺灣東部特有的奇岩怪石，以皴筆的堆疊法湧現。一大片連接著另一大片飛馳而過的，不是藍蔭鼎毫端的竹林邨舍，而是張大千筆下的蒼勁山水。

「東也在圖畫裡，西也在圖畫裡。」那是張希孟小令裡頭的兩句吧？江山如畫，壯麗感人，而文學所能言傳的何其有限！語言文字只是糟粕，古人明白這個道理。恐怕形象色彩的摹臨，也無法追蹤捕捉大自然於萬一。人其實卑微渺小，人所做的努力也常是枉費徒然，既無法超越自然，往往連過去的自我都無法超越。我感覺無助乏力。那扇門怎麼會無鑰自啓？煩惱與憂慮竟從門內汩汩然湧出。

我重新調整好坐姿，思考所以憂從中來的道理。髣髴覺知，又似若不可覺知，乃決定讓它停留在知與不知之間，那是一個比較安全的位置。我終於找到合理的解釋：這車座雖然十分舒適，但窗外的山水景象令人目不暇給，而三小時以來持續的專注，如何能免於疲勞？不知從什麼時候起始，飛逝的峻巖幽谷已淡遠，左窗和右窗外，屋宇道路逐漸密合起來。

火車即將抵達北迴鐵路的終點——花蓮。

——一九八四年二月．選自洪範版《午後書房》

馬兵營之行

馬兵營之行，馬兵營之行是爲了寫《連雅堂先生傳》。

不教書的人常以爲暑假是教書的人最快活逍遙的時光；只有教書的人才了悟，暑假其實是最忙碌的時光。因爲一年之中，只有這兩三個月是眞正屬於自己的比較完整的時間，所以它變成吸收——讀書的時間，或者吐露——寫作的時間，而往往是身不由己地吐露不已時居多。不過，爲寫作必須讀書，所以又通常是既吐露復吸收的情形爲多。

這個暑假，我最重要的事情是寫一本《連雅堂先生傳》。可是要寫一位數十年前尚在人間的歷史人物，那就除了讀其人之詩文，翻閱有關的歷史社會資料以外，尚須耳聞目睹，多方探闖才是。

五月裡，遂有一次馬兵營之行。

臺灣文獻叢刊第二〇八種《雅堂文集》第二冊裡的「臺南古蹟志」有〈馬兵營〉一條短文，文如下：

馬兵營在寧南坊，爲鄭氏駐師之地，古木寒泉，境殊岑寂。自我始祖卜居於此，迨余已七世矣。改隸後，余家被毀，乃居西城之外。故余有過故居詩云：「海上燕雲涕淚多，劫灰零亂感如何？馬兵營外離離（一作蕭蕭）柳，夢雨斜陽不忍過！」是處有井，泉甘而冽，亦鄭氏所鑿；今存。

民國六十三年由臺灣中華書局出版的《雅堂先生餘集》，於「大陸遊記」二卷之後有「臺灣贅談」，其中也有一段記述「馬兵營」之文，與「臺南古蹟志」的文字大同小異而略有增益，現在也抄錄在此：

馬兵營在寧南坊，爲鄭氏駐軍之地，古木鬱蒼，境絕清閟，自吾始祖興位公卜居於此，迨余已七世矣。改隸之前七年，吾先君擴而新之，余齒尚稺，讀書其中，不知人世有憂患事也。乙未之夏，先君捐館，臺南亦在戎馬之中，然猶有故廬，足蔽風雨；乃未

> 幾新築法院，遂被官收，危牆畫棟，夷爲平地。故余有過故盧詩云：「海上燕雲涕淚多，劫灰零亂感如何？馬兵營外蕭蕭柳，夢雨斜陽不忍過！」至今思之，能不慨然！

這兩段文字裡所引的詩〈過故居詩〉、〈過故廬詩〉收在叢刊第九四種《劍花室詩集》的第二部「寧南詩草」（第一部爲「大陸詩草」）中，題作〈過故居有感〉。「寧南詩草」又稱「龍耕詩草」。裡面所收的作品當中，從〈寧南春望〉到〈別臺北〉，共計二百五十四首，是連雅堂先生於民國三年（三十七歲）歸自大陸，十五年（四十九歲）移家杭州，這十三年之間所寫的；〈過故居有感〉即排在這中間，所以應該是此時期的作品。叢刊第二〇八種《雅堂文集》第一冊卷二「雜記」類中所收〈過故居記〉一文可以爲這首詩的寫作時間作具體佐證，雖然此文較長，但是比前二文更詳實，且文筆清新動人，可以看到一個動亂時代的血淚故事，故亦錄其全文：

> 寧南門之內有馬兵營者，鄭氏駐師之地也。附城而居，境絕幽靜。自我始祖即處於是，及余已七世矣。宅十畝有奇，植竹爲籬，南無之果十數章，皆大合抱，高或四、五十尺。夏時結實纍纍如絳珠；或碧若玉，味甘而洌，稱佳果。菩提、龍眼之樹稱是。皆我先大父所植者。宅外有道。夏秋間山水驟漲，自城隅來，當門而流；至八、九月始涸。鯉鯽之屬逐隊游泳，旦夕以掬之爲樂。宅面西立。以人衆稍隘。余十二歲，我先君

擴而大之，可居二十餘人。又買近旁吳氏園，爲余兄弟讀書。吳園有宜秋山館，雪堂司馬所建，而謝琯樵曾寓其中者也。館外有亭，繞以欄，旁鑿塘，種荷其中。花時清香入户，讀書其間，饒有悠遠之致。吾家固多花卉。抹麗盛時，每日可采一籃以餉親友。而余又愛花，庭隅路畔，幾無隙地。蘭蕙之屬以十數，晚香玉以百數。臺南天氣溫燠，每當十月之交，蘭、菊、桃、荷合供一瓶，亦奇觀也。

我先君經商數十年，自是多家居。夕陽西下，樹影扶疏，輒掃落葉瀹水煎茶，坐石上談家常事。吾家之井水絕甘，汲者投一錢，日可得百數十文。先君好讀春秋、戰國書及三國演義，兮所言多古忠義事，故余得之家教者甚大。其時我二兄已入泮。士大夫之來我家者，必竭誠款之。春雨之後，新筍怒生，劚而燒之，用以饗客，食者靡不稱美。或果實熟時，採樹而摘之以餉客，客無不果腹者。余時雖穉少，顧讀書養花之外，不知有所謂憂患者。熙熙皥皥，凡五、六年，而余戾至矣。乙未六月二十有四日，先君見背。是時戎馬倥偬，既卜窀穸，而劉永福遁吾家，遂爲軍隊所處。未幾，又爲法院所買，改築宿舍，而余亦僑居城西矣。閱今僅二十年，而一過故墟，井湮木刊，尚認鉤游之處。追思少年時樂，何可多得！

乙未年即是光緒二十一年（西元一八九五年），當時連雅堂先生十八歲，正值血氣方剛的英年；然而，這一年他卻體驗到有生以來最大的不幸——國難與家難。

這一年，中日甲午之戰，清廷敗績。四月十七日簽訂使全臺灣人民沒齒難忘的馬關條約。條約的第五款說：

本約批准互換之後，限二年之內，日本准清國讓與地方人民，願遷居於外者，任使變賣所有產業，退去外界。但限滿之後，尚未遷徙者，酌宜視爲日本臣民。

臺胞何辜之有？清廷的腐敗衰弱，竟要犧牲他們，使奴役於異族，而所謂「變賣所有產業，退出界外」則又談何容易，豈是所有不甘臣服日本的老百姓都能辦得到的？當時有一些臺籍舉子會試於北京，聞耗，上書於都察院，力爭，不可；而臺灣紳民亦電奏朝廷，竟不報。五月二十五日，乃有「臺灣民主國」之成立，推舉前福建臺灣巡撫唐景崧任總統，以劉永福爲臺灣民主將軍，發誓死守臺灣。

然而，臺灣人士雖有悲壯沉痛的決心，究竟倉促間組成的防衛軍隊，又無外援可待，如何敵得過日軍的堅甲利兵。日本艦隊自海上而來，由鼎底澳登陸，越三貂嶺，攻陷基隆，直逼獅球嶺。唐景崧聞訊，即由淡水乘德國商船逃走廈門。接著，林維源、林朝棟、邱逢甲等人亦相率而去。

在唐景崧內渡，臺北失守之際，人心惶惶。雅堂先生的父親得政公盱衡時局，遂興「事難爲」之歎。時臺南一隅糧餉兩缺，大廈將傾，獨木難支，得政公憂思成疾，一夕而遽亡。

時局艱險如此，復遭喪父之痛。眞是禍不單行，人間還有比這更可悲憤之事嗎？當時只有十八歲的雅堂先生，只得強抑悲痛，與家人料理後事。其後，他奉諱家居。手寫少陵全集，學詩以述家國淒涼之感。

未幾，劉永福應眾人之請，移駐臺南。選擇馬兵營連宅爲臨時的軍隊指揮部，準備重籌防守之策。

早在雅堂先生十二歲時，他的父親得政公便以兩金購得《臺灣府志》授與他，說：「汝爲臺灣人，不可不知臺灣事。」雅堂先生覽閱後，病其疏略，乃私自發願，日後要補其缺，成立一家之言。

這時，馬兵營既爲劉永福駐師之所，得地利之便，雅堂先生便於戎馬倥傯之間蒐集「臺灣民主國」的文告資料，大自獨立宣言，來往電文，小至於當時所發行之郵票等，鉅細靡遺；這些都成爲後來他撰著《臺灣通史》的珍貴史料。

劉永福移駐臺南後，繼續與敵斡旋，堅苦抵抗。然而死傷甚夥，而餉械已絀，日軍又南北俱逼。永福知事不可爲，於十月十八日，喬裝走安平，翌日乘英船去廈門。至此，臺灣民主國主持人潰散無餘，不得不告終。從光緒二十一年夏五月到冬十月，雖然爲時僅數月，可是這一個夭折的組織卻意味著偉大的民族精神。臺灣同胞已經盡了他們最大的力量，可以問心無愧矣。雅堂先生在《臺灣通史》唐、劉列傳的後面有論：

世言隋陸無武，絳灌無文，信乎兼才之難也。夫以景崧之文，永福之武，並肩而立，若萃一身，乃不能協守臺灣，人多訾之。顧此不足爲二人咎也。夫事必先推其始因，而後可驗其終果。臺灣海中孤島，憑恃天險；一旦援絕，坐困愁城，非有海軍之力，不足以言圖成也。且臺自友濂受事後，節省經費，諸多廢弛，一旦事亟，設備爲難。雖以孫吳之治兵，尚不能守，況於戰乎？是故蒼葛雖呼，魯陽莫返，空拳隻手，義憤填膺，終亦無可如何而已。詩曰；「迨天之未陰雨，徹彼桑士，綢繆牖户」。爲此詩者，其知道乎！

而在邱逢甲列傳後亦云：「成敗論人，吾所不喜」。歷史是一面明鏡，可資後人鑑照警惕。他這一段論說，於沉痛之餘，實在發人深省。

日軍入臺南後，雅堂先生「走番仔反」（這裡所謂「番仔」，非指高山族，而是指日本人）內渡。由廈門輾轉北上，入上海聖約翰大學，攻讀俄文。不過，未幾即奉母命歸臺，與臺南殷商沈德墨先生之長女筱雲女士結婚。

婚後不久，由於鼠疫流行，馬兵營內亦有人感染此疾，雅堂先生便偕夫人暫寄住於北勢街的沈府。

光緒二十七年（西元一九〇一年）日本政府欲收購馬兵營連宅爲臺南地方法院。寧南坊馬兵營，曾經是鄭成功駐師的地方，當初興位公義不食清粟，心懷隱遯，渡海來臺，卜居於此，可見深遠之心意。至雅堂先生之時，連氏族人七代七房以馬兵營爲家，其間又經歷臺灣民主國時期劉永福暫遁以爲重整旗鼓之本營。這個地方，是反清抗日的古蹟；而連氏七代人經之營之，無論危牆畫棟，花木泉石，處處蘊藏著連氏族人的心血感情；對於雅堂先生個人而言，則又是他誕生、成長，乃至於甜蜜的新婚期間所居住的環境。馬兵營，在他的思想裡，不只意味著一個家，實在是整段少年光陰的紀念。那裡面有太多家國的悲歡哀樂與鮮明活生的記憶。

然而一紙令下，日本人要收購它，毀壞它，在異族奴役之下的小民又有什麼抗拒的憑藉呢？自此，庭園樓臺夷爲平地，七房族人四處星散；家園破碎，兒時的歡愁亦隨之煙消雲散矣。

二十年後，雅堂先生三十八歲。民國已成立，《臺灣通史》亦已完成，惟臺灣仍在日本人掌中。重臨馬兵營故居，詩人感觸深刻。他憑弔一段歷史，也憑弔一段少年時光：

海上燕雲涕淚多，劫灰零亂感如何？馬兵營外蕭蕭柳，夢雨斜陽不忍過！

五月的臺南，炎陽炙人。

我從旅館雇車，請司機開往法院，一時忘記說明是地方法院，那位好心的司機關懷地問我：「你打的是哪一種官司呀？」

我徘徊在府前路那個地方法院門前。那是一幢日據時代遺留下來的殖民地式建築物，中間隆起灰色的圓形屋頂，兩翼均衡地伸展白色的樓房。我在那裡拍照，許多路人都投以好奇的眼光，也許，法院並不是什麼可留念的背景。

地方法院的對面，隔了一條蒼老的柏油馬路，有一些參差不齊的房屋和院落。還有好幾株高及二層樓的蓮霧樹，枝葉茂密，大片大片的葉子遮蔽著南臺灣的驕陽；不過，我想那些樹大概不會是〈過故居記〉文中所說「夏時結實如絳珠，或碧若玉」的南無樹吧。因爲樹也會老死的。

我穿過街心走進斜對面的一條窄巷。途經一兩棵高大而無數氣根下垂的老榕樹，樹蔭下有幾個老人在籐椅上納涼，看來十分悠閒的樣子；這兩棵榕樹或許是那個時代遺留下來的也說不定。

窄巷裡有一家頗顯得古老的古董舖子。裡面坐著一個瘦小的老先生，一位長得很富態的中年婦人在看店。我走進去問：「這兒附近可是幾十年前所謂的馬兵營嗎？」那老先生和中年婦人相顧茫然。我折回來，看見一個老太婆在騎樓轉角處擺個小攤子賣檳榔。「借問阿婆，這裡是不是古早叫做馬兵營的地方？」那老太婆嚼了幾下檳榔，用手背揩去嘴角的紅汁說：「我在這裡賣了一輩子檳榔啦，也沒聽說過甚麼馬——兵——營——的。」

我便又走回到地方法院的對面。我看到的仍舊是那一幢殖民地式的古老建築物；而今，連當年令詩人感動的故墟都沒有了。一地的陽光照耀得我睜不開眼睛。

然則，馬兵營之行，是爲了紀念一位愛國的詩人和史家，也是爲了緬懷歷史古跡。我好像甚麼也沒有看到，又彷彿看到很多很多。

後記：我寫《連雅堂先生傳》，得自家母口碑者良多。今年適逢她老人家八十大壽，謹以此文表示謝忱，並祝萬壽無疆。

——一九七七年盛夏・選自洪範版《讀中文系的人》

迷園

那個園，在我記憶的深處。

那個庭園，我依稀記得；有些部分彷彿還是相當清晰的，雖然已經是十分遙遠的事情了。

童年時住在上海的虹口。我們的家面臨著江灣路，在虹口公園游泳池的對面。至於我家後面，另有七幢二層樓的小洋房，是父親出租與人的，所以從我家後門出來，即可以溜到衖堂裡玩。那個衖堂，為七幢住戶所共有，也是我們家姊妹兄弟時常玩耍的地方。

衖堂的前方有兩大扇鏤鑄的黑色鐵門。鐵門外即是江灣路，車輛來往雖然不一定很多，我們卻是被禁止隨便跨出鐵門上街的。我們的活動範圍，除了自己家的庭院，就限制在那條衖堂裡頭。童心有時不可思議。雖然自家庭園有草地，一架單槓，一個砂坑，和一雙鞦韆，可供戲耍；但還是嚮往著籬笆外頭的世界。

既然父母嚴禁我們任意走出街堂的鐵門外，那就只好退向街堂的尾部。我們發現街堂尾部漸漸荒蕪的盡頭，竟然有一個園子。是一個神祕的園子。

那時候，不作興用水泥築牆。像我們住的二層樓洋房，是十分新式的，但周界卻是採用細竹編製的籬笆。那種竹籬笆，無論從裡望外，或自外看裡頭，總是隱隱約約，可以見得車輛或人影，卻不頂十分清楚的。那個神祕的園子，也是有竹籬笆圍起來，只是靠近街堂部分，或者因年久失修的緣故吧，有些破舊損壞。我們這些孩子當中，也不知是什麼人興起的頑皮念頭，一次拆毀一小部分；日子久了，那損壞破舊的情形就愈形明顯；終於拆毀成一個小洞，每一個小小的軀體都可以鑽進去。

這件事情，家裡的長輩們都不知曉。我們小孩子，心中既歉疚而又興奮，每個人都爲擁有一個共同的祕密而充滿了複雜的感情。事實上，初時我們並不敢貿然鑽進那個園子裡，頂多只是輪流趴在洞口覷看那個園子而已。

「我看到大樹了，還有柳樹吔！」

「有池塘，有好大的池塘。」

「那邊好像有一個白房子。我看見石階了。」

每個人都要炫耀一下別人沒有發現的部分似的，你一句我一句，越發的興奮起來。

自從洞口變大了以後，我們更按捺不住好奇興奮，幾乎天天下課後都要到街堂尾的洞口觀察一下才心安，而且每一次的行動都是隱祕的、悄悄的，千萬不能給家裡的長輩察覺，也不能讓街堂裡的大人知曉。

那個庭園似乎很大，籬笆洞口這一部分，大概是庭園的末梢地帶，所以亂草叢生，沒有經過整修的樣子。於今回想起來，第一次忐忑不安地窺伺洞內景象時，彷彿什麼也沒有看清楚。自叢生的亂草隙縫望進去，確實是有一些樹木、池塘、屋宇和臺階等等，但一切都是朦朧的、迷糊的，甚至是虛幻的，像一幅亂針繡的圖像似的。許是因爲那樣子，更激發了我們的神祕感與好奇心也說不定。

逐漸的，只是從籬笆外的洞口向內窺伺，已經不能滿足我們這些小孩子的好奇了。不知是誰帶頭的，大概是哪一個膽子較大的男孩子吧，我們試著從那個洞鑽進籬笆的那一頭。

籬笆的那一頭，便即是那個大房子的後園末端。其實，剛剛接觸到的景象，與趴在地上看見的並沒有什麼分別；只因爲腳踏在別人家的地上，遂有十分異樣的感覺。更興奮、更慌張，而且忐忑不安。我們都不是「壞孩子」，但是，每個人的心裡頭都有一種犯罪的感覺；那種感覺明白地寫在每個人的臉上。我們三幾個孩子屏住氣，靜靜悄悄，互相察看別人的臉。我自己彷彿覺得變成小偷似的非常不安。那時候，如果有人促狹地喊叫一聲，猜想我準會嚇昏過去。不過，我又猜想，別人大概也同我一樣的心境，所以我們只是靜靜地在原地猶豫。

終於，不知什麼時候，不知什麼人帶動的；也許是三幾個人結合成爲一個整體，漸漸向前移動，我們好像被一種不可抗拒的力量推動著，在向前慢慢行進。腳上踩著的是長短不齊的野草，時則露出泥地，時則有一片小花。白色的、淡紫的，或是黃色淺淺的，就像是江灣路鐵軌兩側草坡上隨處可見的尋常野花。泥地和草皮彷彿是微微霑著濕氣，許是頭頂上樹木蓊鬱，而且枝葉繁密的關係。我好像如今都能記得偶爾抬頭時看到的一小圈一小圈的陽光，有些令人暈眩的奇異感覺。那應該是初夏的季節吧，或者是暮春也說不定。

果然是有一潭池水。小小的，並沒有想像中的大。池水的中央泛著蘋蕣，周遭有些似乎經過布置的石堆，或是垂柳什麼的。有沒有禽類在水面上浮游呢？也許有，也許沒有，不甚記得了；但記得當時十分興奮的心境。那種興奮如何解說呢？就像是一幅圖畫忽然變成了實景，而自己竟然就在其間；又像是一場好夢陡醒，卻發現現實與夢境正好吻合著。虛虛實實、實實虛虛。

第一次溜進那個庭園的記憶，大抵如此。好像是看到很多東西，其實大概並沒有看到多少。草、樹、陽光、池水，或者還包含其他瑣瑣碎碎，如今已記不清楚的一些東西吧。

不過，有了第一次的經驗以後，我們幾乎迫切地期盼著下一次，以及更多下一次的機會。那座充滿我們共同祕密的庭園，遂變成了大家於玩膩各種遊戲之餘的一個好去處。而每去一回，總多少有一些新的發現。譬如說，同樣是庭園末端的部分，稍微再深入一些，有一片比較整齊的草坡。蒲公英滿開的時候，我們女孩子便坐在草地上編織黃色的花圈，做成手環，或者花冠，頭頂上曬著暖暖的陽光。又譬如說，男孩子們告訴我們，高大的樹上，有鳥巢，裡面藏伏著一些小鳥的蛋。可是，我自己總爬不了那麼高，所以並沒有親眼看見。有一次倒是看到一個不小的蜂窩在枝椏間，嚇得連忙滑下來，鞋子脫落了，手腕也擦傷了；擦傷的手腕，只好跟母親撒了一個謊，才換得母親溫柔的疼愛，洗淨傷處後，擦了一片紅藥水。

我們其實是膽小的，只敢在那一片似乎無人管理的半荒蕪地帶稍微活動，也不敢大聲喧嘩，唯恐引起屋主注意，那可能就不得了啦。會有什麼不得了的後果呢？其實也不甚明瞭，大家只心裡戒懼著。許是那種充滿危機感的意識，反而促使我們好奇也說不定。

至於屋主是什麼樣子的人呢？有男女主人或像我們這樣子年齡的孩子沒有？我們也始終不能一探究竟。

從池塘往對面望，似乎有一段石板小徑通達石階。石階上是一片陽臺，陽臺似乎並不十分寬敞，但一排白色的落地窗卻總垂著白色的布帘。爲什麼那一排落地窗反而令我們看不到屋裡頭和屋裡的人呢？我們都不明白。也許是我，也許是別的孩子，我的妹妹，或者我們鄰居朋友之中的某一個人忽然想到的。那白色大房子可能是鬼屋！

一旦有了那樣子的念頭以後，立刻感到毛骨悚然。大家急急退出園子。落在後面較小的孩子，嚇得要哭出聲音來，我們較大的趕緊摀住那小嘴巴，唯恐連累到大家。風也涼了，花朵也不再鮮明了。我們手腳發軟地，一個接著一個，快快鑽出園子。出得衖堂，面面相覷，每個人的面龐上、衣褲裙襬上，都沾著泥巴，但一點都不好笑。大家鐵青著臉，哆哆嗦嗦各自回家去。

遂有一段時間，沒有人再提起遊園的事情。我感覺有一些惶怖，也有一些些遺憾，甚至於相當悲傷。

日子一天天過去，即使偶爾走到衖堂底，那裡明明有一個我們辛苦挖出的通道；但是怎麼會一日之間竟變成充滿恐怖的庭園呢？稍稍靠近籬笆望進去，園內依舊是林木和草叢，有花朵，也有陽光，有時甚至還隔牆聽得鳥聲啁啾呢。多麼可惜啊，我們的園子。

是的，那個神祕的園子的末端一些角落，不知不覺間，似乎已經屬於我們那一群經常出沒的孩子所擁有；然後，忽然又失落了。

日子在失落之中一天天過去。年少的我們，其實還是有許多可以分心的事物。不過，由於那座令人迷惘、神祕、又恐懼的園子，就在我們住處的後頭，所以總是無法把它完全忘懷。過了一段時間之後；如今已記不清是多久了；也許是兩個月，或三個月，或者竟有半年之久，有人又忍不住好奇地開始窺伺庭園的內裡。於是，傳說又開始散播起來。

「我看到一個工人。園丁模樣的老頭兒。」

「嗯，還有一個婦人呢。不是鬼，是人哪！」

年少好奇的心，又禁不住地蠢蠢欲動。

彷彿是一個秋日午後吧，我們居然又壯起膽子溜入園中。枯乾的黃葉在腳下沙沙作響，幾個小孩子擠在一起，躡手躡腳地走在已經有些陌生的庭園。頭頂上的葉子已凋零，枝椏縱橫，秋陽透過枝椏在我們的面孔上和肩膀上畫著縱橫的光影，有一些可笑的樣子，也有一些可怖的樣子。有一人忽然蹲下來，大家也都機警地蹲下來。屏住氣，睜大了眼睛四望。從林立的樹幹間望過去，見到一個微胖的老頭兒在掃著陽臺上的落葉。他顯然是沒有聽到我們沙沙的腳步聲；或許是掃帚畫在石板上的聲音太響，所以沒有注意到我們的吧。

他的形象，他的動作，在明朗的秋陽下清清楚楚地映現在我們的眼前。不是鬼，確確實實是一個人。我看得出玩伴們的眼神中都透露著這樣的訊息。大家都心安了。但既然證實那個屋子不是鬼屋，園子也不是鬼園，我們卻反而感到有些微的失望似的。

其後，大概也還是偶然溜進去過的，但活動的範圍，始終沒有逾越池塘。也偶爾再看見過遠處那個掃地的老頭兒。他有時戴著一頂深色的帽子，低頭用心而遲緩地掃落葉。我甚至還有一次看見落地窗的白布帘微開著，有半截婦女的裙襬，和白挺的西服褲管子。但是，距離太遠，窗帘還是擋著上方，所以莫說臉部無由得見，連他們兩個人的身影也沒法子看見。

那個穿著筆挺潔白西褲的男人是屋主嗎？還是來訪女主人的神祕男客呢？

爲什麼在那樣的季節裡穿著白西褲呢？他可能是一個海軍的軍官吧？

女主人的面龐和上半身都看不見，實在是很遺憾。她是不是很美麗？是不是一個人孤單地守著那座大白屋？

那時候的我，正值從童年跨入少女時期的年紀，並不懂得什麼；只因爲喜歡閱讀，有一些些想像力，和一大堆好奇心；便以爲自己猜著了什麼似的。

天氣逐漸轉涼。我們放學後的大部分時間，都局限在自己家裡。上海的冬天雖不是酷寒，卻也有霜凍，有時甚至也有雪飛。

而時間在寒氣中緩慢地流逝。

春天再臨，路旁的野草不知不覺間已長出來，蒲公英也黃黃地開了遍地。有人發現，衖堂底的竹籬笆已經翻修過了。我們祕密的通道，當然也不再有了。

就在那一年的乍暖還寒時節，我們舉家搬回臺灣。

江灣路的家，家後的那條衖堂，和那個曾經屬於我們的庭園一隅，都遺留在已然褪色的童年記憶裡。然而，我依稀記得，有些部分甚至還相當清晰地記得，雖然都是一些微不足道的瑣碎片段而已。

在遙遠的記憶深處，有一座迷園，我沒有忘懷。

——一九九三年四月・選自九歌版《作品》

白夜

——阿拉斯加印象

輪船這一天整日在冰山海灣內緩緩轉動。海灣的南北二十五哩長，東西三哩寬，是一個狹長形狀的灣。天氣晴朗，無風亦無浪，船身十分平穩。

晝間的甲板上充溢遊客，舷邊更不易找到一個空隙，人人拿著各式相機或錄影機拍攝白皚皚的冰山群；如今夜已深，興奮的表情與讚賞的歎聲，有如夢幻一般，不復聞見。甲板上，空空盪盪，偶爾見到三數堅持不眠的人。

堅持不眠的我，是為了一償晝間未能飽覽北地奇景之憾，也或者是想要珍藏今生大概不再的記憶吧。

在十分寬敞的甲板上走了一圈。船舷的右翼是拍打船身的寒波；稍遠處見浮冰漂流，有碎細點點，也有較大的，如猛獸、似奇禽，從不同角度觀看，自能引發不同聯想；更遠處，便是皚皚綿延的冰山群了，連嶂巇崿，變化無窮，難以言狀。左舷的風光亦復如此。寒波、浮冰，以及巇崿難言的冰山群。

更上層樓、更上層樓，終於登上最高層的甲板。現在，我幾乎可以不必仰望而平視遠方的冰山群了。

晝間在陽光下，冰層反光，不容逼視；而今是深夜十一時，天依然亮著，卻不再光耀照目。我清楚地看見冰山壘壘峨峨、犖确磷堅的樣貌，卻都蘊藏在深沉的白色裡。其實，不是白色；千萬年、千千萬萬年的冰山，有深刻的白色，是一種滲浸著寶藍色的白。也許這種包容寶藍顏色的白，才是最原始的白色吧。

而藍白色的冰山群，沉寂地矗立於船的左右兩翼遠處。浮冰也是沉寂的，寒波亦然。這靜謐，令我突然欲淚。彷彿我心底的某種思緒逕自離我而去，瞬息之間遍歷皚皚的群峰，帶著硜然巨響回到我最深沉的體內。於是，我聽到群山冰凍的一切故事了。

感覺到冷，是相當冷。氣象預報說，今天的氣溫在華氏四十二度到五十一度之間。天雖然還亮著，如今已是深夜，氣溫當在四十五度以下吧。無人的最高層甲板上，還有一些風吹。我拉起薄呢外套的衣領，一手按著揚起的裙襬，走下扶梯。眼角因寒風而有淚水流出，鼻尖和雙耳也是凍涼的，眞不能相信這是盛夏七月天。

下面的甲板上，也還是冷，但風勢較弱。仍見到三幾個人徘徊著。我看到一個東方人，是一個日本人，他善意地和我招呼。

「還沒有想睡嗎？」我用日本話同他講。

「啊，不捨得這個夜色。」他用十足的美語回答我。

我們站著交談。他告訴我：生長在西雅圖郊外，大學畢業後即在一家美國商務機關任職，負責與日本方面接洽事務，但只會講幾個有限的日語專有詞。已經退休了，興趣是垂釣。

「這次旅遊終了，我要和妻子留在安哥拉契釣魚。」他憨厚的面孔上，有健康的陽光曬過的痕跡。看來是一個喜愛戶外運動的人，但顯然不是能言善道類型。

「我不喜歡金錢買得到的物質。」

「你看，大自然多麼美、多麼偉大！」

極簡短的談話內容，卻足夠令人揣摩他的個性。忽然，他問我：「你怎麼一個人在這兒？」

「想看看北地的夜晚。」我眞是有些好奇的。

「誰知道什麼時候天才黑。」他可能也是好奇心重。

我們走到白色的欄杆邊。氣象預報是說：今天早晨五時二十一分日出，晚上十時三十一分日落。如今已過午夜，太陽早已下去了，但天空依然是亮的。我注意到，先一刻碧青的海水，不知什麼時候開始，已轉變爲水銀一般的有重量的顏色了。天色似乎也帶了一些深沉的氛圍。時間並未永駐，唯其似乎運轉得極緩慢，趕不上我手錶上時針移動的速度。

「我看，我要先回艙房去了。明天還得早起。」身旁的日本人說著，伸出厚實溫暖的手：「晚安。我叫早川。」

「晚安。我再多留一會兒。」我漫應著，心裡卻在想，現在不是已經明天了嗎？現在是明天的清晨。只因爲太陽已西墜，如鉤的一彎月淡淡在中天，而天色不暗，冰山又在兩側岸邊茫茫的白著，所以令人不辨是晝是夜。

我探首下望。海水似乎又從水銀凝重的顏色微微轉變呈玄墨，卻仍然有波光隱約。波浪重複著拍打舷腹的單調律動，一次一次無限次，令人暈眩不克自解。

這無數片玄墨有波光隱約的底層是什麼呢？如果我再探首向前往下，會不會被那神祕的深沉吸收吞噬進去呢？

我看見自己墜落下去。一次又一次。

以一種疾速如落石般的重量。

以一種飄忽如羽毛般的輕盈。

以一種翩躚的舞樣。

以一種朦朧的澄明。

我的背脊冰涼。我握著欄杆的雙手因過度用力而僵硬。而我的雙頰何以也是如此僵硬冰涼呢？

我仰首，唯見白夜茫茫無極無限。

我在陌生的阿拉斯加海中某處。

——一九九二年十月・選自九歌版《作品》

翡冷翠在下雨

車抵翡冷翠時，正下著雨。帶一絲寒意的微雨，使整個翡冷翠的古老屋宇和曲折巷道都蒙上一層幽黯與晦澀，教人不禁興起思古之幽情。

這種雨，不大可也不小，有些兒令人不知所措。若要打傘，未免顯得造作而且不夠瀟灑；若收起了傘，不一會兒工夫頭髮和肩上都會淋濕，只好豎起外套的衣領了。

從豎起的衣領側頭向右方看。那是阿諾河，河面上也是一片濛濛的景象，在那濛濛之中橫亙著一座石橋，據說是二次大戰時少數倖免於炮難的橋。如果時間可以倒流的話，那一座橋和橋旁的街道，或即是但丁佇立癡望那位無比榮美的琵亞特麗切的遺跡吧。

就是這種歷史的聯想，文學藝術的聯想，使人不得不格外小心謹慎步履，豈單只是害怕雨水路滑而已。

翡冷翠狹窄的街道眞的就在腳下了。前此只是從歷史的記述和別人的詩文中想像的這個城市，而今如此灰黯卻又鮮明地呈現在眼前。舉目四望，盡是繁密排列的古老房屋。當然，其中許多建築物幾度經歷天災兵禍的毀壞而又修復，不可能是十六世紀的原來面貌了。可是洪水氾濫過雨露浸蝕過，畢竟整座城都透露著一種蒼老的氣息。

蒼老，但是精緻，這是翡冷翠的建築物給人的印象。譬如說百花聖母瑪利亞教堂四周圍無數的大理石像，以及不留一點空隙的精雕細琢的圖紋，如何來形容才恰當呢？也許只能說「嘆爲觀止」；但「嘆爲觀止」四個字終嫌抽象，除非你親自瞻仰過，這個抽象的形容詞才始轉化爲具體的形象，牢牢保留在記憶裡。諺云「海枯石爛」，石以其不易爛，所以喻堅固不變。但翡冷翠多雨，使大理石的精緻建築物轉爲黯淡。爲此，每四年就得清潔修護全城的藝術殿堂。翡冷翠的祖先們藉大理石展現了他們的天才光芒，翡冷翠的子孫們便有責任辛勤的維護，使那光芒永照人寰。

地靈人傑，大理石是這個國家的特產，也是這個都城的榮耀根源。提到大理石，如何能不聯想到米蓋蘭基羅？他的大衛王像栩栩如生巍巍地站在那裡。鬼斧神工的鑿痕，使人望而屏息。炯炯的眼神自白色的大理石後逼視著遠處的什麼地方，結實有力的肌肉和手腳，甚至筋脈浮突都似乎蘊含著生命。大衛王就是這個樣子的，你相信。他果眞是這個樣子嗎？其實是造像的藝術家告訴你，大衛王應該是這個模樣。米蓋蘭基羅曾經對出錢請他雕像的人說過：肉體會腐爛，印象會模糊，千百年後誰知道像不像其人，世人寧信我的雕像是眞實的。

傳說這位翡冷翠籍的藝術大師並不高大魁梧，他比人們心目中想像的矮得多，也醜得多。但矮和醜又有什麼關係？正如他自己所說的，肉體形象都不可能永存，而今我們並不關懷他生前美醜的問題，只見一座座的大理石雕像屹立處處，儘管有的斷了手缺了腿，甚至有些連頭部也不知去向，但那也沒有關係，因爲米蓋蘭基羅已經在他的作品裡不朽了。

翡冷翠其實是因爲人傑而致地靈。聖十字教堂可謂「翡冷翠的西敏寺」。這裡面安息著許多位藝術大師和其他卓越的人物。前面是但丁的雕像，他削瘦的臉上有一隻鷹鉤鼻子，眼神憂傷而敏銳。雖然他的遺骸並不在此地，翡冷翠的人堅持要給這位偉大的詩人一席之地。至於米蓋蘭基羅，翡冷翠的人當然要讓他安葬於此。他生前雕琢過無數的大理石像，死後其門徒也爲他造了一個大理石像紀念，旁有三座女性石像，分別象徵著其人一生的三大成就：建築、雕刻與繪畫。天文學家伽利略的墓像與這位藝術家遙遙相望，靜立在大廳的對面，而伽利略注視的方向正是音樂家羅西尼石像的位置。其他哲人和政治家則又各據一隅。虔誠巡禮一番後，如同沐浴在人類的智慧餘澤之中。

翡冷翠稱爲文藝復興搖籃之地，即因這個地方人文薈萃，人才輩出；然而天才倘無人賞識提攜，生活不得保障，便無由安心創作，則才智亦恐難發揮。從這個觀點上看，翡冷翠的梅迭契家族委實功德無量。這個家族富貴、有權勢，而又好藝術。許多翡冷翠當地及義大利其他地方的文人藝術家都受過他們的禮遇，如但丁、達文奇、米蓋蘭基羅和拉斐爾等人，都先後出入過其門庭。當時梅迭契一族顯赫無匹敵，但他們愛好文藝的傳統，終於使人才集中，而這個城市也就成爲全義大利最具藝術氣息的重鎭了。然而，天下的威勢也沒有永不衰竭的，傳十三代後，梅迭契家族終於沒落；今天我們只能從其家族的私人教堂之輝煌遺跡憑弔想像一斑而已。

梅迭契家族的私人教堂在曲折狹隘的巷道內。路面凹凸不平，街道兩旁盡是古舊的民房，樓下的部分多數已改成商店或餐廳。若要訪古，卻得先走經過這些現代裝飾的櫥窗和招牌前。雨水淋濕了光可鑑人的大玻璃窗和門扉，與土灰色斑斑駁駁的牆，及濕漉漉蒼老的石板路，構成有趣的對比。

古代的貴族自有其表現財富、顯耀威勢的具體辦法。看那些由各種不同質地與彩色拼成的圖案與家徽，威尼斯以嵌玻璃的手藝著稱，而梅迭契家的教堂卻以大理石和花崗石取代了玻璃，其別出心裁，匠心獨運即在這一層區別上。當然這個教堂裡也少不了大理石雕像點綴空間，褪色的壁畫和頂畫也包圍了四周。在這裡，藝術的創作已經和宗教的崇敬、權勢的襯托，融和爲一體；或許，這也正是藝術作品得以流傳的一種安全保障。不過，究竟私人教堂格局小，過多的裝飾反而減卻肅穆的宗教氣氛。這一點，恐怕是富貴的梅迭契家族建堂時始料未及的吧？

步出這座小型教堂，暮色已乘細細的雨絲自四面八方圍攏來。店鋪的燈光都亮起，招牌的霓虹燈也閃耀著。遊客的思古幽情未醒，街上行人卻正匆匆趕步，路旁賣明信片和土產的攤販也陸續在收理東西準備回家。

「生爲翡冷翠的人，你一定很驕傲吧？」我禁不住這樣問那位中年的導遊者。

「我當然是很高興做一個翡冷翠的人啦。但是，說實在的，我可沒有天天生活在感動之中。人總是要顧及現實的。」最後那句話，他壓低了嗓門說。

這時，有鐘聲傳來。發自遠方近方、大大小小各寺院鐘樓的鐘聲齊響。每一個行人都習慣地看一看自己的手錶。

「請對時吧。這是五點半的鐘聲。」導遊者附帶加了一句說明。

我也看了看手錶。一點三十分，這是臺北的時間。有一滴雨落在錶面上。

——一九七九年十二月・選自洪範版《遙遠》

路易湖以南

從路易湖(Lake Louis)南行。

途中，左眺或右望，盡是聯亙的山脈，東睇或西覽，無非綿延的林木。

這北緯五十多度、西經百二十幾度的地方，比東北更北，夾著國際換日線，合當與臺北遙遙對稱著。

東北，未嘗經驗；臺北，當然熟悉；而這裡則是初次造訪，不免有些新奇與猶豫的心情。

車速應該是相當快捷的，以一百公里的時速前行，但路面平坦，視野遼闊，遂令奔馳有如徐行，保持著適宜觀賞的速度。

於適合觀賞的速度下，左右的山脈南北無垠地聯亙著。沉鬱頓挫，風骨嶙峋。那稱為加拿大落磯山脈的群山牽連相擁重疊於我顧盼間者，其實只是起自阿拉斯加，向南奔走到墨西哥的一小段而已。

山頂猶見積雪皚皚於處處，乃因爲時値盛夏。大部分的雪已經化作瀑布飛泉，融入河川沼澤內，唯不勝寒之高處，仍介立地堅持著最後的終年不化之白；而白，倒也未必堅持於最高處，時則峰頂褪去了皚皚，裸露犖确的崖石，幾撮亮白兀自於其下以皴筆的姿態停留著。

確實是皴筆的表情。即使整體而觀，若想畫這樣蒼勁雄偉的山勢，怪石參天，嵐氣在陰崖，水彩或油畫終嫌不夠貼切，須是那種大片枯筆橫掃，復以留白之神妙，方才妥善。

其實，山脈也並非全然是斷崖怪石。山麓甚至半山腰處便漸漸有林木叢生。多數是寒帶的杉樹。挺立如數不盡的侍衛，雖在暑天驕陽下，枝葉紛披，竟然猶帶幾分聖誕節氛圍地蒼青著。

便是這種蒼青自山腰迤邐至山麓甚至平地道旁，使得嶙峋的山添增幾許鮮活，而不至於一逕的枯槁。若換作冬季來此，白雪覆蓋萬物，當又是另一番景象吧。

有一隻北美洲的黑鷹，在遠山與車窗之間，展翅盤旋。翅膀像是盡情展開的手臂和指尖，放鬆全然的放鬆，但是堅挺而恆毅。牠自車後超越我們，穩定如箭地上升向遠方，復又悠悠地作一百八十度回轉，然後消失在我車窗的視界外。

也許是在覓索食物罷?作爲一隻禽鳥，當自亦有其辛苦。而在我追索老鷹蹤影失落的方向，卻與一座奇特的巔峰相遇了。於眾山崢嶸的遠方，更有一峰突起。形如著一頂葛巾的側首，雖然眉目鼻樑等五官模糊，但那桀驁又落寞的神情，分明非太白莫屬，獨憔悴的斯人，難道身後竟也寂寞地攀登此難於上青天的另一個蜀道嗎？

從路易湖南下，實則沿途所見，在我內心隱晦處相遇的，竟都是古老中國的記憶。譬如先前那一排屏障也似的山巖高聳，有雲霧靄靄，彷彿仙人排列如麻的老姥幽境，吹拂過千巖萬壑與林梢枝葉傳入耳裡的風聲，遂亦有了錚錚鏦鏦的妙響了。

峰迴路轉，而路轉峰變。前一刻看到的奇峰並峙，有如巨大的左手豎起大拇指，待車行稍遠路轉彎之後，從另一角度望去，發現竟然是前後數峰重疊的效果；側面觀去，打散了各指，便全然不是那回事了。

而南離路易湖的途上，也包括了這類對原先自以爲是的一些失望。

繼續向南。逐漸看到夾於林木間的河水汩汩而出。這流水其實一直在流著，從湖泊溢出；不，從雪山泄下。在陡峭的地勢，先呈急奔的飛瀑，流到平地仍喘喝不已，顏色卻是乳白的；蜿蜒數里甚至數十里之後，終於驚魂甫定，成爲汩汩的藍綠色。這藍綠的色澤，無以名狀，比綠更藍，較藍爲綠。有人稱爲祖母綠色(emerald green)，卻少一分珠光寶氣，多一層純淨晶瑩，是大自然奧妙的原始色彩，終非調色板上所能尋覓的。

昨夜投宿路易湖畔。從旅邸客窗望出去的路易湖，便是擁有這種純淨晶瑩而且清澈的藍綠顏色。窗對著湖，湖的三面被群山環抱著；近山稍低，有杉木叢生於更低處，遠山則較高而山勢險峻，連嶂巘崿之上，千萬年不化之積雪，已累純白爲湛藍。湖水旦夕有山巖林壑的倒影，雖則山中崖傾難以留光，但明鏡也似的湖面，總如實地映現昏晨的嫣紅日影，或遠近變化多端的山色。

告別路易湖驅車南下，一路時隱時現的這條河，也不知是踢馬川(Kick Horse River)還是弓河(Bow River)？一時無法查知。其形宛宛，有如弓背，似宜取弓河爲名；至於處處有石橫水分流，湍急如奔馳，則恰似踢馬狂走之勢。但貫穿班夫城(Banff)的流水，倒是不容置疑的弓河了。

車行到近班夫城前，河水又轉變爲泱泱的湖泊。湖水澄明之中，有巨大山脈的倒影。那名爲巒多(Mr. Rundle)的大山，確實峰巒特多，一峰捱著一巒，層層疊疊，由北向南。不知從何處開始，以波濤洶湧之勢高潮迭起，蜿蜒伸張，至此而忽焉斷落，如樂曲末章突然以響鑼終止，令人錯愕不防！而整排山脈，由北南走，漸漸扭轉向東，山脈上的眾多峰巒亦隨之生鮮有活力，如巨龍之脊椎，起伏有致。是的，這正是一條巨龍臥伏。至於那首部忽然不見，必是藏匿於湖底——「虯以深潛而保眞」。我終於印證悟得了古典的精髓。

加拿大落磯山脈(The Canadian Rockies)，我專注地陪她走過一小程，謹此贈與一外號：加拿大龍脊山。

——一九九五年八月

步過天城隧道

六月初的伊豆半島，陽光明麗，拂面的東風正宜人。大概是閏月的關係，今年的梅雨，到處都延期了。菖蒲花開得稍遲。修善寺公園中，大片大片蒼翠的劍形葉如波似浪，以紫色爲基調的相近各色菖蒲花點綴其間，彷彿波濤濺起的浪花一般。不是週末假日，遊客自然稀少，正宜賞花賞嶺賞天色。天色兀自的藍，難免有幾朵白雲飄浮；嶺巒起伏的線條，十分柔和；山麓還有繡球花含蓄地漸次綻開。

離開彩色繽紛的修善寺，搭乘開往半島南端「下田」的巴士。這一條路線，別名「踊子路線」；甚至於今晨九時自東京車站開來修善寺的特別快車路線，亦稱爲「踊子特急」。這未免太過分了些，恐怕是川端康成寫《伊豆的踊子》時始料不及之事。不過，伊豆半島的居民卻沾沾自喜，以此爲傲。

不是週末假日，巴士的乘客雖然沿途有人上下，始終只維持著十來人的樣子。多半是家庭主婦，樸素的外表，與東京的婦女大異其趣，有的人腋下挽個籃子，大概是要進城購物的吧？偶爾有些上了年紀的男人登車，斑白的鬚髮，憨厚的表情，則令人無由猜度何所為而來了。看來平日這條路線是沒有什麼「踊子」的浪漫氣息的。乘客雖不多，穿著制服、戴著帽子和白手套的司機卻肅穆謹慎地開車，就像他是在執行一項十分隆重的職責，譬如駕駛客滿的波音七四七似的。車子一直保持三十公里的時速，在急轉彎處，甚至更要緩緩減低速度。

大部分的時間，車子沿著左側的山崖而行駛，景觀是在右方。這鄉間的公共汽車雖然有些老舊，車內倒是十分清潔，座位也相當舒適，質樸的氣氛，反而令人感覺安詳自在。路是平坦的，但車子盤桓蜿蜒而上，不免有崎嶇所帶來的韻律。我時而鬆弛地倒靠椅背，一任全身隨車搖晃，時而憑窗眺望，飽覽景色，有一種愉悅中羼雜著落寞的奇異感覺。

窗外，初夏正以滿山滿谷的新綠展呈。山外還是山，連嶂疊愕，又山山皆被樹，致有林迴嚴密的奇觀。車速不急不緩，適合從容瀏覽。我試圖一一辨認觸目所及的草樹，可惜我不是植物學家，多數眼睛所熟悉的，竟無論俗稱學名都無法道出。儘管叫不出它們的學名俗稱，所有深深淺淺的綠色都欣然充滿生機，在六月的陽光下油油地綿延至無垠無際。

其中有一種樹，我倒是認得的。直挺挺密密排列近處和遠處山巒的是杉木。樹幹齊高，枝葉都伸展在上方。數不盡的杉木構成的林海，觸目皆是。帶著莊嚴高貴，氣質兀傲而挺立的杉木，怎麼形容才好？恐怕只合用道德風骨一類的詞藻才行。幸而我不是植物學家，不必思考其界門綱目科屬種的細節，可以一任自由抽象的聯想。

> 道路變成迂迴曲折，接近天城山之際，雨腳染白著杉樹的密林，以猛烈的速度自山麓追我上來。

我想到《伊豆的踊子》開頭的名句。川端康成的文章，妙在語言氣氛，我這樣翻譯，未必能把握其佳妙於一二；但語言本是糟粕，而得意忘言不易，所以文學也只好勉強以文字記錄經驗，然則推敲也是無益徒然之事！

這裡正是接近天城山的途中。公車司機的左上方亮起站名的指示燈：下一站是「水生地下」。水生地下？不知該如何讀法？日本的地名，連他們本國的外鄉人都讀不出來，更何況外國人呢。「水生地下」，我用中國音在心中默讀一遍，並且望文生義胡思亂想，頗覺得有趣味。水生地下，從常識上判斷，應當比較合理，至於「黃河之水天上來」，只有異想天開的詩仙才說得出，但千年來李太白竟也強迫大家相信他的醉言醉詞；是則文學之力又不容輕視的了。不管水生地下還是天上來，不如下車走走看吧，我忽萌奇念。何況下一站便是「天城」。在此我不得不襲用當地原名，不便妄改爲「天城山」了，雖然我曾經觀賞過松本清張《天城山夜》推理小說改拍攝的影片「天城山奇案」。

「峠」這個字，是日本人創出的「漢字」，所以在我國字典中無法尋得此字。日本字典中特別注明這是一個「國字」。原係由「手向」（旅人合掌祭道神之義）之音轉化而來，若以我國的六書而言，應屬於轉注，但其義爲山之最高處，爲上坡與下坡之分界，則又似屬會意。唉，我這樣費神思考也是徒然，反正天城峠已在足下，而我正一步一步走向那隧道。

天城隧道在前方可望見處，卻頗有一段距離。

重疊的山巒依舊綿亙起伏著，原始林木與深峻的谷壑也應是昔日風貌，但現在不是紅葉的秋天，而是陽光明麗的初夏。那二十歲的高中青年，心中有迫切的期待，但我是浮生偷閒的旅客，既無期待亦無牽掛，所以不必趕路，儘可以閒閒步行。

有鳥聲此起彼落，以高低莫辨其情意的音調鳴啼。也有野花小小浮泛在路邊的草叢間，或黃或白，都是平凡的淡色。至於風鈴草在微風中搖曳，就不知是在互相傳遞著什麼祕密了。草和花也像禽鳥一樣，該有它們各自的語言表情吧？

多麼明麗的陽光！在疲憊的人事瑣務之餘，我閒步的心情也一如六月的初陽。東看看，西望望，均衡地呼吸著新鮮的空氣，不知不覺間已走近隧道口了。可是，探望幽黯的隧道內，不禁有些猶豫躊躇，舉步維艱。一時興起而下了車，卻不知這隧道究竟有多長？途中會有什麼情況嗎？

猶豫是難免的，但好奇與隨之而起的勇氣也不克自抑，於是一步一步走入暗影裡。其實，洞內並非眞正黑暗，每隔一段距離便裝置著昏黃的燈，而且偶爾也會有貨車或什麼的隆隆駛過，車燈照射出強烈的亮光，所以並不是十分可怕。我小心沿著邊上的窄道行走一程，忽又興好奇的念頭，遂又退回始點，重新起步，心中默算著步數。約莫走了四百步，洞口已被抛在遠處。方才耀眼的陽光變得有些曖昧，分不清是色還是光；又繼續走百餘步，一回頭，洞口竟已不見，許是轉了彎的緣故吧。

那戴著有高中徽幟的帽子，身穿和式衣褲的青年，因爲追蹤無意間在修善寺的橋邊遇見的少女，抑制著忐忑初戀的心跳趕路。好不容易的在路旁的小茶店與避雨的藝團一行人三度相遇，卻又不敢言語。待雨歇人去後，方始僞裝若無其事地問店東老婆婆：「那些藝人，今晚會在哪兒投宿呢？」「那種人！誰知道住哪兒呀！客倌，還不是哪兒有客人住哪兒。她們才不會去想今晚住哪兒哩！」老婦輕蔑的口吻，竟無端地煽動了青年的戀情：那麼，今晚就讓她住我的房間吧。

二十歲的年輕肉體，怕會因爲這稚嫩的綺念而通身發熱吧？我彷彿聽見流浪的藝人們平凡的交談在隧道內回響。那領班的男子，穿著印有長岡溫泉旅館標幟的外衣，走在前頭帶路。後面跟著一個中年婦人和兩個年輕女子，其中烏髮豐饒，背著小鼓的，便是青年暗戀的少女。或許，在如此幽黯的隧道裡，也還分辨得出她低首碎步時露出的白皙後頸吧。青年甚至還在公共浴池的溫泉氤氳中瞥見她骨肉均勻若桐樹一般的肢體，那副健康無邪的裸身，反而令人感覺澄清如水的純潔。當然，慾望也不會全然沒有，比方說，在他獨處旅邸一室，聆聽稍遠處筵席的笑語喧囂時，想像如長了翅膀亂飛；尤其當舞女的鼓音停止時，更令他有欲狂的嫉憤……然而，一切都成爲過去，似乎發生過什麼，又似乎什麼也沒有發生過。與少女分別後，在駛出伊豆半島南端的汽船中，青年自覺已變得純美空虛，任淚水盡情流下雙頰，暗享不殘留一物似的甘美的快感。

隧道裡有前後可辨與不可辨之間的微光，沒有車輛駛過時，周遭寂靜若死亡。我仍然專心地數著自己邁出去的腳步，僅留一部分的餘地分心幻想。時時有水點從黑暗不知處滴落。的冬、的冬……有時落入髮中，有時滴濕衫袖，於陰涼之外更添增一絲寒意。這水恐怕還是來自較高的地下才對。

另一個戴著白色制服帽子的少年，也曾在這條隧道走過。究竟是走在現實的世界，或是虛構的世界，那就無由得知了。他厭惡與叔父偷情的寡母，決心離家出走。一雙穿舊了的草鞋在腳下，一步一步走過荒草被徑的山路，從白晝走到昏暗。他自稱沒有像川端康成那麼羅曼蒂克的遭遇，卻也眞的遇見獨行的遊女。「喂，阿哥，您一個人走吶？」她的聲音和容貌一樣的成熟妖嬈，一雙裸露的細緻的腳趿拉著木屐，看得少年心跳言語支吾……然後，有個魁岸的男人背影映現在隧道的那一頭。遊女忽然說有事要辦，打發少年先走。

松本清張筆下的少年比《伊豆的踊子》中那個「我」更年少，大約是十五、六歲光景吧。走在遊女的身旁，幾乎與梳著高髻的女子一般高，是肌肉骨骼猶待發育的年齡，但已然具有初解風情的面容。驚豔與悵惘的矛盾，在他憨直的臉上忽沉忽浮。我體會到他在洞口突遭拋棄的失望，否則怎麼會藏身草叢中窺覷遊女與癡漢的放浪交歡呢？眼前癡漢的貪淫和遊女的呻吟，與叔父寡母幽會的記憶重疊的刺激，遂使一股憤怒取代了羞澀。少年瘦弱的身體頓覺膨脹龐大起來，必要將那可惡的癡漢置於死地而後已，便舉起足邊的山石擊向碩大的身影，一擊、再擊、三擊……直到鮮血染紅砂石、草樹，終於滴入山澗汩汩流逝。

我感覺一陣寒氣侵身，害怕嗅聞血腥氣味。風自後方吹來，袖袂拍拍作響，髮絲亂拂額前頰邊。我用手指撩整頭髮，停頓步伐，決心不要再分心。洞口已在望，前面有陽光閃耀。一一八三、一一八四、一一八五……繼續專注地數最後一段路程。終於徒步走完這一段長長的隧道：總計約一千二百步。

走出黑暗的洞口，重新站到太陽光下，雖然一時無法適應強烈的光線，但是，那種陽光照射在身上的感覺眞正好極了！

我慢慢抬眼看洞口上方古銅的字蹟，明明白白寫著「新天城隧道」。這未免教人頹喪。

相對於「新」，應當有「舊」，然則，一甲子之前川端康成走過的，恐怕是另一條舊的天城隧道了？恐怕二十多年前松本清張筆下那少年走過的，也不會是方才那條長共千二百步的新隧道吧。如是，則我前一刻忽喜忽憂，亦驚亦懼的種種感慨，豈不都是庸人自擾的白日夢嗎！

其實，也無需計較一切虛實眞假，我一步一步數了千二百步通過幽暗的新天城隧道，是確確實實的經驗。

蘇東坡在彭城夜宿燕子樓，不是也寫過：「燕子樓空，佳人何在？空鎖樓中燕。古今如夢，何曾夢覺？但有舊歡新愁。異時對，黃樓夜景，爲余浩嘆！」關盼盼與燕子樓的往昔人間諸事，又有誰知其眞相如何？詩人藉此靈感泉湧，遂塡成傳頌後世的好詞。坡老的豪語，豈敢輒仿，但我也了悟古今如夢的道理。人人都不免於走過長長的隧道，所有舊歡新愁的種種，也必然一一通過隧道，復又一一消失其間。

到下一個站牌「鍋失」（我已不再計較地名稱呼的由來與讀法了），恐怕尙有一段陽光下的公路待步行。我的腳因長途跋履，腫脹痛楚，不堪皮鞋束縛，便索性將鞋子脫掉，左右各提一隻。這樣輕快的心境，前所未有。反正這裡不會有什麼人像我這般好奇，即使遇著什麼人，也不可能認識我是誰，奔放一下何妨？

公路上，難免有些砂石扎腳。我發現順著路邊劃出的白漆線走下去，路又直又光滑，赤足步行那上面，眞是美妙極了。

——一九八五年七月・選自洪範版《午後書房》

窗外

一九九一年普林斯頓建築出版社刊印的《海邊——建構美國城鎮》(*Seaside — Making a Town in America*)一書，序文中提及窗之爲用，大別爲二類：其一爲凝視之用。譬如你到佛羅里達旅行，選一個有面海落地窗的旅邸暫住，透過廣闊視野，你凝視海景，心中預期著心曠神怡的景象，以忘卻日常營營煩擾；其二爲瞥視之用。譬如一個家庭主婦，站立廚房操作，窗無須過大，足夠光線射進，當其洗盤持瓢之際，時則看見丈夫下班歸來，時則看見孩子嬉戲後院，又時或隔牆瞥見鄰居熟人往來於巷道，那景象是跳動不可預期的，尋常而溫馨的。

然而，旅居布拉格二月，覺得該文撰者似乎遺漏了窗的另一功用；或者從另外一個角度而言，窗也可以既是凝視觀覽之用，亦爲暫瞥生活之用。

布拉格的眾窗，自其外貌言之，千奇百怪，配合著形形色色不同時代、不同流派的建築而呈現繁簡互異的樣態。有浮雕雄偉者、有彩繪斑斕者，亦有架框嶙峋者，不一而足，令人目不暇給。唯自窗內望出，若是處身於環繞著老城廣場(Starmēsts kē nāmĕsti)的某一定點，自不免預期欣賞到著名的提恩聖母教堂、舊議會堂與其天文鐘、聖米格拉須教堂，以及其他櫛比鱗次高潮迭起的一幢幢建築物，但是，換一個處所，來到後街窄巷的民房，則映入眼底者，除遠處近處的尖塔圓頂外，又可見高高低低的紅瓦屋宇，而對面窗簾掀開時，乍見人影，後窗不遠處的晾曬衣物隨風飄動，則又於不可預期的一瞥之間饒富庶民風味。

查理大學東亞系爲我租賃的客舍在汀西卡(Tȳnskā)道十號內一幢樓房的四層樓，正當老城廣場東北隅提恩聖母教堂背後的巷道裡。稱做四樓，其實乃是三樓之上的閣樓，在附近住宅之中，倒是居較高的位置。

房屋三面有窗。

臥室二窗皆向南。從靠書桌的窗望出去，提恩聖母教堂著名的雙尖塔正佔據著視界的大部分，下方近處則是院落對面的二三紅瓦屋頂。一般攝影或繪畫寫生的人，總是取此聖母教堂的正面爲題材，但我的住處在其背面，故而由此窗望出，所見到的是平常不容易見到的塔尖背影。不過，哥德式建築的提恩教堂尖塔，其實由正面觀看或背面觀看都一樣。那黝黑的塔頂上四面又附載著雙層的小尖塔，因而主塔四周共有八個小尖塔。每個小尖塔均呈六角形，且各角開一洞戶。主塔與附著之小塔上方皆升一細柱，柱上各有一金球，天晴時閃閃發光。由於透視效果，並立的雙塔，在我的視野裡並不等高，東邊的塔尖較西邊的塔尖高出許多。我所能看見的提恩教堂，僅止於雙塔的部分，黑色的塔頂之下，是土黃色的磚砌塔樓，但十五世紀建成的教堂，經歷了數百年的時間，磚塊已斑駁老舊發黑，惟仍然堅毅有力地支持著華麗莊嚴的尖頂。

第一次瞥見窗外雙塔，是在晚春黃昏。暮靄中，只有黝暗尖聳的印象。其後客居閒暇時，再三凝睇，始注意到有限的視野中竟有繁複無比的結構，而提筆描繪之際，遂進而感知其肅穆的外表，其實係由完整的均衡與藝術之美所構成。往日讀〈洛陽伽藍記〉，於理論雖能夠了解楊衒之在記述北魏永寧寺九級浮圖時耗費筆墨的道理，如今臨窗凝視提恩聖母教堂的頂部，古人用心之必要才與自己深切之體驗吻合而眞正掌握其文理了。

提恩雙塔的下端，是被隔院對面的紅瓦屋頂擋住。那種整整齊齊一絲不苟甚至略帶嚴肅的磚瓦排列，有些像捷克人的性格。在紅瓦下的黃牆三層樓房內，不知住著幾戶人家？每個窗戶都是雙層，爲著防寒之用，乃有此設施。初到時雖是暮春，猶有幾分料峭寒意，各窗都緊閉著。其後，暖意加速來到，窗也逐一向內打開。有時走過窗前，無意間瞥見對面窗戶內白色的紗簾在微風中飄舉著，簾內人影晃動，溫馨的感覺中似又羼和了些許神祕的氛圍。

一個沒有課的下午，讀罷書不覺慵懶地小睡，醒來想沏一壺茶，走到客廳兼廚房的一端，從我自己略啓的一窗，竟然撞見斜對面三樓末端的窗內有男女擁抱。兩個人的頭部和顏面都被窗櫺的上方遮著。只見男人的背後上半身，他穿著有背帶的褲子。女的一隻手臂環擁著他的腰背之間，那彷彿苗條的身段裹在深色的衣裳裡。我不是愛窺伺他人隱私的人，忽焉的這一瞥令我睡意全消，遂急速離開窗口到爐前燒水，覺得心頭有些波浪不平。

客廳的這個窗，和臥室那看得見提恩教堂塔頂的窗在同一方向。事實上，窗雖不同，窗外景物卻是相連的。好比屏風各摺，其上所繪景象卻聯接一體；又好比寬銀幕的兩端，臥室的窗外見到的是提恩尖塔及其下靠西的景物，客廳的窗所見則是塔及其偏東部分。至於層層疊疊的紅瓦黃牆屋宇，是布拉格民屋的一大特色。自古以來，布拉格地狹人口稠密，廣場保留給堂皇的教堂寺院和議廳衙門，但廣場背後稍稍轉折處，便是商家民宅所在。而巷道窄窄，數公尺左右的石板路兩側，樓宇與樓宇對峙，因此底樓門門相向，其上窗窗互見，更上則不免於紅瓦連綿各顯高低了。

課堂上講授謝朓詩：「灞涘望長安，河陽視京縣。白日麗飛甍，參差皆可見。」於典故詮釋後，取兩張新近購得的布拉格明信片，令學生傳觀，眾人立即領略其趣。有時圖片視覺比文字敘寫更直截了當。生活於布拉格的人當然能體會「白日麗飛甍，參差皆可見。」而客寓布拉格，參差麗甍便在我俯瞰的眼前窗外。不是明信片，是活生生的景象。

黑色的提恩尖塔是可以預期的景象。大小塔頂的金球在白日裡光耀奪目；晚間則洞戶之內燈光四射，照亮夜空，聳立的各塔浮突玲瓏有如童話世界。失眠的夜晚，掀開簾帷，見上弦月淡淡貼近眾塔一端，似夢如幻，陡添鄉愁。其實添增鄉愁的，未限於視覺的淡月塔影，每隔一刻鐘準時響起的鐘聲清越，也聲聲催喚焦慮與愁思。「夜半鐘聲到客床」。張繼的〈楓橋夜泊〉，易一字即是此情此景。

提恩黑塔是預期凝睇的視野。然而其下參差擁擠的紅瓦，卻是完全不可預期屬於瞥見的視野，譬如那個下午被我撞見的男女擁抱。那個擁抱是夫妻恩愛嗎？或許竟是情侶偷情？但無論偷情或恩愛，都是現實生活。歡愁愛惡，眾紅瓦屋頂之下，正宜有血有肉的生活百態進行著。由於有血有肉的生活百態，所以跳動難以逆料。不僅影像視野難以逆料，音聲聞傳亦復如此。

逐漸習慣了汀西卡道十號的客寓生活後，氣候已更形溫熱起來。我把床頭左右的兩窗略微開啓睡下。晨早醒時，自兩道隙縫傳來婦人的高聲交談。喋喋不休地饒舌，在我盥洗完畢回到鏡台前梳髮時仍未休止。缺乏抑揚頓挫的捷克語，我一個字也沒聽懂，傳入耳中只覺得單調乏味。緩緩梳理著髮絲時，才想到今天早晨竟然沒有被鐘聲敲醒，也不是被鳥鳴催起；大概眞的是逐漸習慣布拉格的生活了。

另一個下午，客廳面東的窗傳來男童與女童的喧嘩。聲音稚嫩而急切，始則嬉謔，繼而變吵鬧，終爲母親大聲叱責所遏止。我從窗口探身俯視，發現下面是一個稍小的中庭。住屋圍繞，有三面三層樓房的窗開向那個中庭。並未看見那喧嘩的兄妹和母親。大概是兄妹和母親吧？他們的嬉謔、吵鬧與叱責，我也完全聽不懂，但我明白開向中庭的眾窗內都有人在生活著；種族、語言雖有別，生活的內容大抵類似。

而這一面窗所對，盡是高低疊擁的紅屋頂，最具庶民趣味，於其右上角處則又有一小部分某寺院的塔頂竦現。那個圓塔究竟屬哪一個教堂？以我寄寓兩個月資淺的住民而言，要分辨布拉格「南朝四百八十寺」的面貌，是頗有困難的。

大概居住在布拉格的老城，甚至越過查理橋的渥太河對岸住家，要從窗口望出去而捕獲完全屬於「凝視」的風景，或完全屬於「瞥見」的景象，都是不可能的，因爲中古時期以來，這個城市不斷在不同王朝、不同宗教經營之下建構皇宮、衙門和寺院等等，而老百姓則無論改朝換代、宗教流別，千百年來持續生活著。士、農、工、商、悲、歡、哀、樂。這大概是布拉格其所以呈現如此奇特風貌的道理吧。

來自世界各地的觀光客，在廣場上舉首仰瞻各式建築物，印證著手中所持種種冊頁的說明；或者慢步於兩側有三十尊巨型石雕的查理橋(Karlův Mast)，遙望巍峨的皇宮而不由得發出禮讚驚嘆。久居於此城市，一不小心抬眼就看到古跡名勝的男女老少，則與其他城市的住民一樣，忙著日日營生，上班下班、上課下課、勤練管絃、補牆修路、掃地煮食，或嬉笑比畫、恩愛偷情……，並不因感動而稍停作息。他們與查理第四、莫扎特、卡夫卡，都是布拉格的過客。

不過，布拉格的住民生活在這樣奇特環境的窗內，日日營生之際倒是有稍加謹愼的必要，否則一不小心隱祕的偷情可能就被一雙游移的閒眼撞見。

客寓的北側是一小間狹長的浴室。向北的牆稍高處有一小窗。窗雖小，卻也攬入遠近可以凝視與驚瞥的景物。遠處是一高一低不知名的兩個教堂塔頂。高一點的顏色較深，低一點的顏色較淡，造形也各有不同。近處則是縱橫交疊的許多紅屋頂。大概因爲後窗對著後窗的緣故，更加有生活化的趣味。看得見晴天晾出的衣物，一陣風起雷響轉爲大雨後，不知是主婦外出還是忘了收拾，竹竿上的袖端褲角任其風雨中飄搖不已。

一日傍晚，準備淋浴，忽然抬頭，看見不知什麼時候搭起的鷹架在左方鄰屋邊，有兩個工人在破舊的屋頂上巡視。接下來的一個星期近十天工夫，總是有工人在屋頂上蹲著工作。據說共產體制解散後，捷克國家社會與人民生活都還相當衰疲。其後，布拉格等城市獲得聯合國文教基金會定爲「人類文化遺跡」，編列預算補助修護，而德、日等先進國亦有資金援助，近年來才逐漸將灰暗殘缺的建築物整修煥然一新。至於民間屋主，也在多年的保養生息後，貯蓄備款，開始換瓦補牆，所以到處可見水泥工與油漆匠。一個國家能發展到藏富於民是好現象。不過，沒有簾帷的浴室之窗，卻令我感到十分不方便。躲躲藏藏沐浴一段時日後，終於有一天黃昏發現鷹架已拆卸，工人消失，而屋頂紅燦燦。我也回復了鬆弛精神的自由享受沐浴之樂，而且對著窗外一片紅燦燦的布拉格屋頂。

——原載一九九九年八月十七日《中國時報》副刊

輯四

幻化人生

有時候，
一些零星的往事會靠著一條因緣的線而互相貫穿起來，
變成晶瑩珍貴的記憶。
說是偶然，
不如說是天定的因緣吧。

交談

我的朋友倒是依時而至，只是眉際眼神有些許慵懶。其實，我自己的眼神眉際恐怕也稍有猶豫吧，雖然我也一向不遲到。

朋友的車子是頂住旅館的圍欄停妥的，所以須得先行倒車。回頭幫忙看車子平穩倒出時，見到雲霧一般的白煙自排氣管冒出來。天空也是雲霧低垂，而且間斷地飄些細雨，分不清是雨是霧，或許只是較濃的霧吧。

這樣陰暗寒冷的日子，要去哪裡看風景才好？這原是應該由朋友煩惱的事情，我卻不由得暗自操心起來。

「帶你去看一處濱海的公園吧。」不知是臨時泛起的念頭，還是早已經決定的。這個建議倒是令我感到欣慰。

車子在灰黯的白晝駛向郊外。

我們漫談著別後種種。交換一些共同認識的及不認識的人的消息。話題時斷時續。交談間，我看見路邊的枯白樹幹飛速向後退隱，許是因爲路平車輛少，速度不覺的加快的關係。我忽然也注意到朋友髮間增添的一些霜白的顏色。是深秋了。我在心中用另一種輕微的聲音對自己說；並沒有影響到車內兩個人的會話。

交談始終在進行著，卻不挺熱烈，我們好似被陰沉的外景所影響，又彷彿彼此感染到對方的情緒，我變得有些慵懶，我的朋友變得些許猶豫。交談遂慵懶而猶豫地進行著。

車子減速後，稍稍轉了一個彎，便在一片沒有草的泥地停穩。

「就是這裡。下來看看嗎？」

朋友逕自下車，關好車門，遲疑了一下，又開門取出一把傘，繞過來接我。其實，這種雨點，不打傘也沒有關係，倒是還管擋風之用。

風相當強，我不覺地豎起外套的衣領，連風衣的大領子也一起拉了起來，髮絲則任風吹拂。亂髮有時飄到頸後，偶爾則覆掩半邊的臉孔。那風是從稍遠的港灣吹來的，來自灰濛濛的天水那方，夾帶了鹽味和魚腥味。我覺得很久沒有聞到這種海風的味道了。

我的朋友要我看的，是一座廢棄的工廠改建的兒童遊樂場。塗上鮮明油漆的老舊機器在海風中沉默地陳列，似乎更適宜擺到現代藝術館裡。天氣如此寒冷，沒有一個兒童來玩耍，甚至連看守的成年人都不見。

若其炎暑之時，天空與海水都湛藍，孩童們嬉戲歡呼，家長們坐著休息閒談，那光景應該是熱鬧光亮多彩的吧。

「這裡是旺季時賣飲料和喫食的地方。」朋友指示一處濕淋淋的木椅和空盪盪的櫃檯。「哦，是嗎。」我漫應著。朋友眞是一位不高明的嚮導，我則是一個不起勁的遊客。我們小心地在泥濘上走，提防著會摔跤。

走了一圈回來，感受到澈骨寒風。我們看到遊樂場的大部分，也看到波濤相當高的潮水和烏雲低覆的天空；遠處還有一些停泊的帆船，海鳥三數隻，有時貼近水面低飛，大概是吃力地在覓食。

「就是這樣子啦。」朋友的笑裡帶著一些歉意：「夏天的時候，會好看得多。」我不知該如何回答，其實是我挑錯季節來的，便也索性無言微笑。

車內尙有暖氣餘溫，令人覺得舒暢許多。

「現在，帶你去喝杯酒吧？」朋友側過頭來徵求我的意見。我點點頭。眼前亮起一堆熊熊燃燒的爐火。這樣陰冷的天，合當是樂天問劉十九「能飲一杯無？」的背景。

酒吧內的客人不多不少，正是醞釀喝酒的氛圍，大概是一個會員制的小型酒吧。我的朋友顯然是這裡的常客，正和每個人招呼著、寒暄著。

靠窗的位置，較爲明亮，酒櫃前的一排長凳子也挺不錯，可是壁爐前的沙發，看來更安適的樣子，而且，果然有一個好看的壁爐，木柴熊熊地燃燒著。

「想坐在這沙發上嗎？」正合我意。遂隔著一方小几，分坐在兩張軟硬適度的絨布沙發椅中。

侍者端來兩杯不同的酒，使我們各取所需。

「歡迎你來。」「謝謝你陪我。」

爐火映紅朋友的面龐，杯中的液體也漾晃晶瑩。我的雙頰已可感到室內的溫熱。

「除旅行之外，近來還做些什麼呢？」換了一個地方之後，要重新尋找話題是有些尷尬的。近來做些什麼呢？除了這趟旅行之外，我的生活其實一直都是相當單調。

「讀些書，寫一些文章。出來之前，剛剛完成了一篇論文。」遂將那篇論文的心得約略說明了一下。

朋友邊飲酒，靜靜聆聽著。等我的話告一段落時說：「我們這種人，」稍微停頓，似乎在思索用詞妥否，「有一種人就是這樣，一定要不停地驅策自己。日子爲什麼一定要這樣過呢？吃喝玩樂不好嗎？偏就是要給自己找一個很麻煩的事情，要求衝刺。」說話的時候，搖動著手中的玻璃杯子，又前傾換一個姿勢。

「其實，在旅途中，我已開始了一個新的寫作計畫。是古典作品的翻譯。大約需要一年的時間，也許兩年……」我竟然不自覺地說溜了嘴，把剛剛開始的工作提前宣布出來。有些後悔。唉，有些話說了會後悔，但是，不說也可能更後悔。

我的朋友凝視著壁爐裡熊熊火中的一點，彷彿那一點熊熊之中有某種道理存在，臉色是那麼嚴肅而堅毅。

「我爲什麼要做這個工作呢？」我的話不知有沒有聽進朋友的耳中，可是，我有一種非說完不可的願望，「與其說是做給別人看，不如說是做給自己看。對，我想要給自己一點什麼交代，或者也可以說是證明吧。」

我們喝著各人杯中不同的酒，一起凝視著時而劈拍作響的爐火。

我不知道自己算不算朋友所說的「我們這種人」？所能肯定的是，經過這一席壁爐前的交談，先前的猶豫已消失，而從朋友說話的神情間感知，對方的慵懶也不復存在。這個變化，確實使我們更爲接近了。

——一九八六年三月・選自九歌版《交談》

作品

見到那個年輕男子專注用力地掘著屋前的一片土地。掘完了一條淺淺的地道，又繼續掘另一條。專注用力，一言不發。汗水漸漸地從他寬廣的額角沁出，沿著太陽穴，流到頰邊和頸上，他用一隻握成拳頭的手急急揮去汗水，然後又沉默專心地做他的工作。陽光豔豔。沉默的青年在灰土中勤奮不懈地掘土，頭髮上蒙著一層黃白的塵埃，他的臉和白色的汗衫也逐漸變得汙穢起來。他那麼專注地俯身掘地，我原本就沒有看清楚他的五官，此刻更無法在灰塵模糊中辨認他的耳目鼻嘴生得如何了。我這樣站著觀察他的一舉一動，看得如此仔細，他卻全然不予理會。我和他之間的距離彷彿很貼近，又彷彿頗遙遠，那鏟子掘到我腳邊時，我整個人似乎是懸空起來，否則他如何能繼續掘過去呢？我觀察許久，不知道他何以如此專注努力，何以絲毫不肯鬆懈，便拍一拍他的肩膀說：「休息一下吧，你。」觸摸到滿手掌的汗和灰。但他頭也不抬地依舊做他的工作。「休息一下吧。」我又去搖撼他，而青年人絲毫沒有反應，像機器一般地工作不已。或許是一個聾子吧，我想。難道竟是一個麻木無知覺的人嗎？我開始疑惑起來。他終於掘成五條放射型的地道，正好由那間小屋的門前開展向五個方向。他進屋子裡，隨即提了一大桶黑色的黏糊糊的東西。原來那是柏油。但爲什麼屋前需要鋪五條放射線狀的柏油馬路呢？我更疑惑不解了，只是決心不再去自討沒趣地詢問，而靜靜在一旁觀察。年輕男子勤勤懇懇地用一把類似掃帚的東西，將那黑色的濃膩液體從桶中舀出一部分，再將其平鋪在一條條呈放射線形的地面上。太陽炙熱，汗水不斷滴落在地上的柏油之中，他把汗水與柏油一齊鋪整成路。多麼累人啊！我在一旁觀察得疲憊至極，而那青年仍一言不發、一絲不苟地重複相同的動作，鋪好一條路，又去鋪另一條。終於在太陽西沉之前完成了鋪好五條柏油馬路的工作。我跟隨青年人進入小屋內。屋子裡已然是漆黑的晚間氛圍，他摸索了一陣子，畫開火柴點燃一盞古老樣式的油燈，火光爍閃之下，那油燈雖然老舊，卻有銅色的光亮。屋子不大，而且簡陋，中央放置一只殘破的籐椅，籐椅之前架起一大片帆布似的東西。我從對面透過帆布，看見他把先前鋪柏油的桶子放置在屋內一隅，然後走過去坐在籐椅上，凝視那布面良久。我的視線與他的視線可以在空中交會，然而他完全無視於我的視線，只專注地望著那布面，目光肅穆、炯炯有神。我繞過布架，走到他的背後，才知道擺在他面前的是一幅未完成的畫。藍、灰、白，和少許淺黃、淺紅，在畫面上構成無形無狀的一片，彷佛是邃古之初，上下未形、冥昭瞢闇；又接近我某一次的夢境邊緣，霎𩆜迷離、縹緲虛幻。忽地，青年從身邊的調色板上撿起一把小刀子，將顏料擰擠在刀鋒上，開始著彩於未完成的畫面上。他的手揮動著，如舞者，如指揮交響樂，從背後看不見他的眼神，但肯定是專注的。畫面上的色彩逐漸豐富起來，熱烈起來，甚至於擁擠起來。停止吧，停止吧。太多了，太多了。我很想從背後警告他，但我知道警告也徒然，青年已完全投入他的作畫之中，一定不會聽任何人的批評和勸告的。牆角冒出一個侏儒來。他的臉奇長，腦殼奇大，而且面色蒼白，有如一隻倒置的青瓷花瓶，銅鈴般大的雙眼，與不成比例的塌鼻子，薄薄的擅長嘲弄人的嘴，便是長在那倒置花瓶似的面孔上。那侏儒踩著在馬戲班裡表演似的搖擺腳步，跑到畫架底下，誇張地搗住嘴嘲笑起來：「啊唷，好可笑的畫！」「呀，什麼東西嚒！」「這裡顏色太深啦。」「那邊比例不對。」「修改這裡。」「修改那裡。」侏儒甚至還用他那一雙奇短無比的手臂指指點點，忘了自己的可笑，在那兒嘲笑畫家，而畫家一言不發，眼皮都不垂一下地依舊用心作畫。我原本也頗有些意見的，卻對侏儒的嘮叨十分反感，所以變成倒過來護著畫家。「去去去，走開走開走開！」「不要吵，讓人家畫嚒。」我趕著搗蛋的侏儒，不許他靠近畫架。「……」「……」他還在比手畫腳評論著什麼，可是聲音已經逐漸微弱、聽不見了。我終於把侏儒追趕到另一邊的牆角，便索性一不做二不休地把他趕入牆壁內，讓黑闇吞噬了進去。侏儒和那叫嚷聲都消失了，我才放心回頭看青年畫家，他仍然跟開始作畫時一樣地坐在籐椅中，大概什麼都不會吸引他，影響他的吧。繼續又畫了一會兒工夫之後，青年才站起來，他的作畫小刀掉落地上，用雙手吃力地支撐著身子，勉強從籐椅上起來，似乎由於殫精竭慮而變得蒼老，他沒有多留戀一眼，便離開了畫布，一步一步蹣跚地走向侏儒消失的牆角，也消失於黑闇中。屋內只剩下黑闇和我。我坐在沒有餘溫的冰冷的籐椅上，凝睇那幅畫，覺得有幾處筆觸和刀痕太粗糙，便用指尖抹勻了一下，然後挑一枝細筆，在左下方代簽作畫年代——一九九九——。簽完之後，我立刻懊悔起來，因爲我突然才明白，原來那青年所做的一切都是在作品之中，他的掘地、鋪柏油和作畫，都是作品的過程。先前的我是多麼愚騃啊！我坐在籐椅中，無限焦躁、無限懊悔、無限疲憊，但是都來不及了……。

都來不及了。我便是在這種疲憊、懊悔、焦躁之中醒來，醒在子夜自己的床上。確知是夢以後，不免有慶幸不是現實的感覺，但又未能完全釋然。仍然耿耿於懷的是，這一場夢何以如此清晰難忘，又何以這般荒誕卻富啓示？我醒臥在現實的黑闇中，繼續夢境的思索：其實，繪畫、雕塑、音樂、文學或戲劇，單一的作品，都是總合成績的部分過程而已；而即使沒有繪畫、雕塑、音樂、文學，或戲劇等等的作品，每個人的一生都是一個完整的作品，所以每一日每一時刻，都是作品的部分過程；然則，在歷史的脈動中，每一個時代的每一種表現，又何嘗不是那大作品的部分過程呢？

——一九八八年六月・選自九歌版《作品》

風之花

風之花，躚躚飛舞著，在寒意猶勁的晴日。

較羽毛更輕更小，似花瓣而又略略大的，如白花如白羽也似細緻瀟灑的雪，自湛藍的天空輕輕緩緩地飄落下來。一片、兩片、三片、五片……，數不盡、滿天周遭都是的風之花，未及著地便化為烏有，有些在枯枝間，有些在屋簷上就消失了，另有一些卻消失在行人的髮際或肩頂。「這樣的雪，很難得遇到，叫做『風之花』。」我的朋友用戴著手套的掌心接著那似有若無瞬即消失的雪花說。

啊，「風之花」！我看到風之花飄落旋即融化在她刻意染過卻又掩不住疏稀的頭髮上，在厚重大衣的毛織圍巾之上；有一種感覺湧上心頭，一時不辨是讚賞還是感傷。

在銀閣寺道的一隅重逢後，我們就順著這條京都東北區的人稱為「哲學之道」的小路漫步著。說重逢，其實是經由安排的。三個月前獲知來此演講，我就和她寫信、打電話，彼此在繁忙的生活日程中，終於找到了這個留白的午後。「最想看哪裡？天涯海角都樂意奉陪！」二十年過去了，外貌顯然已不同於往昔，可她的熱情似乎依然是舊時模樣。最想看哪裡呢？我問自己。哪裡都想看。對於京都這個二十年前旅居過的地方，實在有一些些「情怯」。思念著、懷想著，時時夢縈著的地方；一旦來到，竟有一些怯怯的情緒。好比極想飽覽，卻不免先拿一樣東西來擋著眼前，然後按捺抑制著興奮衝動，一點一點將那遮擋的東西往下滑落，先看到一些，然後又看到一些，然後再看到更多，終於擋眼的東西全部滑落下，雙目終於豁然看到了全景。

還好，京都的生活步調依舊十分緩慢。二十年來，部分的地下鐵道據說已完成，悠悠穿梭市區的有軌電車幾乎都消失了，然而地面上的景象大致沒有改變多少。沒有改變多少吧？我想。可是，眼前的人是有一些改變。當時她自稱「初老」，其實是頗有些自詡的。那種熱情、浪漫與幹練，確乎與實際年齡不甚相符。大概是愛情的神祕力量使她那樣子精神煥發的吧？那是一種不爲世俗道德所容的愛，隱祕的抑壓的情慾，徒增相會時的歡樂與痛苦；她卻耽溺於那種歡樂與痛苦之中，而彷彿漾蕩著十分悲壯的情懷。「並不是爲了對方的聲望或地位，只因爲相知相許的痛苦的愛情……。」我忘不了她曾經告解似的傾訴，「我是他活下去和獻身工作的力量泉源。倘若對方罹患了癲癬瘋瘋，家人把他丟棄街邊，社會不願一顧，我願滿心喜悅地將他撿回來……。」也忘不了她噙住熱淚的表白。爲什麼要對我傾吐一切呢？

我不過是一個相識未久的異國朋友而已。但人與人的交往固有緣分，恐怕當時也是出於某種帶有距離的安全感使然吧。然而，我卻因此無端分擔了一份異國戀情的歡愁經驗；也只能隱祕抑壓地……。

而我剛剛正是從她所稱的「對方」那裡暫訪辭出。辭出時，得悉我將與她在銀閣寺道見面，他佯裝若無其事地叮嚀：「千萬記得代我問候一聲。」多麼拙劣的佯裝。我若無其事地頷首，表情大概同樣拙劣不自然的吧。我頻頻回顧，心中隱然作痛。什麼是聲望與地位？我見到的只是一個佝僂弓背拄杖的老人；那老人在細格子木門邊含笑目送我，直到我走完長巷轉出大街，才將那蒼老的身影遺落在視線之外。

說什麼相知相許，說什麼山盟海誓，世事總難逆料，而愛情大概也只是世事一象吧。二十年的時間裡，容或有一些不變，畢竟還是難免有許多變化。我兀自眼角微微溫潤起來。寒風迎面吹拂，頗爲凜冽。

選擇了這一條「哲學之道」漫步，其實不是沒有原因的。二十年前、五十年前，甚或更早的年代，這一條樸質的小路，因爲地近大學和研究所，許多在職的，以及退休的文人學者，喜愛到此散步。清晨或黃昏，他們也許衣冠不整，有點不拘小節的樣子吧？離開書桌，步出書齋，據說他們徜徉在這條有櫻花和柳條的小路，呼吸著新鮮的空氣，舒散讀書思考的緊張，也許尋覓思維詩趣的靈感，還是更有其他個人的隱祕的心事嗎？無數的足跡履痕踏印過，旋即遺失在無涯的時光中，遂令小路漸漸贏得「哲學之道」的雅稱。

二十年前我羈旅的木屋小房間，便是在臨此「哲學之道」的起程處。「要去看看你的老家嗎？」她善體人意的側頭問我。那間二樓的小房間，似乎沒有什麼改變。未嘗施漆的木板牆，和往昔一樣暗淡，過時的兩扇玻璃窗，也依然緊閉著。雖只是六蓆大小的空間，終究是鎖過一些歡愁記憶的。「算了。不要去看吧。」我反而加快步伐走過屋前，怕一不小心看見一個陌生人拉開窗子探首，或是從那窄窄的木門走出來。

風之花，沒有重量地飄落著，完全沒有妨礙我浮動的感思；大概也沒有妨礙我朋友的感思。她其實是斷續地同我講一些什麼話的，我漫應著，卻有點心不在焉。她綿綿的京都腔，就像是空氣中到處都是的風之花，我聽見了看到了，可是常常忘了那種存在；那種存在好像是不存在的存在。

小路的左側是溝圳，水淺淺的，清澄潺湲。路的右側是連亙的屋宇，都是些矮矮小小的老房子，最高也不過是二層樓的建築。從我的故居往前走，大部分是當地人世代相襲的住家。老舊，卻整潔有致，像曾經美麗過而有教養的婦人，老了，但十分有尊嚴有韻味。間亦有些小鋪子夾雜住戶之中，也含蓄地做著各種買賣，並沒有破壞大體觀瞻。

我們走到銀閣寺道的岔路，猶豫一下，終於捨遊客較多的銀閣寺，而右轉步向法然院。法然院是我二十年前常訪的小寺院。山門茸頂，頂著蒼老的青苔。跨過山門，右邊是石庭，依稀二十年前的帚痕猶在，左邊是綠草叢木，蒼蒼茫茫。泉池、佛殿和石塔，沒有一處不相同，只是，風之花下的法然院，倒是我未嘗經驗過的。我們繞到佛殿正面，有一座香爐，一條長繩自屋簷垂下。我的朋友合掌膜拜，拉一拉長繩，鐘聲幽幽響起，她多紋的眼角，似有虔誠隱藏其間。我也合掌，拙笨地拉動長繩，勉強撞出一點聲響。方才她是許下了什麼願望嗎？我無法猜測，但我自己內心只是一片空白。

法然院的後方略呈陡坡，有一處墓園，地近山麓，終年潮濕，又林木成蔭，晝間也是陰沉幽暗的，只有中間石板路上照著一點陽光。她走在前面領路，我緊隨跟蹤，兩個人都微微喘著氣，不再言語了。背影有些龍鍾。快七十歲了吧？也許已經過了七十歲。「愛是一輩子的事，到老到死……。」記得她執拗地對我說過。但愛情終於變質死去，而今他們兩個人都垂垂老矣。唉，愛情也不過如生命一般脆弱的吧。

我們無言地拾級而上，約莫盤繞數迴，找到了谷崎潤一郎的墓碑。這位以《癡人之愛》、《春琴抄》、《細雪》等細膩耽美風格著稱的作家，也是《源氏物語》語體文的譯者；可是在日本近代文壇上，更轟動的恐怕是他的「讓妻宣言」吧。我的朋友娓娓細述著谷崎潤一郎如何將妻子讓與文章好友佐藤春雄，而自己則又另娶大阪一位商人婦的軼事；這些軼事，我其實也早已知曉的。

在我們的面前，有一對大小相若的枯石，一代文學大師安息其下。二十五年的歲月悠悠逝去，石上已然有苔痕斑駁。左右對稱的枯石上，各刻著「空」與「寂」二字，左方石頭的下端，則又刻署著墓主的名字。據說名字與「空」、「寂」都是他生前所寫的毛筆字跡。谷崎潤一郎大概是深愛這幽靜的法然院，所以選擇此地做爲永遠的棲息之處，那墓碑的安排，或者也是出於他自己的願望。然則，生時的盛名與愛恨葛藤種種，最後只餘「空寂」二字嗎？

空石與寂石，在終年不見陽光的山麓林蔭下靜靜對立著。我們蹲下身，依照日人潔祭的儀式，用木杓舀水澆淋碑石，然後低首合掌。我心中似乎盤旋著許許多多感慨，竟反而更接近一片空無的境地。

我的朋友面容顯得凝重傷悲起來，可能是追念墓下人的種種，也或許正想到她自己的一些往事。我們在墓碑前並立了一會兒，沉默無語。一隻烏鴉飛過，遺落沙啞的啼聲回響在墓園中，那身影卻被繁密的樹枝擋住而不知去向。

「走吧。」這次是我體貼地催促。她點點頭，無意間讓我看到眼眶裡晶瑩的東西。下坡的回路，我走在前面；心想，這樣子也許好一些。至於，我自己眼角無端有熱熱的東西溢出，是什麼原因呢？是不是周遭的空氣太冷的緣故？

走出墓園小徑，仍然是「哲學之道」的延伸，可以直通達南禪寺。究竟何處是終極處呢？眾說紛紜，則又恐怕端視各人體力和漫步的興致而定，何況，詩懷哲思又豈可以道里計數。

這裡沒有車輛行駛，在這個觀光的淡季，連行人都稀少。我們奢侈地並肩走在路中央，漫步著、漫談著。可是，自從步出墓園後，兩個人的心似乎分別踏上岔開的兩條路，各自恣意地徜徉在自己的心路上，卻又能藉著尋常漫談同行在這條幽靜的道路。

巨大的枝枒在道路左側的斜坡上，樹葉並沒有全部凋落。稀疏的枯葉與繁密的枝枒遮蓋了小徑的大部分，溝圳不知從何處轉到我們的右方來了。

有時彷彿聽見什麼人的腳步聲，我回首，覺得看到谷崎潤一郎，和服、木屐、枴杖的輕裝。

有時彷彿又聽見什麼人的腳步聲，我回首，覺得看到吉川幸次郎，傲然昂步的樣子。

有時彷彿又聽見什麼人的腳步聲，我回首，覺得看到青木正兒落寞寡歡的神情。

彷彿有時又聽見什麼人的腳步聲，我回首，卻看不到什麼人，只見被我們拋落在後頭的林蔭小徑長長。

終於走出了林蔭，周遭卻依然灰暗著，先前的晴空不見了。

哦，原來是氣候轉變了，不知什麼時候，雪也停止了。

風之花，不再躚躚飛舞。

——一九九一年四月・選自九歌版《作品》

幻化人生

這件事情不太容易記述。儘管我心裡有許多感觸，提起筆來，卻是頭緒紛亂，不知從何寫起。

我向來不是迷信的人，做事又往往處於被動的情況；可是，近年來許多發生在自己周遭的事情，卻令我不得不相信冥冥之中或許有一種力量眞是超越人爲的努力的；而所謂因緣，也眞的是不可思議。有時候，一些零星的往事會靠著一條因緣的線而互相貫穿起來，變成晶瑩珍貴的記憶。說是偶然，不如說是天定的因緣吧。

我認識橋立武夫教授，起初是經由通信的關係。去年冬天，素昧平生的橋立先生忽然從日本寄了一封十分誠懇的信到我的研究室來。他目前在東京亞細亞大學教授中國語文課程。由於二次大戰期間曾在中國大陸居住過一段時間，他對於中國文化自有一種嚮往，對於中國人也有親切的感情。在一個偶然的機會裡得悉我翻譯《源氏物語》，逕向臺灣郵購一套初版的書，讀後便寫了那封長信，詢問我一些關於學習日文的背景，以及翻譯的動機等問題。此後，曾經書信往返過幾回。今年春間，橋立教授來函告以將利用假期來臺遊歷，希望能與我見面晤談。

校園裡的杜鵑花次第綻開時節，橋立先生由一位年輕的日本留學生陪同來到文學院。他是一位六十歲許，中等身材的人。頭髮斑白，戴一副近視眼鏡，看來溫文儒雅。當天上午，我因爲有兩堂課，所以只能有匆匆一個小時的會談。略事寒暄後，橋立先生即提出許多問題，要我口頭答覆。我看見他從大型公事包中取出一本活動冊頁的本子，在預先記有我名字的一欄中，仔細記錄我所說的話語要點。橋立先生對於日本學界至今對《源氏物語》的中譯工作尚未有普遍的認識，至感遺憾。所以決心返歸日本後，要寫一篇介紹我和我譯書的文章，故而所提諸問題都相當細膩具體，舉凡我個人的家庭背景、讀書經過，以及近年來的研究對象與寫作興趣等等，都詳細追問究竟。

然而，一個人的過去零零星星如何在短時間內向陌生人述說詳備呢？況且上課的鐘聲相催，我必須回到教室去面對學生們，未及交代的部分，便只有補寄已經出版的兩冊散文集，請橋立先生自己去閱讀體會了。因爲那裡面有一些文章，是記敘我的童年生活及過去經驗的。

大約一個月之後，我收到橋立先生返歸日本後寄來的一個厚重的信袋，裡面並附一分剪報，是介紹我翻譯《源氏物語》的文章，重點放在我幼年的成長過程，題爲〈少女與書店〉，子題則爲「人生的因緣」。那篇文章的前半段大部分是依據我收在集中的一篇散文融匯而成。

三年前，《臺灣時報》副刊的主編梅新曾邀請一些人寫作總題爲「影響我最深的人與事」專欄。我因爲長期免費閱讀那分報紙，便也不好意思推辭。但是，握管思維之際，竟覺得平凡的半輩子，受恩於人者雖多，卻無一足堪報答之成績表現，便也不敢冒昧書寫卓然有成的前輩師長以示炫耀；忽又憶及曾讀洪炎秋先生在他的隨筆「人物的回憶」中寫過：「現在拿起筆來，想要賦得一篇人物的回憶，首先跑進腦子來的，竟是兒童時代所看到的，微不足道的，一些市井中的小傢伙，而不是年長後所接觸的，上得臺盤的，那班廊廟上的大角色……。」

我的記憶便循著洪先生這一段話的指引逐漸潮退；退回到童年時代。童年是在上海的日租界閘北地區度過的，而北四川路是我最熟悉的一條馬路，因爲那是上下學必經之途。在家與學校的中間，有一爿書店，是我當時下課之後經常免費閱讀書籍的歇腳處。我依稀記得那店裡的一對老婦人與中年男子；深刻難忘有一回遇陣雨淋濕後，他們二人如何照顧我拭乾身子，爲我烘衣餵食，又讓我在書店後面的樓上休息，然後打電話請我母親來迎接我回家的往事，遂以那段記憶爲骨幹，寫了一篇短文，題爲〈記憶中的一爿書店〉。在文章的末段，我這樣寫著：「那爿書店叫什麼名字呢？我完全不記得了。那好心的店主母子姓什麼呢？我也一直不曉得；說實在的，我連他們的模樣兒也早已經忘掉了。然而有時不免想：我從小喜歡讀書，而在這平凡的生活裡，從過去到現在，一直都與書本有密切的關聯，我讀書又教書，看書也寫書。是什麼原因使我變成這樣子呢？我不明白。只有一點可能，在我幼小好奇的那段日子裡，如果那書店裡的母子不允許我白看他們的書，甚至把我攆出店外，我可能會對書的興趣大減，甚至不喜歡書和書店也未可知。」這是眞話。那個喜歡放學後看免費書的小女孩，日後得以在大學執教，間亦寫一些文章，追溯其源，那一對看似母子的異國男女給她的影響不可說不大。

橋立教授返歸日本後，大概是仔細翻閱過我所寫的散文集，所以在那篇介紹的文章裡把我的童年生活及教育背景描寫的十分詳盡。不僅如此，爲了探究那篇文中所提到的老婦人與中年男子，他並且專程造訪東京內山書店的主人內山嘉吉先生（因爲內山書店在二次大戰期間曾於上海日租界開設分店）。很湊巧的，內山嘉吉先生則又曾於昭和三年（一九二七年）在滬上曾照料過該書店的店務，因而得以事隔多年仍猶能輾轉打聽到一些本已遙遠模糊了的往事。他把許多線索匯集整理後，給橋立教授寫了一封信，而橋立教授又把內山先生給他的那封信影印一分寄給我。對於我個人而言，這眞是喜出望外的事情，而他們二位主動爲我奔波打聽消息的善心誠意，更是令我由衷感激。下面我摘譯內山先生寫給橋立教授的信中與我的童年往事有關的部分：

……當時服務於書店中的老婦人大概是雜誌部的員工，係西田天香所創「一燈園」出身者，至於另一位男性，則爲經理長谷川先生之内弟清岡君。林文月女士記憶中的青年必是此清岡君無疑。他們二人令人看來像一對母子。爲之親切照料，烘乾濕衣，帶她上樓休息等等的善行，以一位「一燈園」出身的婦女，則理當可想像也。

，清岡君已亡故。至於那位年紀較長的婦人，以其年齡推斷，恐亦已不在人世矣！關於天香所創立之「一燈園」爲何種團體，以及其對當時日本社會的影響，或者有說明之必要……

當年雜誌部兼售成人及兒童之書籍，故而令一女童看來可能有「四壁上全都是書」（按：此係拙文用語）的錯覺，但事實上並非如此。吾人幼時心目中之大衢，成年後再經過，往往僅只是一條狹小之馬路，蓋即與此同屬幼年時未必正確之記憶。

當時出版部二樓爲長谷川夫婦之住所，故而或有榻榻米之設備。唯今日健在者中，已無人曾親登彼樓，長谷川夫婦亦早已作古，遂令無由探究矣。

以上所記諸端，係爲原任職於上海内山書店之員工兒島亨君所提供之報告，謹此轉聞。便時請代問候林文月女士。

一九八二年六月三日

內山書店會長　內山嘉吉　拜上

信箋末端並且附記著：「今春以來，罹患眼疾，致文筆雜亂，恐難閱讀，尚祈賜諒。」那字跡的確有些老邁，但筆鋒渾厚而蒼勁洗練。

這位罹患眼疾的老先生究竟是怎樣一位人物呢？我無由得知。但他間接爲我多方打聽、又仔細修函的熱心，卻令我十分感動。從信上所記得知，早在我出生之前，內山先生已經去過上海，並且在那裡居留過相當長的一段時間。在那影印的第三頁信箋上方，用鋼筆繪記著當年北四川路一帶的地圖。我記憶所及的重要地方：舉凡虹口公園、內山書店、福民醫院、第一國民學校，以及電車軌道等等，皆一一仔細標出。這一條馬路和沿途的這些景物建築，正是我當時日日必經的處所啊！

至於所謂「一燈園」是怎樣一個組織團體呢？橋立先生也有附函說明。日本明治末期（距今約七十年前），京都附近的佛徒西田天香創立「一燈園」，係以行善爲旨的修養團體。會員以日日至民家執掃除廁所等賤役爲修行之具體表現；推此善心，「一燈園」的會員不分國籍，以助人爲樂，故而在日本占領中國大陸各地、軍閥橫行霸道時，少數宗教信徒仍恪遵原則，默默行善，只是他們的行爲不太爲外界人士所知罷了。橋立武夫教授深深爲日本侵華行爲感覺遺憾，他對於我祖籍爲臺灣的矛盾複雜處境，也表示十分同情，故而信函中附加一言：「這樣子看來，您幼年時期受到照料和疼愛的老婦人，實即爲當時居留上海的『大和民族』中之最優良高尙類者。」

人生的因緣何等奇妙！由於一篇懷舊的文章，驟然，三十餘年前的往事竟重現在眼前，懵懂的童年，歷歷如同昨日之事一般，再度令我感受到無比溫馨。我髣髴又看到當時仍然年輕的母親那張亦驚亦喜的美麗臉龐，我甚至於也還記得她如何用日本話向那位老婦人一再致謝鞠躬的模樣兒。後來由大人們扶上人力車，緊挨著母親坐，一路上搖晃著聽母親關愛的話語，當時只覺得似夢一般的幸福。唉，其實於今想來，才眞是夢一般美麗而無奈啊。讀內山先生的信，方知當年照料我的善心老婦人原來出身於高貴的宗教團體，但只恨爲時已遲，無由報答。三年前，我則又痛失母親，現在雖然無意間獲知這些動人的故事，可是生死永隔，又如何去把訊息傳達呢？

我珍惜橋立教授和內山先生爲我尋回遙遠的記憶，然而我知道如今這一切甜美的與悲辛的感受已無人可與分享，只有寂寞地藏在自己心中罷了。

——一九八二年八月．選自九歌版《交談》

佛跳牆

傳說古早時候有個乞兒，將從富人家分得的殘羹冷炙在某所佛寺牆角冷僻處生火燴煮起來準備充飢，結果香味溢播，竟引得寺廟內的和尚垂涎欲滴，翻牆出來向乞兒索食。

這個說辭顯然屬望文生義，也無從考查；但這一道菜肴多聚山珍海味之葷食，竟能令「佛」跳牆，可見其味美自有源由了。

第一次聽到這個奇特的菜單，是在兒時，於母親傳述外祖父的零星往事之際，無意間耳朵捕得了這三個字。外祖父連雅堂先生中年時代於《臺灣通史》完稿後，曾有一段時間舉家居住於臺北的大稻埕（即今延平北路一帶）。由於地緣近著名的餐館「江山樓」，故而每常與北部的騷人墨客飲宴於其間，而該樓主人也頗好附庸風雅，對於雅堂先生尊崇有餘，逢年過節每以佳肴敬奉至府。其中，外祖父最喜愛的，便是「佛跳牆」。

不過，我眞正嘗食佛跳牆，卻是在多年以後。我們的家庭自上海遷回陌生的故鄉臺灣；

我個人則已自童年步入少女時期。當時，父親出任華南銀行的戰後第一任總經理之職。猶記得華南銀行招待所有一位資深的廚師，我們都隨父母親稱呼他「吉師」。所謂「師」，是「師傅」的簡稱，亦是對於廚師的尊稱；至於「吉」字，合當是那位廚師的名字，當時大家是以閩南語爲稱，我們只知發音不知其字，而到如今長輩都已過世，也無從求證了。巧的是，那個我們都會稱呼的名字，竟與乞兒燴燒佛跳牆彷佛音同或音近，而吉師最拿手的佳肴之一，也正是這一道閩南菜最具特色的佛跳牆。

父親平日忙於事業，只有在星期日才會有較多的時間與子女相處。我們往往會全家去北投的華銀招待所，一方面享受洗硫黃味甚重的溫泉浴，一方面也享用一頓豐盛的臺灣菜。吉師在冬季裡，往往會爲父親和我們準備這道味極濃郁的佛跳牆，雖然在其後的日子裡，我也在別的場合吃過同樣的菜，但似乎皆不及少女時代與家人同嘗過的吉師的手藝高妙。

後來，我自己也試著回味往日的記憶去烹調這道閩南佳肴，反覆試驗後，方始悟出原來那個看似附會的故事，竟是寓含著道理在其內的。所謂「乞兒」以乞自富門的冷炙與殘羹燴煮，其實正是佛跳牆烹飪的要訣所在。此菜肴宜將許多分別烹煮過的山珍海味匯集而蒸煮，卻不宜將同樣的材料於一鍋之內燴煮出來。

佛跳牆的素材相當多，卻沒有一定的規格。大體而言，所不可或缺者爲：魚翅、海參、魷魚、豬腳、豬肚、香菇、芋頭、紅棗；此外亦可視情況而加入小排骨、鵪鶉蛋等。而這些材料多須事先分別予以調製好，魚翅與海參不但需要煮發好，而且更要分別燜煨或紅燒妥，一如前篇所記。手續相當繁雜，所以我通常都會在製作魚翅或海參之際，預先留下一部分，儲藏在冷凍庫內。佛跳牆是聚眾多素材所成之菜肴，每一種所需要的量不多，約在客人每一碗中各味材料有一小撮或一片、一塊即可，故而魚翅若留兩小碗，海參存下兩、三隻便足夠了。

豬腳及豬肚亦須先按照一般燒滷的方式備妥，唯因尚須與別物匯聚而蒸，所以不必太軟，以略有韌性咬勁程度爲宜。若想再配加小排骨，則可先予切塊，在熱油中炸至外帶脆黃而肉呈六分熟者爲佳。豬腳切成約寸半許塊狀，肚子則斜切爲寸半長。各物都要以適合入口之大小爲準。

魷魚以乾貨浸泡水，較市場上已發者爲味道鮮美。浸發過的魷魚，切成寸半許長，而在肉上用斜切刀法輕輕劃出縱橫紋路，可收熟後捲曲的美化效果。至於浸泡的水，可以留用。香菇與紅棗亦皆事先浸泡使開張。芋頭則去皮後，切爲一寸立方塊狀，並先在油鍋中略炸，可以防止蒸熟後形體毀散。

各種素材準備停妥後，取一個大型有蓋的深瓷容器納入。通常，佛跳牆都有一定的容器，其形制如花瓶，肚大而口略收之白底青瓷器，由於需要蒸煮時久，所以瓷質較爲堅固厚實。於此深碗底，先鋪排炸過的芋頭，然後依序再一層層羅列豬腳、豬肚、小排骨、魷魚、香菇和紅棗等物；最後才鋪上魚翅與海參。各色材料鋪排妥當，以不超過全碗的六分滿爲準則；此則爲預留注入高湯之容量。

佛跳牆所用的高湯，以取自各色材料的製作過程中所自然產生之湯汁爲基礎，例如魚翅之羹湯、海參之濃汁，豬腳、豬肚之滷汁少許，以及發泡魷魚、香菇之水分，皆可留用。但這些用料的湯汁都十分濃膩，故不宜多取，僅需少量羼合即可，如若有去油層之清雞湯，可予調入一、兩碗，以沖淡各種素材原汁的濃度。最後嘗試鹹淡，撒入一點胡椒粉，以及約兩茶匙的紹興酒，勿使湯超出碗的九分滿，蒸煮滾沸之際才不致溢出碗外。

大而深的瓷甕，至此因容納了眾多素材，且注入九分滿的高湯，所以相當沉重。口上可以加蓋，但若加了蓋子，往往會變得太高，所以我通常喜歡用鋁箔密封，既能封口使蒸煮的水分不致滴入碗內，又可以減少整個容器的高度。甕口封妥後，需要一個更大的深鍋來隔水蒸煮。一般家庭鮮少有那麼大的鍋子，故而可以使用市面上呈三層式的鋁製蒸鍋，擱置上面二層有洞的部分，只取用下面盛水部分及其隆起的鍋蓋。

將瓷甕放置入蒸鍋中央部位，徐徐注入清水；水無需太多，多則往往令甕浮動不穩，故以淹過甕肚約五、六分高之量爲宜。甕本身之重量，加上蒸鍋之內已注入相當多的水，至此全體總量更爲沉重，所以不妨將蒸鍋事先安置於爐上，省免搬運之勞。爐火先須旺，等水開沸之後，可以轉弱，維持蒸鍋內之水繼續滾騰即可。這時候，鋁製的鍋蓋可能因水氣不斷沖頂而浮震擾耳，可用一小而有重量之物（例如磨刀石）平置於鍋蓋上鎮壓之，既可防止擾耳之聲，又有助於減少水氣過分外散。

蒸煮的時間大約爲四十分鐘到一小時，視甕之大小而定，以甕內諸物熱透且高湯滾沸爲準；過久則各色素材本皆爲烹製妥備之物，恐會爛熟致諸種味道互犯，故而時間之拿捏相當重要。一般而言，雖云有鋁箔、鋁蓋封加，甕內滾沸時仍不免有濃馥外溢，即可以關熄爐火，打開鍋蓋。

甕在熱水內蒸煮多時，水氣既極熱，甕亦十分燙手，故宜隔三數分鐘才戴厚手套將其提出。把鋁箔移開，香濃美味即刻撲鼻，可以在面上稍微撒一點胡椒粉，取甕蓋蓋上，即可端出饗客。

傳說中，乞兒燴煮富家殘羹冷炙的故事雖未必可信，但佛跳牆的烹製特色即在於各味分製，最後匯聚而隔水蒸煮；同樣的素材同鍋烹煮，卻效果全異，所以傳說之產生，亦不無道理了。

每次饗用這道頗費周章的菜肴時，墊底的芋頭塊往往是大家最欣賞的一味。因爲芋頭本身不具特別味道，故而置於甕底，可以全然吸收各色材料及高湯的美味；而且略經油炸成塊狀，雖經長時蒸煮亦不致形體損壞，既鬆軟濃郁，又稍具有咬勁，是別種烹調方式所無法取代的特色。而每當嘗食此道佛跳牆時，我總是會想起少時闔家饗用吉師手藝的快樂時光。雖然父母已經先後作古，姊妹兄弟也都分散各地，有些甜美的記憶卻是永不褪色，舌上美味之內，實藏有可以回味的許多往事。

——一九九九年四月・選自洪範版《飲膳札記》

糟炒雞絲

釀造過紹興酒的餘滓，俗稱爲香糟，又稱爲老糟頭，亦即是古書上所稱糟粕。由於濾清後的酒是釀者與飲者之所慾望物，故而濾酒所剩下的糟粕遂被目爲多餘的，甚至是無價値的東西；再經由道家書籍的多次引用，糟粕一詞遂愈形轉成不値重視的代詞。例如：「名位爲糟粕，勢利爲埃塵。」糟粕竟被看做等同於埃塵了。

其實，糟粕雖是釀酒之餘滓，其物甚是可貴，爲下回再釀酒時之所需。據說公賣局製造紹興酒的糟並不對外出售，恐怕與獨家祕方有關的吧。即使不爲了釀製酒之目的，中國菜裡使用香糟的也有不少種，例如「糟溜魚片」、「糟豆腐」、「糟螃蟹」等等。我在臺北館子裡吃到的菜肴中，以從前在重慶南路上的復興園所烹調「糟炒筍尖」爲最値得回味。復興園的老闆，眞實姓名爲何？到如今都不曉得。我們一直稱呼他：阿唐。阿唐那時候還經常自己下廚，尤其當席間有孔德成先生時，他更不敢馬虎。在臺北眾多的上海館子中間，阿唐燒的菜可算是數一數二地道好手藝的了。記得有一次初冬時節在復興園餐敘，冬筍方上市，阿唐親自端來一盤全用冬筍尖炒出的糟炒冬筍尖，味道清甜香郁無比，我禁不住嘖嘖稱讚，並且向孔先生請教那道菜的烹飪方法和要領。孔先生雖然未必親自下廚操作，但他是一位美食家，嘗謂：「好的菜，一看就知道，要等吃到嘴裡方分辨好與否，那就差了！」孔先生也非常心細，那次以後，凡遇著時令，不論是否我作東還是別人請客，他都會特別吩咐那一道菜，說：「這是爲你點的。」其後，由於某種原因，復興園關閉。未幾，在敦化北路高架橋底下另開張一家規模較小的「阿唐食府」，仍由年紀已稍大的老闆親自主廚。若干年後，「阿唐食府」也關閉。大家正惆悵之際，忽聞在漢口街又出現了另一家「復興園」。阿唐年紀更大，時常坐在門口做活廣告招攬客人，跑堂的也有故人在，但畢竟當年老復興園的水準已不再，更莫道糟炒筍尖了。

糟炒筍尖成爲絕響了嗎？也許我孤陋寡聞，別處仍有可食之餐館與技藝。無論如何，冬筍價格昂貴，而集其尖端炒出一盤，恐怕不是一般家庭宴客所能闊綽出手，所以我這裡介紹另外一道比較尋常且亦味美的「糟炒雞絲」。

香糟的取得，在臺灣可能比較不容易。因爲公賣局既然不出售，或者可以在專賣南北貨的店找一找大陸來貨。我家的香糟，是許多年以前在香港購得，其後在美國的加州唐人街也買到過。香糟一旦購得，可以持續使用持續儲藏，所以只要小心愼用，倒是可以長期留存，相當方便。

在南北貨店買來的香糟，是瀝去酒汁的半乾糟粕，多數密封藏於牢固的雙層塑膠袋內，粒粒擠壓呈深褐色餅狀。取一大型玻璃缸，將香糟投入缸底，加兩、三瓶陳年紹興酒，蓋緊瓶蓋，使與外面的空氣及灰塵隔絕。若無瓶蓋，則須以清潔的布及塑膠紙包裹妥善。找一個乾爽陰涼的屋隅放置三星期左右。酒與糟相遇，原先乾硬的餅狀，會逐漸散碎，且膨脹沉底。三星期以後，泡了酒的香糟已經可以使用，而經久不壞，並且越陳越香醇，只要注意每次舀取時用乾淨的瓢，勿沾生水即可。如果酒糟少了，煮一鍋蓬萊米白飯，冷卻後倒入缸內，再加一、兩瓶紹興酒，大約一個半月後，又可以有滿缸的香糟了。我家廚房裡經常有一缸香糟，也忘記存放多少年了。放置之後，原先上半部較淺淡的酒色，已經自然轉變成爲琥珀色，甚是好看。

炒雞絲，最好購買超級市場包裝好的雞胸脯肉。透明的塑膠紙，一目了然，可以辨識分量多寡與新鮮度，而且已代爲去皮、處理清潔，省卻許多工作。

先把一條條的胸脯肉放置砧板上，剔去筋絲再橫切爲薄片，最後才順著肌理切爲細絲。切雞肉絲時，一定要切得薄，切得細，才顯得出其精緻。所謂「工欲善其事，必先利其器」，廚房中一定要備有較薄的切肉刀，而且要時時磨利；此外，不妨將雞胸肉先予以冷凍少時，稍稍凍結形體固定之後再切片切絲，都會覺有事半而功倍之效。

通常十個人左右，準備兩條胸肉就足夠了，因爲切絲浸泡作料後，肉的量會顯得膨脹起來。將切好成絲的雞肉放在一個稍大的碗裡，澆上大約一勺半大湯瓢的香糟及酒。舀取香糟時，用長柄大勺，於舀酒的同時，亦不妨伸探底部撈出一些糟粒，如此，味更醇厚香郁。

除香糟之外，另須加一些鹽和糖，使入味。我喜歡加幾滴淡色良質醬油，使炒出來的雞絲稍帶顏色而不至於慘白。於是取一雙筷子，將澆上了香糟及各味作料的雞絲拌勻；拌勻而動作不必太過繁複，細緻的雞絲才不致斷裂成泥。少頃，經此香糟浸泡的雞絲會因爲吮吸水分而稍稍發脹，遂加些微太白粉，並滴入數滴素油，略予翻拌，蒙上保鮮膜，置入冰箱內冷藏。

炒雞絲要用熱鍋冷油，這是孔先生教我的一個訣要。以前總是炒出來的雞絲焦黃結塊而煩惱，自從得到一語指點迷津後，幾乎沒有再失敗過。我自己則又多方比較，發現取用鍋底較寬者，或者平底鍋，由於接觸面廣而無須多次翻攪，雞肉容易均勻炒熟，效果更佳。

用寬底的鍋在爐火上烘熱，至手掌在離鍋面約一尺處能夠感受熱度時再注入冷油，遂即將從冰箱內取出調配好作料的雞絲略略鬆動，輕快倒入鍋內。熱鍋內的冷油與雞絲，由於鍋底的爐火持續加熱，遂亦逐漸轉熱而呈熟，但不至於像爆炒牛肉那樣快速變熟，是隨著油溫轉熱才將雞絲帶動趨熟。這時，有較多的時間從容對付每每因香糟浸透泡脹而糾纏成堆的眾多絲狀雞肉。我常常一手用炒菜鏟子翻動，一手用長筷攪鬆稍稍凝結難理的雞絲。等翻炒清理妥善時，雞絲已熟，香糟馥郁，便是應當起鍋的時候了。如此炒出來的雞絲，嫩滑無比，絕不會焦糊；起鍋之際，若是滴幾滴香麻油，更能加添芳香，而且看來晶瑩剔透美觀。

用一枚稍深的素淨盤子，將雞絲縱橫盛其上。若覺單調，可摘一、二片芫荽點綴。離開爐灶至餐桌之間，屬於香糟那種醇芳飄流於空氣間，任何人都會受到引誘；始知孔先生說的不錯：如果定要吃到嘴裡才知道菜好，那就差了。《隨園食單》所謂：「目與鼻，口之鄰也，亦口之媒介也。佳肴到目、到鼻，色臭便有不同。或淨若秋雲，豔如琥珀；或其芬芬之氣亦撲鼻而來，不必齒決之舌嘗之而後知其妙也。」便是指此。

或者有人認爲香糟既然難於購得，亦另有一物暫代。買上好酒釀，取酒釀一分，對紹興酒一分，雖然芳醇之味不及香糟，勉強可以替代補充。也有人全不用糟粕，純以良質陳年紹興酒浸泡雞絲炒之，只要鮮香滑嫩，亦是一道可口的菜肴。不過，這些都是本文枝葉，聊爲附記陳述耳。

——一九九九年四月・選自洪範版《飲膳札記》

飲酒及與飲酒相關的記憶

——擬《我與老舍與酒》

七年前，我獲得訪問外國學界的機會，在英、美及日本各停留一個月。在眾人廣庭之間寒暄，本是我最不擅長之事，但那三個月的訪問旅行，偏偏就是最多那種令人靦腆尷尬的場合：而且有許多場合是特為我而舉辦的。有幾位陌生的外國學者，經人介紹後竟然睁大眼睛說：「啊，你就是那個很會喝酒的林文月嗎？」更是令我哭笑不得。我就是很會喝酒的我嗎？無論如何，「酒名」竟流傳至海外，眞是始料未及之事。

據云，飲酒與體質遺傳有關。我的父親一生滴酒未嚐，母親小酌半杯即酡顏欲眠，弟妹們也沒有能飲者。外祖父有句：「寒夜客來茶當酒」，想必也不是喜好杯中物的罷。不過，我的舅舅曾自詡為他那一輩友朋間的懂酒之人，而表弟酒量亦不差，則先天上，我或者也稍稍秉具飲酒的基礎亦未可知。

第一次飲酒，是在大學畢業的謝師宴會上。當年的學生都比較窮，社會風習也尙儉樸，未聞有酒樓大飯店設宴的闊綽事。我們班上共有十一人畢業，敬邀授課的每一位師長，就在文學院二樓的大教室裡席開三桌。足見師長人數比學生還要多了。那酒席是專門承包外燴的臺式菜肴。課椅搬開、圓形木桌上鋪一條紅桌布，便十分有畢業的喜氣與敬師之誠意。廚師們大約是在樓下池畔大煎炒的罷？細節記不清楚，菜式也早已忘了，但分明記得所喝的是公賣局的清酒。那種不甚講究外觀的酒瓶放置在我們平時上「文學史」、「國際關係與國際組織」等大班課的教室磨石子地上。我第一次喝的便是公賣局的清酒。

許是畢業的興奮、以及師生聚敘的歡愉氣氛使然，我跟著其他的同學舉杯敬謝師長們，又同學之間相互地酬酢，不知不覺間喝了許多清酒。喝酒的滋味如何？說實在的苦中帶辣，並不好喝。但是，那一酒宴之間，平日嚴肅的師長們都變得十分可親，連聲稱已戒酒的毛子水先生都爲我破戒喝了半杯。喝酒的感覺如何？一杯繼一杯之後，面孔發燒，有些暈眩飄然；最後，我便是在飄然暈眩之中，由人左右挾持著走回女生宿舍的。那種感覺十分奇妙，騰雲駕霧似的，眾星熠熠，兩排大王椰斜斜，彷彿足不著地就已經回到了寢室。很久以後，我才了解，日本人稱酒醉者之步伐爲「千鳥足」的道理。不過，痛苦卻在後頭。整晚上，輾轉反側難眠，口渴而且胃裡翻騰。次日畢業典禮，我的脖子上，雙臂裡外都紅腫奇癢，起了大片大片的酒後風疹腫塊。同學們見我豎起衣領，拉下長袖，都笑我昨夜逞強。

但是，自從那一次飲酒引發疹腫後，就再也沒有發生過同樣症狀。大概是免疫了罷。那次之後，雖不好酒，偶爾應酬之際，也知道自己能小飲若干無妨。中國人飲宴，好勸人以酒，又每每斤斤計較。爭少嫌多，或者是樂在其中。而我本拙訥，不擅言辭，與其唇槍舌劍比口才，不如仰飲乾脆。常觀察別人飲酒，覺得有如兵術，講究攻防之間的技藝，乃至於不厭詐術。我飲酒只迎敵而不攻伐，又講究信用公平，不與人計較多寡；復以女性之故，久而久之，遂漸漸以訛傳訛，誇張其事，乃有了所謂「酒名」也說不定。

自省能飲與否？較諸不能飲者，自屬能飲幾杯的量；可又與真能飲者比，則是遜多矣何足稱！倒是自從淺酌之間獲得的情趣與可記憶之事良多，值得記述。而既然我個人飲酒肇端於大學時代的謝師宴，故不妨自中文系的酒事寫起。

在我讀大學的時期，根本未設有導師制度。然而，可能由於當時學生人數少，師生之間十分親近。課堂以外，我們和師長也保持種種關聯，包括個別的登門拜訪請益；以及每年必然有的不少次師生聚敘宴酌。通常都是在某位老師的壽誕之日，由學生合宴祝壽。某位老師是壽星主客，則必定也邀請其餘的老師做陪客；少則三兩桌，有時遇著整壽大規模的祝賀，也有過席開十桌的熱鬧場面。又由於我們的師長與歷史系的老師往往有深交，便亦形成文史合宴的情況。太史公寫滑稽列傳，稱淳于髡「一斗亦醉，一石亦醉」，大王之前或親有嚴客，越是嚴肅的場面越不能開懷暢飲。但是，我們中文系的學生似乎沒有古人的憂慮，在尊敬的師長面前，往往都能盡量而飲，即使酒後稍稍越禮失態，我們寬容的師長也多能原諒不介意。師長們不唯不介意學生輩飲酒改變常態，他們自己也會表露出平日教室內所不易見到的另一面。系裡的老師，從系主任臺靜農先生開始，戴君仁先生、屈萬里先生和孔德成先生都是大家；鄭因百先生和許世瑛先生雖然比較含蓄，卻也都能適量斟酌，談笑助興。我們的老師皆各有專精學問，他們於酒酣耳熱之際的談吐，十分雋永詼諧，只可惜未編成現代《世說新語》。而聽他們飲酒之餘，互比酒量與酒品，戲封「酒霸」、「酒聖」、乃至「酒賴」、「酒丐」等等有趣的稱呼，更令大家忍俊不禁。

其實，非必限於筵席之間，我們私下也往往有機會與師長淺酌對飲的。我個人與臺先生在溫州街的日式書房內喝酒最多，也最難忘懷。臺先生好酒量，卻似乎頗能節制，我們未嘗見過他醉。但據他自己說，從前在北京、在青島、在重慶，也常常喝醉，也曾鬧過一些笑話。談及飲酒醉否時，臺先生最喜歡引述的是胡適之先生的名句：「喝酒往往不要命」。近日來讀陳子善、秦賢次二位合編的臺先生早年佚文集《我與老舍與酒》，果然，裡面有幾篇及於當年酒事，令人想見上一個時代的文人們清苦中作樂的情況。

臺先生不僅酒量好，菸抽得也不少，又甚少運動，所以體型碩壯，但一向比同年齡的人健康。這一點，許多人都以爲不可思議，而他似亦相當自豪。記得，他晚年常常反覆同我提到袁家騮先生報知的好消息：美國醫界發現，適量飲酒可致長壽。好像這消息又增加他理直氣壯的依據。不過，後來他罹患食道癌惡疾，不得不相繼戒除菸與酒。戒菸之際，猶尚戲稱：「總算把那討厭的東西戒掉了。」至於戒酒之時，則未免於神情寂寞。我想到臺先生一生淡泊名利，唯好飲酒，也感到非常寂寞。陶潛〈止酒詩〉云：「平生不止酒，止酒情無喜。」也許正是患病戒酒接受治療時的臺先生的心理罷。今年寒假赴美，益堅學兄寄給我臺先生的遺墨手札，以爲編印書札遺稿之用，其中有一封他病中寄與在美國的夏卓如先生的信，後文寫著「去年見到袁家騮先生，談美國有研究長壽之道者，以酒可以延年，不喝酒者則不能延年。以告吾老友。可悲者，弟無此福矣。」卓如先生即是當年封爲「酒丐」的歷史系教授，退休後隱居美國。我想像夏先生收到這封信時，他的心境也必然是非常非常寂寞的罷。

我的父親不飲酒。年少時，曾見母親小酌而量不大，待我成長稍解酒中趣味時，她已不再飲酒。所以我沒有陪伴父母斟酌的經驗，委實是很遺憾的。不過，我的舅舅倒是善飲者。平時嚴肅的舅舅，喝了幾杯好酒以後，會變得十分可親近，談興也隨酒興而濃郁起來。我的母親過世後，有一回在舅舅家中做客飲宴，舅舅忽然對我說：「文月，你最像你的母親。我現在看你，就如同看到阿姊年輕時候一樣！」舅舅沒有女兒，我知道他是最疼我的。我當然也知道他思念他的姊姊，如同我思念我的母親。

又有一回，舅舅在家裡宴請他的老友，打電話教我去陪長輩們喝酒。他說：「舅舅現在不大能喝酒了。阿戰夫婦也對付不了那麼多客人。你就來幫舅舅喝幾杯罷。」我義不容辭的赴宴。那晚上的客人多爲報界和藝文界的長輩們，其中一位有先見之明，居然帶了代飲的青年出席。一桌主客十二人，佳肴與談興均屬上乘；奈何酒過三巡後，有些老先生說話已次第脫序，舉箸維艱了。表弟夫婦與我三個做小輩的，一一敬酒，自不敢怠慢，也漸漸有些不勝酒意的感覺。最後散席時，我看到好幾位客人都是顚顚危危踉踉蹌蹌的步伐，卻人人異口同聲地說著：「今晚喝的眞痛快！」那晚上喝的是大瓶的白蘭地，在三瓶至四瓶之間。那晚上，舅舅也喝了兩三杯，顯得神情愉快至極。

我的舅舅晚年得痛風之疾，宜當忌酒，且需多喝白開水。但他常常在几上放一杯水，於座位之下置一瓶酒。九分水中，羼一分酒。見到我便苦笑道：「醫生囑咐每天喝七杯水。這白開水，沒滋沒味的，怎麼嚥得下去？只好想辦法對一點味了。」說著，用小杯子倒些酒給我：「你喝純的，舅舅就算是陪你喝雞尾酒罷。」又說：「『古來聖賢皆寂寞，唯有飲者留其名。』這是李白的詩句罷？哈哈，你是讀文學的，會懂。」舅舅的話和苦笑，我約略懂得。記憶之中，那是我感覺最接近舅舅的一次。他縱橫談論了一些國事與家事。臨走時，又步履蹣跚地走入書房，取出一枚外祖父〈延平王祠古梅歌〉的遺墨鉛版贈送與我：「舅舅老了。這塊鉛版，珍藏了多年，現在送你留著。」如今，那枚鉛版珍藏在我的書房裡。每次摩挲那灰暗凹凸的版面，我就會想起那一個寒冬午後的景象，逝去的音容，甚至酒香，遂彷彿又都鮮活起來了。

在《我與老舍與酒》中，臺先生有一篇短文的開頭寫著：

> 「今天是中秋節，又該弄酒喝了！」
>
> 什麼酒好呢？白蘭地罷！太和平了；紅玫瑰罷，更無味了；還是老白乾罷，雖然汾酒還可口，只是太不容易得到的。白磁的酒杯和發光的錫酒壺都不免於太小氣而且寒酸，還是用漱口大洋磁碗罷。（見聯經版，頁五五）

所謂「文如其人」、或「文學反映時代」，其實用不著刻意尋求，此段不到一百字的文章內，自自然然就顯現出作者的氣質與那個時代的風貌了。任何人讀此段文章，都可以感覺出臺先生豪邁通儻的性格，而他確實也一向偏好喝烈酒；至於「白磁的酒杯」、「發光的錫酒壺」，在現今的飲酒場合上已不復可見，那應該是半個世紀以上的文物了，乃用「漱口大洋磁碗」喝酒，則既反映著那個時代的文化與物質生活，同時又看得出臺先生品酒的大量與風格了。

我飲酒不像臺先生那樣講究與量大，也幾乎未有過顧影獨酌的經驗。至於酒興，唯視對飲之人與場合耳。最不喜歡的場合，是與一群半生不熟的人應酬，那種場合，能避則避；設若躲避不及，連說應酬話都覺其多餘，更遑論飲酒之興致了。不過，時則不得不做禮貌性的酬酢，又有時偏逢在座有人風聞我能飲若干，便說好說歹勸酒。遇到那種情況，我又不擅長忸怩計較，只好飲盡杯中物。那要比多費口舌計較或推辭簡單俐落多。飲酒固非易事，自忖日常所做之事中，也多屬不容易。做學問、寫文章，乃至譯事斟酌，哪一樣是容易的呢？若其勉強過量喝酒，大不了一醉罷了。

對於酒類，我其實也沒有什麼資格可以品評。不過，以爲喝什麼酒須看什麼場合：享用中國菜肴，微熱的陳年紹興酒最合宜。臺先生的文章中提到的「老白乾」或「汾酒」，以其本身芳醇濃烈，往往掩蓋佳肴美味，不免喧賓奪主。有人臨宴，以飲酒爲主要目的，則又另當別論；我則寧願兩者兼顧。尤其私人宴客，女主人親自下廚展顯手藝，總應當特別專心品嘗，藉以體味箇中奧祕，若因酒而忽略佳肴，實在辜負了人家一片心意，既可惜也失禮之至。品嘗西菜，無論牛排或海鮮，最好佐以紅色或白色葡萄酒。白蘭地或威士忌牛飲，委實蹧蹋且殺風景。在微暗的燈下或燭光搖曳之中，見琥珀色的液體在晶瑩剔透的杯中輕漾，雖然不免布魯喬亞氣息之嫌，但人生偶爾自工作之重擔解放、放縱一下享受一下，又何妨！至於吃食日本料理，則非東洋酒佐餐不可。那清酒甜甜，單獨喝起來未見得多好，但微溫之後倒入小陶壺中，無論自斟自飲或相互對斟，配著清淡精緻的料理細啜，確實有其獨特的風味與情趣。許多年前，我在京都獨居。初夏時節，十二段家料亭的老闆娘秋道太太特別爲我留一瓶濁酒，夜深工人散去後，敞開紙門窗，準備一些水煮毛豆等小菜，我們兩個人喝到星星都睏倦。那種冰涼的黏白甜酒，有一種特別的滋味。而獨在異鄉爲異客，能結識同性好友談心，也是一種特別的緣分。秋道太太的友誼，與她爲我準備的濁酒，以及那晚上的整個氛圍，都是我難以言喻的溫馨記憶。

與家人小酌，也別有情趣。我們的兒女在出生滿三個月後，都曾由他們的父親以箸端蘸一滴甜酒放入小嘴裡。不知是否因此之故，他們長大後多少都能喝些酒。不過，我們平時並未鼓勵他們多飲。思蔚是在服兵役當海軍陸戰隊排長時，由於主客觀的因素而鍛鍊出酒量。至於思敏則是在大學時期參加我們邀宴師長的場合偶嚐威士忌，她出人意外地竟嚷嚷：「哦，原來你們大人喝的是這麼好喝的東西啊！」雖然，孩子們長大總要離家遠走，我們一家四口聚敘的機會越來越少；但是我記憶的與飲酒有關之事仍還是有一些的。

五、六年前，豫倫和我帶了思敏去日本東北地帶遊覽，我們買的是一種可以隨意挑若干地點下車的火車票。那時正値日本人祭祖的「御盆」節日，全日本的人歸鄉掃墓，人潮洶湧，我們只得儘量挑選小鄉小鎮，免得趕上熱鬧。有一晚住宿在某處溫泉鄉。由於地方小，除三數家舊式溫泉旅館外，別無甚可觀之名勝古蹟；而旅館又乏娛樂設備，晚餐後，無以打發時間，乃溫泉浴罷，三個人穿著旅館準備的漿燙過的「浴衣」，罩一襲和服外套，足蹬木屐，出外閒逛。小鎮的民情樸素，入夜之後，大多數的人都返家，路燈暗淡，街巷也平靜，只有三兩家店半開著門，有燈光瀉出。我們挑選燈光最亮的一家小酒店，從布簾垂覆的門口鑽入。中年的老闆即刻響亮地喊出：「歡迎光臨！」約莫是十張「榻榻米」大小的店鋪，一邊是燒烤煎煮的調理台，前面一排窄窄的吧台，可坐五、六人；另一邊是稍稍高起的「雅座」，擺著三張矮几和幾個座墊。吧台和後面的矮几上已有客人，都是些中年的工人模樣男子。我們被招呼到最前面的矮几前，各自脫下木屐入坐。那個小酒店樸實而擁擠，卻有一種親切的氣氛。我們叫了幾壺溫水對燒酒的地道日式小飲，又佐以燒小鳥、烤魷魚、和醃白菜等小碟酒肴。浴後身上的硫黃味猶在，而微烈的酒精漸漸使血液循環加速，不久就有了醺然的感覺。女兒青春的面龐上也泛起了桃花似的酡紅。我們自自在在地啜飲著、漫談著，竟未發覺外面已下起了驟雨；還是聽坐在靠外吧台上的酒客嚷嚷才知悉。下雨就下雨罷，反正一身無事，溫泉鄉長夜漫漫。我們喝到雨腳歇了才離開酒店，也不清楚到底喝了幾多酒？但見矮几上列著許多陶壺，大家走路的步伐都有些不安穩。

翌年，思敏赴美留學。我和豫倫也曾於假期旅遊探訪，思蔚因遠在東部，又值實驗室的工作繁忙，一時未能趕來團聚，我們三人遂又於加州旅邸飲酒暢談。孩子離開了父母的身邊，心智成熟得更迅速，難怪日本人有諺語云：「疼愛子女，令其出遠門。」我醉眼矇矓地看著十分獨立自主的女兒，心中充滿了欣喜。那一夜，我們喝的是含有胡椒仔的俄國伏特加酒(Stolichnaya)，辛烈無比。但細啜慢飲，三個人竟喝完一瓶意猶未盡，又另開一瓶，直喝到每人講話都有些舌頭打結。後來，不知是父女之中哪一個先提議的，開始打電話給遠近朋友問候致意。從美國打到加拿大、夏威夷，復又及於臺北，甚至到巴西。起初，我尚且理性勸阻，見他們興致濃郁，不覺得也參與其間。三個人爭著向遙遠的地方饒舌，地有南北西東，時分白晝黑夜，卻一律都被我們紛紛吵過明白。後來，電話費的賬單若干，已不記得；但那一次三個人分明都醉了，醉得像頑童一般！

在臺灣生長的男孩子，受兵役年齡限制出境，所以思蔚一直沒有機會同我們出遠門旅遊。而他大學畢業，服役完後便飛往美國，在冬季冰天雪地的羅城專心攻讀他的雷射光學；再回到臺北來，已然時隔五、六年。臺北變化很大，我們的家也不再是他離開時那個有庭院的老房子了。去年歲暮，他利用論文已撰成而口試尚未的空檔，返回母校演講，同時來陪我在陌生的新家住了十天。當時適巧我一人獨居，他告訴我：「來看你是主要目的，演講是順便次要的事情。」做母親的，聽了這樣的話如何能不感動呢？儘管他忙進忙出的，十天的日子裡，見面時間並不多。

臨別前夜，他推辭了各方的邀約，只答應晚飯後去和老同學打一場籃球。「媽，我大約九點就回來。你可以準備一些消夜等我嗎？」當然可以。思蔚果然準時回來，迅速淋浴，換一身乾淨的休閒服，與我夾餐桌對面坐下。看著桌上豐盛的消夜，他驚喜地歡呼：「哇，這麼多好吃的東西！」「應該喝些酒才好。」「家裡有酒嗎？在哪兒？」順著我所指的方向，他打開櫃子，摸索出一瓶上好的白蘭地。「嗯，好久沒喝這種好酒了。」是的，好酒自是不同尋常，打開瓶塞，便有一股甘芳溢出。好酒應該與久別的兒子共享。

我們飲酒、吃消夜，談文學和音樂，彷彿又回到往昔。我們一直都是很談得來的知己。他忽然有所感地說：「媽，其實這樣的機會並不多，只有你跟我。」我懂他的意思。人際關係很微妙，即使親如父母子女，一生之中，能有幾回這般澄淨如水地單獨相處呢？何況，他已在夏天新婚，我把他交給了另一個深愛他的小婦人。在學業告一段落之際，能兼程千里迢遞回來伴我十日，那心意我明白；可是，有些話是不必說出來的。喝酒罷。其實，能這樣子對飲交談的機會也並不多。

——一九九三年四月・選自洪範版《飲酒及與飲酒相關的記憶》

秋陽似酒風已寒

終於走進「凱撒」(César)了。

這家專賣酒與西班牙酒餚小吃的店，在嚇倒(Shattuck)街一五一五號。地址很容易記，店面也一目了然可判識。據說在此區開設已經一年，但每次車經時，總是望望而已，未敢鼓足勇氣駐車入內。

無論夏冬，這家店總是賓客滿座，溢出街上。說「溢出」，幾乎不是誇張。因爲那臨街的一面牆壁，整片卸除，只用細緻的鐵欄杆將店與街聊爲之分隔。兩個巨型落地窗，各有兩大片摺門推向兩側，中間只留一片窄窄的粉牆，寫著店名 César 和門牌號碼 1515。四、五張木桌和椅子擺在那裡，飲酒談笑的人簇擁其間，彷彿就是被店內擁擠的人群擠出街上來似的；尤其入夜以後，街面黑暗，獨獨這個挖空的牆壁內燈火輝煌，人頭攢動，景致眞可嚇倒行人。便也往往望而卻步。

店是從下午三點營業至午夜。一週七日，沒有休息。

這一天，我們決心不做過客，定要入內。便選擇一個非週末、非假日的下午四點過後。那一帶是出名難駐車地區。店才開始營業不久，果然賓客並不多，但是我們繞屋三匝，未能覓得車位，便只好駛向稍遠處，並互相提醒，一個鐘頭以後須來丟銅板。

「凱撒」的落地窗敞開向街，已然有兩、三個檯子被占據。我們從側面推門而入。到得早，是有好處。店內空間寬敞，不像往時看見的熙攘擁擠情況。迎面整片牆是吧檯和酒架，中央部位鑲著一巨型玻璃。吧檯邊當然有一列高椅。其對面是一長排由木條組成的不分隔的椅子，放著十來張小方桌，夾著方桌，各置一張木椅。中間地帶，則散放著稍大的圓形桌，可坐四個、五個，甚至六個人。中心處則被一長方形樸質的木桌占據著。四面隨便地放著長、短板凳四具。人多時大概是可以肩並肩、臂觸臂地擠坐的吧。

如今，四張板凳上，空無一人。許多圓形的桌和方形的桌，也尚無賓客。到得早，反而不知所措，猶豫不決，不知坐哪個位置才好。

選定長排椅的中間部位，也沒有什麼特別用意，只覺得這個位置最適合觀察店內全景；他只得很自然地落坐對面的木椅上。

甫一坐定，全身黑色衣褲，甚至圍裙也是黑色的侍者便用三個指頭捏夾著一小碟各色橄欖，含笑放在桌上，同時也送來三份單子。兩張相同的白底黑色簡單的，一面印著一般酒品，另一面是今日菜餚(tapas)。每人各一張，方便各人選酒點菜。一本有黑色皮套的小冊子，則全屬酒事。從各色紅、白葡萄酒，至世界各地的佳釀，產地、年份都記載得清清楚楚。

我們翻看一陣，相顧莞爾，同時拿起那份簡單的。洋酒的學問大了，可別出洋相才好。想起溥心畬先生那則逸聞。溥先生早年遊學於歐洲之初，在餐館點菜，因不諳法文，在菜單最上一行點一點。侍者端來一杯酒。以爲歐洲人餐前好尚飲酒，乃飲盡杯中物。侍者再來時，溥先生指了最下一行，詎料，復來一杯酒，亦只好飲盡。第三次，便指了中間一行，竟亦是酒一杯。酒已足而飢腸轆轆，他哭笑不得。其後方知那張「菜單」，原來是酒單，無怪乎指哪一行字，來的都是酒！這是溥先生往昔在師大藝術系教國畫時，親口對學生們說的，而那時他正是其中一個學生，所以不是捏造的名人趣事。

他叫了一杯「些利」(Sherry)。我要了一杯「馬嘉利大」(Margarita)。等酒的時間，我們用指頭撿起大小顏色各異的橄欖。想起前幾年旅行西班牙時聽當地人說的，橄欖是上帝的恩賜；果實可食，既營養又助消化；其油可烹調，膽固醇低；枝葉可以焚燒取暖，復可用於沐浴之際擊打加熱之石，使散發芳香之氣。至於中國人飲酒時最自然會想到的，大概是花生吧。想到飲酒與花生，難免又自然會想起臺先生，他有一句名言：「花生佐酒，謂之『吃花酒』。」老學生在課堂之外，大多聽過臺先生這句戲謔的話語，大概也多數不會忘記他說罷哈哈大笑的爽朗神情。那竟已是許多年以前的事了。多年後在異鄉想到這些，忽然令人心痛！

酒來了。喝酒吧。

侍者站在一旁問：「決定點些什麼菜餚嗎？」

那份tapas上面列出的樣式並不多。是日日更換的菜單。看看左右的客人，每個方桌之上都有一盤如山一般聳起的炸洋芋薄片，便先點了這一道再說。

那炸洋芋片，與漢堡附帶賣的有些不同。連皮切得極薄的長條形狀，炸的火候剛好、不膩不黏，乾而且爽脆，略帶鹹味，間又有些各類香菜。以之佐酒，風味絕佳，難怪幾乎人人點一盤。鄰座一個中年男子，比我們早到，獨自飲酒讀晚報，自始至終便只慢條斯理抓兩條芋片，佐酒也佐報。或許是一位常客吧。

啜飲幾口酒後，忽一抬頭，看見對面稍遠處有個非常熟悉的身影。定神再望，方知是鏡中的自己，不覺得有些滑稽可笑。其實，方才一進門就注意到這一大片鏡子，怎麼竟自己嚇倒了自己呢？鏡子大得像一面牆，又令我想到馬奈(Edward Manet)那張油畫《吧檯》的印象派作品(Bar at the Folies-Bergère)。不過，對面站在吧檯後的不是金髮婀娜的少婦，卻是一個瘦高的中年男人。他正非常專業地從左肩上方斜斜搖下調酒瓶，動作精確而有韻律感。行行出狀元。那人的位置、動作和神情，都極明顯地成爲酒店的重心，其餘遠近各種角度映現於大鏡中的男男女女，相形之下都變成了芸芸眾生。我那個身影，和坐在我對面的他的背影，當然也是芸芸眾生的一部分了。

芸芸眾生，每個人都在忙些什麼？在他們尚未來到此酒店以前，以及以後？生活樣式有千百種，無以計數，驟然於此刻相遇構成芸芸眾生的一部分，也是一種緣分吧。

我們現在未必眞的那麼忙，但是偶爾的憩息和排遣空閒的方法倒也是有種種，兩個人來酒店消磨一下午，則是頗新鮮的經驗。至於我的毛病是，遇著新鮮的事情就喜歡用心觀察。譬如這樣子看吧檯的酒保，又裝成若無其事地左顧右睞看這些人群。什麼時候才能戒掉這種習慣呢？

換一個姿勢坐，並不是原來的坐姿不舒服；把頭偏向另一邊，是想要丟棄用心觀察的持續。「怎麼啦？」他問我。「要再點一些什麼小菜嗎？」

也好。再點一些小菜吧。「要一碟醃火腿片。」我知道那與金華火腿近似，片得薄薄、生吃。「再來一碟燻雪魚。」「如果還要一點番茄蝦，會不會嫌多？」是稍嫌多了些，但中國人不作興乾喝酒，總要佐些菜餚。環視酒店內，只有我們兩個黃種人哩。

於是，順便又各續一杯與原先相同的酒。

Margarita是墨西哥雞尾酒。取材於龍蛇蘭的「特級辣酒」(Teguila)，辛辣似杜松子酒。加些冰塊，夾一片檸檬於寬杯口，杯口塗抹一圈細鹽。輕輕搖晃玻璃杯，使冰塊與酒均勻混合，檸檬片在唇貼著抹細鹽的杯口時最是芳香。這Margarita與「馬丁尼」的製法相類，也很好上口，一不小心令人醉的特色也近似。所以有台灣飲客戲稱為「墨西哥晃頭仔」，蓋指其易令人醉後搖頭晃腦的吧。

可是，在這個酒店裡沒有人喝得搖頭晃腦。人人似乎來此享受談天或獨處的樂趣，酒是增添樂趣之一途罷了。

聲音越來越大。

在我們續杯添菜餚之際，西陽更斜，下班或下課的人漸漸塡滿那些原來空著的位置。原先清楚可辨的配樂，那種帶著些許哀愁和慵懶的西班牙民謠，也逐漸淹沒在喧嘩的談笑聲浪裡，幽幽地斷續間歇地，歌詞樂調在可辨不可辨之間低低吟唱著。

隔壁看報飲酒的人，起身付帳，套上外衣，將看過的報紙仔細摺成長形夾入腋下，與酒保遠遠舉手道別，走了。桌面上留著一只空酒杯，和乾乾淨淨不剩一片炸洋芋片的白瓷碟。

兩杯 Margarita 尚不致令人搖頭晃腦，但雙頰上微微發熱，可是人多起來的緣故嗎？瓷碟裡尚有些許殘餘的酒餚，但酒杯既空，我們也該走了，把位置讓給門口稍稍擁擠起來的下一波酒客。

走出店門外，西天豔紅。「秋陽似酒」，有人取書名如此的美。而秋陽確實似酒，唯風中已然有些寒意。

——原載一九九八年十二月十二日《自由時報》副刊

夜談

枕上輾轉，難以入眠。

索性不如起身。夜有些涼而溫柔，赤足踩在地板上的感覺很純淨；純淨的感覺，也許因爲地板上有月光投射的玲瓏花紋。這花紋組構成浮動的虛幻的世界。輕輕的、輕輕的，不敢踩破那虛幻浮動的光影，從臥室走向那微微有聲音的方向。

聲音似乎來自走廊盡處的客廳，越走近越清楚，可也始終是輕聲微談。

不用開燈吧，月光如水。這樣的明度，正好可以辨別方向和家具的位置。在可以辨認的方向和家具上，並沒有人；然則，這微微的交談究竟源自何處？

•

我也是來自一個骨董商店。我在那個店的角落蹲了三年。有人在我座墊上試坐好幾次，有人把我上上下下翻來覆去端詳，也有人向店主人打聽價錢，終於都把我放回原處。一天，女主人進來；其實她已經在窗外望了我好幾次了，她用手指摩挲我鏤雕的椅背，無限愛憐的樣子。我還記得那溫柔的觸感。店主人洞悉她的熱望，不肯稍減價錢，只將稅免掉。

她把我安置於離你們稍遠的這個落地窗前，大概是想要凸顯我這鏤雕的椅背。夕陽斜斜地投擲黃金的殘照時，透過這些花紋，會在地板上印現出美麗的明暗影像；呶，即便是夜晚，如今晚的月光，也可以看到玲瓏的光影。

這桃花心木上面的鏤雕，是一百十餘年前，英國中西部的一個木匠所雕製的。他是應一位曼徹斯特的商人所製作。那位富商爲了慶祝他和妻子結婚二十周年而訂製了一套餐桌椅，他們有四男二女，連同夫妻倆，共八個人進餐。我是八隻椅子當中的一隻；男主人的椅子有兩把扶手，其餘的七隻像我這樣，有高高的鏤花椅背，卻沒有扶手。

英商的妻子很喜歡我和我的同伴。這種左右對稱的鏤雕花紋，以及高高隆起的椅背，是仿文藝復興時代的樣式。做工雖然不如文藝復興時代的精緻考究，倒也是那位英國木匠壯年時代技藝純熟期的作品；約莫花費數月的時間才雕製完成，連同一個長方形桃花心餐桌，搬進了曼徹斯特的商人餐廳內。

我們留在那個家庭裡，日夜供他們使用。眼看著商人和他的妻子衰老，先後死去。他們的長子和媳婦變成了那個房子的主人後，由於他們只生育兩男兩女，便將我和另一姊妹常靠在牆邊休息；只在有一、兩位親戚來作客時才使用我們。這就是爲什麼我比較能完好地保持原樣的道理了。

後來，這家的二女，也就是老婦人的小孫女兒嫁給一個美國人。在乘船遠行之際，她獨堅持要將我搬去新大陸，做爲她對於老家和家人的紀念物。從此，飄洋過海，我和同伴失散，而在美國東北部的新英格蘭待了一段時間。我被安排在第三位女主人的起居室內。那房間裡充溢了曼徹斯特家鄉的景物畫，以及老家庭的人物相片。女主人時常在深夜裡坐在我身上歎息流淚。大概看到我難免思念她遠方的家人吧。可是，等她的兩個兒子成長後，對我就沒有那種依戀的感情了。他們各自在外鄉成家立業，沒有帶走任何一件家具。我和其餘的桌椅櫥櫃一起進了舊家具店。幾年前，一個骨董商人進來，那老鷹一般銳利的眼光橫掃儲藏室，一眼便看中我，遂將我和其餘數件老家具收購下來。

從此，我又轉徙東西迢迢數千哩路，在加利福尼亞州落戶，直到被現在的女主人買下到這裡來。很幸運地，木材的部分一直有人上蠟磨光，所以百餘年來始終能保持完好的面貌，至於座墊的部分，已經三易其套；請看這個紅絲絨的墊面，還是現在的這位女主人和她的先生親手爲我新繃的呢。

那麼，我比你要年輕許多了。忝列於骨董家具店的一隅，許是因為實在稱不上新家具的緣故吧。算來，從一大塊木材被製造成這樣一個六角形桌几，也有六、七十年時間了。我這大半生，倒也沒有旅行過許多地方，是加州的一個木工所製造。材料也是桃花心木。大概是因為同樣木質，色澤相近的關係，我們被擺成毗鄰。我這六角的造型，和仿古的雕紋，還有鼎立的三足上面曲折有致的圖案，雖然不像仿文藝復興時期家具的精緻可觀，當時倒也頗費了那位木工一番心血的。

我自己乏善可陳，不如介紹我桌面上的這一尊木雕觀音像給你們聽。你們看，這斑斑駁駁古意十足的半臥式觀音像，其實也並不是很老的作品。中國在劉少奇時代，曾經吹過一陣「百花齊放」之風，民間還眞有不少的好作品產生。製作這座木像的人，是藝術家？還是匠人？也委實難以分辨。瞧，這觀音臉上安詳的表情，身段姿態，和手腳的舒散自如，乃至於髮絲衣褶，沒有一處不佳妙。

不過，老實說，當初觀音像上面是塗滿了五彩濃重的顏料的。我們家的主人買來後，請人把那顏色用藥水洗去，留下若隱若現的這些微殘色，才成為現在這個樣子。如今，大家見了這尊觀音像，還以為是明清間的骨董哩。

唉，觀音不語，你倒是介紹得詳細啊。說起來，我也是來自中國大陸北方，而且是眞正乾隆年間的製品。

我這椅身矮小，是給小姐太太們婦道人家上轎時候坐的，所以形製小巧。雕工精細。這椅背微微有些弧度，是考量人體坐姿而設。中間有三段浮雕，上面刻著牡丹花和枝葉。中間刻了一個婦人和小孩。梳著童髫的男童依偎在母親身旁，那婦人的右手搭在孩子的肩上，十分溫柔傳神。下面刻的是中國式的圖案，和西方寫實的風格不同，雲形的鏤雕，介乎抽象與寫實之間。坐板下方右側有一小抽屜，是給人裝些手絹扇子一類小東西的。椅子的下方，除後面以外，其餘三面都有桃子、蘭花、菊花等等浮雕；而整個椅子，都是經過紅色與黑色的漆一次次塗上，最後又描上了金線的。只可惜年代久了，金線多已褪去，看不到了。現在，連紅色和黑色的漆也淡去甚至磨損了。

那麼長久的時間裡，我實在都記不住有多少人坐過我這把小椅子了。從前啊，婦道人家也不怎麼作興外出，她們即使上轎，坐在椅子上，也遮得密密的。尤其在那個年代，她們把一雙腳裹得小小，坐在窄窄的不過尺半見方的木椅子上，隨著轎夫們的步伐左右晃搖，你們以爲是好玩的嗎？咳，可是眞受罪喲！

其實，從這一家到那一家，我被擱置的時間還比使用時多呢。這也許是我的金線雖褪去漆色已淡，而仍然能保留大部分原樣的道理。

最慶幸，我躲過了文革的狂瀾。千千萬萬無以數計的中國文物毀在那一段瘋狂的時期。我在一個北方陰暗的大戶內房；後來遷徙到南方的廣州，又被賣到這個所謂新大陸。離開了自己的祖國，難免令人傷情，但是毀滅在自己祖國，豈不更痛心？

慶幸我終於又被自己國家的人賞識，來到這間客廳內。經過了這一陣子主人的細心照顧，我又感覺到重生的喜悅了。

•

我也來講一段自己的故事吧。其實，我比你們更早來到這個家庭，只因爲我原是個穿衣鏡臺，不適宜放置在客廳裡，所以一開始就被安頓在離你們稍遠的廊道上。不過，這個廊子很寬，幾乎就是客廳的延長，而且人人都要經過我面前，才能走到你們那兒。位置也不能不算重要了。

我也是中國的產品，只是時代比小轎椅你的年紀稍稍晚些。約在八、九十年前，一位老師傅花了兩年多的工夫，在一堆櫸木裡尋著這幾大片上好的質料，刻成了這些仕女閨房的圖像。我這穿衣長鏡的四周框子雕滿了梅花，一朵接一朵，總共有多少？你們大概想不到、一百四十朵！外加兩邊支撐的木架上，另有八十朵；而且，整座鏡臺的周邊也都以同樣的雕梅鑲成，那就眞的不計其數了。這些梅花每一朵都同一樣式，活潑而整齊，尙是不脫匠氣；然而你們仔細看我鏡子兩旁的左右二櫃，那就會歎爲觀止了。

兩櫃子的裡外二側共四面都自成一構圖。每個圖面的內容雖不同，卻都由四個仕女構成，其中一個是大家閨秀，三個爲丫鬟侍女。或在繡房閨閣，或在亭臺廊間，有捧書觀圖、有舉扇拍蝶等等仕女圖的內涵。老師傅當年是參考了一些古畫，一鑿一削雕刻而成。他把平面的圖畫浮雕成立體有層次的板面。人物的面部衣著，以及亭臺樓閣、花卉翎毛，都曾經有他貫注的技藝留存著。

神乎其藝啊！這穿衣鏡本來是老師傅晚年的消遣，不準備出售的，他做做停停，在這上面消磨了許多功夫。除了外面的浮雕，瞧，左邊櫃子裡頭自上而下三個抽屜的把手，都有雲紋的圖案和梅花鑲雕。雕刻好了，拼製成器以後，他又親自打磨，一道又一道地仔細上漆。

人，大概不能只是爲衣食住行而生活。老師傅做了一輩子木匠，經他的手完成的家具眞是數不清楚，其中也有一些比較精細之工，他自己也相當滿意的，但終究是要脫手而去，易爲金錢，變成養家活口之貨物。至於他製成我的心情，是可以體會的。他是想要留下一些什麼。所以完成後，並沒有擺置在店前明顯的位置，卻擱在隱蔽的後頭。

可是，這件精美的穿衣鏡臺，竟成爲傳聞遐邇的家具，聞風而至的人很多。老師傅無意出售，故而把價錢標得極高，許多人只好悯悯然而歸。

一天，有一位老爺進來。他也是慕名而到的，見到我後，欣賞得不得了，二話不說就叫手下的人把錢付了買下我；還請老師傅再製作一個小木凳來配合穿衣鏡臺。𠯋，就是擺在沙發椅旁邊當做小茶几的，你們看滿滿鑲雕梅花圖案便可知道。

老爺子是在美國經商的富賈。那時他正要嫁獨生的掌中珠，趁著回到中國買辦的機會，給女兒選購一些嫁妝。他深愛女兒，又眼力強，天高的價目也嚇不到他。老師傅原以爲自己訂出的高價會令每個人望而卻步，沒想到那位老爺愛女也愛藝術精品，只得忍心割愛予他。

我便乃飄洋過海，和另外一些中國的精緻物品，給運到了三藩市。

富家小姐花嫁之日，可眞是驚動了整個唐人埠。老爺子刻意要一切儀式遵照中國禮俗。還記得洞房花燭夜晚，我斜斜地映見了一對穿著唐衫禮服的新人。新娘子穿戴喜氣的豔紅嫁裝，可就是淚流個不停。想她父母親和家人的吧。

往後，她每天必然在我面前照映自己，看看裳裙是否整齊？髮飾有沒有不妥？我把她從一個新嫁娘照到爲人母的少婦。從原先稍嫌瘦弱的身段照到豐腴的體態。

唉，可是人間事眞正難逆料。也不知爲什麼，我們的主人漸漸就不大常回家了。女主人有時夜半一個人在房裡踱著，來回在我面前走過不少次數。時而，在我面前站站，用淚眼望著她自己的臉龐。我覺得她消瘦了。

後來，索性就看不到主人回房間來。到底發生了什麼事呢？我們做家具的，一旦被放置在那裡，就只能知道周邊的事情，外面的世界不得而知。委實是無可奈何！只見我的女主人不僅流淚傷心，又變得焦慮不安。有時候晚上獨臥輾轉反側，起來開櫃子翻抽屜。連我這個左側的三個抽屜也都打開來，把許多的金鍊子和寶石飾物拿在手心裡看了又看；第二天早晨便急急忙忙帶了一包東西出去。

我抽屜內的珍寶，拿出房門後就不再回來。那些都是女主人的嫁妝啊。也不知疼愛她的老爺怎樣了？中國男人是不會隨便走進一個妻子以外的婦人房間裡的，即使是自己的女兒，所以自從女主人結婚後，我便再也沒看見過她的父親。

珠寶細軟沒有了。連屋子裡比較精美值錢的擺飾也被移走。最後，有人進屋子來抬桌椅搬櫥櫃，那些大部分也都是老爺從中國物色來的家具。

終於，我擔憂的事情發生了。在一個夜涼如水月色滿屋的晚氛裡，我見到女主人心事凝重地望著我。她趨前就我，不是照映自己，卻是來擁抱我。她哭倒在我身上。用手指憐愛地觸摸這些梅花，每一個浮雕的仕女，以及凹凸有致的亭臺樓閣垂簾花樹等等雕刻中的背景。難道我也將被移走嗎？很想詰問。但無喉無舌，只能玄默不語。

次日，果然有工人模樣的男子二人來抬走我。女主人倒是不再哭泣落淚，顯然極力抑制著自己的情緒，變得十分堅毅的樣子。她指揮著工人，趨前隨後，時時提醒：「小心，小心！別碰著。」等到工人將我的鏡面，座臺和左右兩個櫃子拆散，仔細用舊棉被包裹好運走時，她才頹然坐在床上目送我跟著別人離開。

我流浪到三藩市街坊的骨董鋪子，轉了兩三家，也沒有什麼人特別留神。後來又被另一個地區的小骨董店批購過去。當初是擺在進門醒目的位置，但日子久了，便逐漸被移往後頭，在店鋪靠近後門的牆壁下站了許多年。我這暗褐色的外表，在光線幽昧的後段，就越發不起眼了。普通客人多數只在比較光亮的前段瀏覽，或者看中意什麼買回去，更多的人只是看看而已。塵埃越積越厚，櫃子上面又林林總總堆放了許多不值錢的小東西。淪落到如此地步，連我自己都不能相信，從前曾經有過眾人爭睹的風光時期哩。

一直到那天一對中國人模樣的夫婦進來，他們看到我，眼神爲之一亮，尤其那位婦人，對我愛賞不已，定神凝睇，左右前後地觀察，又用手指撫摩浮雕的許多仕女。事隔多年了，但我在她的眼睛裡看到老爺子往昔的神色。我便知覺自己即將有一個歸宿了。

果然，第二天我就被清理搬運過來了。那時候，他剛剛購買這幢房子，家具未全，我就被安排在這個最醒目顯著的位置。雖然舊漆稍褪，所有的浮雕都毫毛未損，反而增添一些古雅趣味；勤加拂拭，微微打蠟後，我幾乎又恢復往日面貌了。

至於你們大家在我來到以後陸續被搬進來，我雖不言不語到今夜，卻是內心喜悅的。是何等的緣分哪，能夠同聚於一堂！

是啊，我算是較晚來參加這個組合，而且也算不得什麼有歷史緣由的家具，能夠與大家相處一段時日，感到十分榮幸。其實，我們這一式兩座的沙發椅是全新製成，由主人訂做，以取代原先那一套絲絨已損的舊沙發椅。我們因爲是最普通的家具，沒有任何時間上的負擔，所以占據了客廳這個中心位置，成爲主人與賓客們最喜歡隨意閒坐的地方。

方才聽大家敘說過去，不無感慨。人把我們製造完成，只要妥爲照料，我們可以生存得比他們更爲長久。說不定五十年、一百年以後，如果我能夠安然無恙，也可以像你們那樣子冷眼熱眼看盡世態炎涼呢。

•

原來，輕聲微談是源自眾多家具。

是溫柔的晚氛終於解凍了永恆的玄默嗎？抑或是澄淨的月色始乃感悟了鈍頑的聽覺嗎？奇妙的交談竟如同清泉汩汩傾注成聰。宇宙間另有一種聲音，如此清晰如此委婉，於萬籟沉寂時幽幽傳出，溝通彼此，委實令人訝異；但亦不忍心打斷這深夜幽眇，遂躡足重回不眠的衾枕，仍留一屋子說談於背後月下的廳中。

——原載一九九七年一月二、三日《聯合報》副刊

A

1

不是不思念，但是近日來我一直猶豫著，不太敢拿起電話筒撥那個長途電話號碼。

上一回撥過，沒有人接。我忐忑不安許久；接著又撥了她給我的另一個號碼，傳來年輕而清脆的聲音：「啊，眞對不起。我的母親還是住在原來的地方，她只偶爾才來這裡。」是很有禮貌的京都口音。A沒有女兒，稱她「母親」的年輕女性，大概是她的媳婦吧？

放下話筒，我覺得心頭釋然。「知道她健在就好了。」我跟自己說。其實，電話所能談的內容有限，終不及見面時話題自然湧現；而上一次和她見面是多久以前的事了？兩年前？或許是三年前。

兩三年前，我趁著去四國和東京旅行之便，特別安排單獨在京都住二日，便是爲了與A見面敘舊。

「啊，眞不好意思。這麼老了。」在旅館大廳相見時，A的第一句話便是此。其實，每數年重逢，她都會說同樣的話。人都會老，不可抗拒地逐漸變老。只是那一次似乎是顯然地更老一些。她已經不再愼重地穿著和服來和我相見，「穿和服，太費力氣。」A解釋說。不過，顯然是經過一番挑選，她刻意穿著一套絲質的雅致洋服，上面還罩著一件蕾絲的短外套。頭髮也染成流行的深褐色，而且淡淡地有脂粉在面龐上。但是，背部有些佝僂，使她看來身材變矮了一些；在日本人當中，她原算是較高大的。

然而，A的好強與心思細密，依然如故。

得悉是專程爲她赴京都，她特別爲我安排了第二日的中午在郊外的筍料理店「錦」闢室餐敘。「從前，我自己也開料理店，這個風雅的店，說實在的，多少是我妒羨的對象。」在那間六蓆大小的純京都式布置的房間坐定後，A對我說。「現在，我不再開餐館了，也比較有閒工夫；一直想介紹你來這裡。接到你的信後，我馬上就想到這裡，所以早早就訂了房間。本來有點擔心，不知道你來時筍上市了沒有？還好，今年是早暖的春天。筍才開始上市。」依然是綿綿的京都口音。

那所料理店有寬敞的庭園，樹木、花卉、池泉的布置，甚爲精美；尤其難得的是火紅一色的杜鵑滿園。我們兩個人席地而坐，面向敞開的窗，眼前是一片新綠與盛綻的豔紅，當下是精美的筍全餐。與A交談著，有一種奇異的感覺，時間彷彿凝結住了；不能相信，我和她相識已經悠悠流逝了三十個年頭。

次日，A所安排的是午後在祇園的傳統舞蹈表演「都踊」。也是許多年前我們曾經共同欣賞過的節慶之一，可能兩個鐘頭的觀賞，加以兩日連續的聚敘，歸途中，A頗顯得勞累。「你先慢慢走，我休息一會兒。」每走五十米或一百米，就得找河邊路旁的石凳憩息。終於她靦腆地說：「咱們取消今晚上的餐約好不好？」那是我赴東京的前一日，本來講好由我做東，兩人要共餐再敘的。但是，我不忍心讓A太過勉強。「我老了，都快八十歲了呢。」A極力想說得輕鬆自然，畢竟掩飾不住蒼涼之色。

臨時改由我叫計程車送她回家。

一路上，兩人都不多言。車在華燈初起的左京區疾駛。兩邊流過的紅黃燈光，似不可挽回的歲月。我心中忽然隱隱作痛。這樣的會見，不知還有幾次？

車在如今她單獨居住的那幢餐館前停下。我堅持要送A到屋前，看她開啓大門進入。如今已歇業的餐館，因女主人晝間外出，所以漆黑一片。A在黑暗中摸索皮包，好容易才尋找到鑰匙。

告別時擁抱她，才發現，原來她竟也變得如此單薄。

2

再前一回見到A，也許更在數年以前。

我記得也曾經到餐館會見她。當時全日本都受到泡沫經濟的惡果，許多產業一蹶不振；A所經營的京都料理店，原是那一帶極負盛名的一家，也支撐不住而歇業了。

自從丈夫死後，由次子繼承事業的這個店，在負債的情況下，已失卻往日的光輝，多時乏人維修的店，空有高大堅固的支架，但草蓆、桌几、屏風、帷簾等等都已經黯淡舊損。

兒子一家都已搬出去，A獨自把樓下那間有圍爐的房間聊充居處。她讓我脫了鞋子上去。「不嫌棄的話，請上來坐坐。這麼雜亂，眞難爲情啊。」她羞赧地說：「人都走了。廚師、工人，連家人也離開。我一個人還捨不得離開。畢竟，這裡是丈夫和我胼手胝足建立起來的房子哪。你看，這些支柱，這些樑木，都是眞材實料的檜木。想當年，我們多麼精挑細選，看著房子一天天完成的。」聲音逐漸變成哽咽，眼眶轉紅。「聽說法院要把它拍賣了。……可是全國的景氣都不好，這麼大一個房子，要賣也不容易，所以拖了幾個月都沒聲息。我就暫時這麼窩著，一天過了又一天，看看撐到什麼時候。反正是孤獨老婦。」

我十分不忍地握住A的手。她的手粗壯如男人的手，在深秋時節，寒冷而乾澀。

我是記得她這雙手的。因爲一向操勞店務不肯稍息而自然長成這麼粗壯的手。可這雙粗壯的手，也曾經擁抱過豐實的生命內涵。例如她寫得一手好毛筆字，她擅彈三味線。也就是由於身爲料理店的女主人卻兼具許多文學藝術的修養，使她原本平凡簡單的生命變得繁華而複雜。

「H教授呢？他近來好嗎？」我忍了許久，終於還是不得不問。H教授是A相戀半生的情人。三十年前我居留京都時，A透露的祕密。對於這次遲遲不及H教授的話題，我覺得納悶。

「他死了。去年。」這麼重大的消息，出自A的口，竟是意外的平淡。「H教授死了！去年？他死了嗎？去年嗎？」令人難以置信。「怎麼會呢？什麼病呢？那麼，他的太太呢？」對於這樣意外的事情，急切想知道眞相，而且想知道的眞相太多。

「我也是事後才知道的。」A幽幽地說，眼睛看著我，卻似乎不是在看我；在看著我背後什麼遙遠的地方。「你知道的，我們近年來已經沒有往來了，自從那次事件以後。」關於那次事件，她曾經告訴過我。

「我既然決心抽身，便疏離了。決心不再聽他的電話，不再應他的邀約。他病的事情，是很久以後才聽人說起。」我不能相信。急切地追問：「什麼病呢？怎麼也沒告訴我呢？」「據說是失憶症。也就是老人癡呆症。據說他太太也幾乎同時罹患了那種病。」我眼前浮現了H夫人的影像。瘦小、平凡、多禮，卻沒有什麼情趣的一位婦人。我記得以前每次趨訪H

教授時，他的妻子總是在玄關跪坐迎送，說著一大堆沒有內容的客套話；是一位典型傳統的日本婦女。

「兩個患了失憶症的老人待在家裡，太危險，太沒有保障，所以大概是他們的兒女把二人送到療養院去了。」Ａ倒是將自己所知儘量詳細告知：「也拖了一兩年，或者更久吧？唉，曾經想打聽打聽，去探望他，他們……。好像是郊外什麼醫院呢。可又怎樣？去看了又怎樣呢？」平淡的語調，說到這兒，變得有些激越起來。「你說，經過了那麼多事情的變化，怎麼能夠去看他呀。」

「即使去看了，他也已經不認識我。跟他說什麼？能爲他做什麼？……還不如保留一個美好的印象。我自己也老了，承受不了大的刺激。」她的眼眶濕潤起來。「後來，後來，聽說死了。我連他葬在哪裡都不知道。我跟自己講：就當做葬在我心裡。葬在……我心裡吧。究竟跟他是有過三十多年的緣分的啊……。」Ａ彷彿是說給自己聽一般，聲音極其微弱。眨眼時，兩行淚水沿著多紋的面頰流下來。

難道這就是三十年前親口對我說：「如果他罹患了癬癩痲瘋，家人把他丟到街邊，別人都不屑一顧，我會滿心喜悅把他捧回來。」那個婦人嗎？世事人情，難以逆料。

3

三十年前，我單身赴京都研修。名義上的指導教授H對我說：「你已經有自己的鑽研領域，無需我指導，儘管利用這裡的圖書館吧，有什麼困難找到的書，再找我想辦法好了。不過，你是我的第一位女性導生，生活上的問題，有時候不方便同我商量。我給你介紹一位女士，你們認識以後，比較方便，可以隨便談些屬於女性的事情。」

H教授所謂的女士便是A。

A所主持的京都料理店在左京區較安靜地區，是一幢二層樓古色古香的日式木造建築物，風雅而氣派，以料理精緻別具一格頗負盛名。由於地近大學和研究所，而女主人雅好文藝，所以又成爲學術界和文化界人士常聚敘的場所。

H教授爲了介紹我認識A，專程邀請我到她那家風雅的餐館。當天晚上，我特別穿了一件旗袍以示隆重，又給女主人準備了一分禮物，聊表心意。女主人也著和服款待，顯現其重視其事。

A雖然不是特別美麗，年華也顯然向晚，但舉止言談自有京都女性的溫婉風韻。在那一間頗具特色的「紫之間」，她善盡女主人之職，時則爲我們布菜斟酒，時則恰如其分地附和談助。隨著酒興愈濃，H教授嚴肅的態度也愈形鬆弛。他和女主人之間的交談與表情，似乎相當親密，令在一旁的我，有些尷尬不自在。H用中國話對我說：「我和女主人是很多年的朋友。她很熱心，心地善良，所以我才介紹你們認識。以後，你們多多見面吧。哈哈哈⋯⋯

……。」他的臉龐大概是因爲喝多了酒，變得油亮而通紅，是我前此所未認識的H教授。

A果然是一位十分熱心的婦人。她較我年長十餘歲，待我如長姊，照拂我生活起居的細節，無微不至。天氣漸轉涼時，領我去購買日式電暖爐，更將她自己的上質輕裘大披肩借我用。「京都的冬天挺冷的喲。從叡山吹下來的風，眞有刺骨的寒意。你一個人在異鄉生活，可千萬別著涼生病才好。」殷殷叮嚀，令第一次離家獨居的我衷情感動。非僅如此，每逢星期二的周休日，她總是安排種種節目，介紹我認識京都的名園古刹，或陪伴我欣賞當地的傳統舞蹈、戲劇，乃至於民間風俗百態。「希望我這樣子纏住你，不致太影響你的研究計畫。」她反而似有愧疚地對我說。

相見次數增多後，彼此談心的機會遂亦增加。除了投緣的契機外，第一次得到能夠用自己的語言溝通的同性朋友，或許是A如此願意與我傾心相談的原因吧。從累積的談話內容，我不僅漸漸對她的生長背景、家庭生活等等自然有所認識，彼此之間的友誼也顯著地穩固起來。

也或者是因爲友誼趨穩的緣故吧，時而也有相互戲謔的時候。「你覺得H教授如何？」她甚至有一次問我：「做爲一個男人，你覺得H教授如何呢？」這倒是十分意外的問題。「他很有學問，也很照拂我。」「可是，做爲一個男人，你覺得他怎麼樣？你會喜歡他嗎？」近乎逼問。「我沒有辦法回答你這個問題。我一直都當他是一位長輩尊敬的，從未想到把H

教授只當做一個男人看待。」我說的是實話。

其實，在多次的談話中，我已經約略曉悉A和H教授不尋常的關係了。雙方都有尋常平凡的所謂「幸福家庭」，但是向晚的年歲，或者也都有婚姻生活的倦怠感的吧，由於H教授經常利用A的餐館招待賓客，他們之間可能自然產生了情感。我的突然出現，且又日日在同一個研究所與H教授會見，或許帶給A某種下意識的警覺。事後我才曉悉，A對我異乎尋常的熱心，起初大概係出乎一種防衛的心態。

兩個人之間既然已建立友誼，得悉我對H教授完全沒有任何特殊情愫，A看來釋懷放心了。我在京都，只是一年的過客，那樣的處境也許給她某種安全的距離感，同時也可能造成她急於傾吐積壓於內心的隱祕吧。

「請你不要看不起我。我不是一個水性楊花的女人。我和他……，唉，是宿緣吧。我愛我的家庭，我的三個兒子。我恪盡爲母的責任。我的先生，雖然沒有讀過什麼書，但他爲人憨厚，是一個善良的男人。」一次小聚之餘，A似乎不克自制地對我告白。

「你也知道的。對方的太太是一位典型的所謂『賢妻良母』，說得……什麼一點，實在沒什麼情趣。認識了我以後，H教授說，他的生命重新燃燒了起來。他每寫一篇論文、出版一本書，都說是我給他的愛情的力量。他說：『對外沒法子講，可是，每一篇文章，每一本書都是獻給你的。』我何其榮幸，這麼平凡的我，怎麼承擔得起？只有加倍用愛情來回報他。

果眞我的愛能對他的學術研究有一點點的貢獻，粉身碎骨也在所不惜……。」A被她自己的話所感動，聲音竟然顫抖起來。

「認識你以前，這些話只能藏在自己心底。我埋藏了許久啊！覺得很幸福，也覺得很愧疚。請你不要笑我。這初老之身，竟像少女似的陶醉在愛情中。我們這個年紀，不像你們，有戀愛的經驗。我父親在祇園開一家料亭，我們三個姊妹都繼承他的遺業。我高中畢業，年紀輕輕就相親，嫁了丈夫。父親看中了他老老實實的性格。說實在的，他爲人是沒得挑剔的，也很勤勞。結婚三十年來，我們一點一滴積蓄，除了祇園的本店，也另建了這個店，由我來負責。想不到，這個店竟成爲我和H教授結緣的地方。

「命運吧？這一切要怎麼說才好呢？我都這大年紀了，才初次嘗到戀愛的滋味。眞是難爲情。可是H教授說：『愛情是沒有年齡限制的。』我知道自己孽障，所以也加倍對丈夫好，加倍對兒子們好。我這樣做，能補償所犯下的罪過嗎？」彷彿告解似的，A不能自已地說下去。

也許內心的祕密有了舒洩之處以後，A的負擔稍得緩和了；不過，陡然知悉他人隱私的我，卻增添許多不可名狀的苦惱。

我日日仍赴研究所的圖書館查書撰寫論文，也經常會遇見H教授，卻不再能夠像往常那樣面對他了。看到他，我無法不想起A對我的告白；而要裝做若無其事，什麼都不知道，確實不太容易。

一年的研修計畫將近尾聲時，京都也因進入夏季而逐漸燠熱起來。一日近黃昏時，突接A打來電話：「能不能現在來看你，有要緊事情相告。」聲音異乎尋常，微微顫抖而且激昂急促。我剛剛從圖書館回到住處，八蓆榻榻米大小的日式二樓房間，頗有些悶熱。猶豫了一下，告訴她：「到我住處對街的那家咖啡館見面吧，十五分鐘以後。」其實，那家稍嫌簡陋的店，稱不上咖啡館，兼賣著刨冰及各種甜點。平時客人不多，但因爲有冷氣設備，倒是適合在熱天裡敘談。

我先到了。找一處面街的角落坐下。A的店離冰店稍遠，我準備她會遲三數分鐘才來到，便向侍者要一杯冰水啜飲著，瀏覽大玻璃窗外的街景。走過玻璃窗前的男男女女行色匆匆，有的人一邊用手帕揩拭著額際的汗。芸芸眾生，各有各的歸宿，不知道他們行經這一大片窗外，要走向哪裡？也不知道每人心中都有些什麼樣子的底蘊暗藏著？想到歸期已近，覺得這一切，無須太過關切；但在這裡住了一年以後，難免又有種依依和關切。

A必定是在我一時陷入複雜的思緒時走過我視線範圍的。我甚至也沒有注意到她幾時推門進入店內。待她站立桌前時，才赫然發現，異乎尋常地，她髮亂如飛蓬，脹紅著面龐的慌張模樣。

「你怎麼啦？」我拉她坐下。爲見所未見的形象震懾。「等一等……」她一邊掠整著額前、鬢邊、項間的髮絲，勉強擠出笑容對侍者吩咐：「請給我一杯紅茶。」

「你到底是怎麼啦？」等A的紅茶和我的咖啡都端來後，我又迫不及待地追問。她的頭髮看起來比較平整一些，面龐上的紅潮也漸褪下來。

「我剛剛和他會見過……。」A大概在思索著如何啓齒。「那，那怎麼會這樣子呢？我是說你怎麼會變成這樣子呢？」相識以來，我第一次見到如此狼狽不堪的A。「H教授，他打了你嗎？怎麼教你變成這樣子？」我實在不懂。

「他，是。他是抓了我的頭髮。可不是打我……。」被H教授抓了頭髮？「豈有此理！眞是豈有此理！」我忘了自己在公眾場合，聲音大概是變大了。「噓！請你安靜。」A反倒來勸服我。

「不是像你所想像的。他抓我頭髮，不是欺侮我。是……，是因爲他很愛我。他情緒很高亢。」A的聲調出乎意外的沒有一絲怨懟的樣子。她的眼角嘴邊彷彿還流露一種幸福似的表情。「……。」我更不懂了。完全不懂。

「要怎麼說，才能讓你了解呢？」許是見我瞪大了眼睛無言相對，A緩緩地整理著語路。

「請原諒讓你看見我這副德性。也原諒我讓你今天來聽聽我的情緒。以前，我不敢對人說，對你，也一樣。不好意思說。但是，你快要離開了，不跟你講的話，我一個人擁抱著這個私密，覺得快要爆炸了，要崩潰了……。

「這樣子的愛，老實說，我原來也不懂的。自從遇見H，和他相愛以後，我才知道世界上還有這樣子另外一種的愛的表現。起初，我也跟你一樣……或者應該說，跟多數人一樣，認爲男女相愛是發自心靈的；然後，很自然的情不自禁，想要觸摸對方的手、身體、接吻，乃至於性的歡悅……。

「可是，H解釋給我聽。他說：『譬如，你見到一個可愛的嬰兒，很喜歡。你會去撫摸他的頭吧？甚至稍稍用力去掐一掐那粉粉嫩嫩的雙頰吧？那種動作是懲罰嗎？不對。是一種愛的表現。你甚至看到那雙胖嘟嘟的小手臂或小肥腿，想去咬它們一口。那也是愛的表現。』

「起初，我不太能接受那樣子的愛。他喜歡看我一件一件褪去和服。用那些衣帶綑縛我的腰，我的腿，甚至我的脖子……，有時令我都快窒息了，才鬆開。他掌摑我裸露的臀部。在他說來，也許不是十分用力，但男人嘛，很疼的。我都忍住。看他做這些時，格外亢奮，眼睛裡充滿了歡愉，一面叫著：『愛你！愛你！』然後，又格外溫柔而放縱地疼愛我。爲了讓他愛我，也配合著去愛他，現在我已經能夠忍受這些了……。不但忍受，有時候，覺得像我這樣一個平凡的女人，能夠得到H教授這樣有名望的男人的愛，何其榮幸！所以我疼痛的時候，覺得幸福……。

「他說：『你讓我奔放完全的愛你，造就了我寫作的動力。』每一篇論文，每一本書出版，他都第一個通知我，先給我看。說：『雖然不能明白寫出來，但是，這本書是獻給你的。』啊，有生之年得到H這樣崇高學術地位的學者垂愛，能暗中給他一種寫作的動力，我死也甘心！如果有一天他罹患癬癩痲瘋病，人人都嫌棄，家人把他丟到街邊，別人不屑一顧，我會滿心喜悅地把他捧回來的。」說這話時的A，眼中噙著淚，感動而幸福的樣子。

「以前我不敢對你說這些，怕讓你對H教授失去尊敬。請你千萬別這樣，還是繼續像過去那樣看待他吧。人都有多層面的，我跟你講的，只是他不爲人所知道的一面，這跟他的學問、人格沒有關係。所以也請你繼續聽我今天所發生的事情……。

「今天下午快下班時，他打電話給我，教我去研究室。我算準了他的助理N小姐已經離開後，帶了一些點心過去。他看到我，特別高興，特別興奮，也顧不得吃點心，把門鎖住，便熱烈地擁抱我，又揪住我的頭髮，把我按在屏風旁邊的沙發椅上。不久，忽聽到外面走廊上有高跟鞋的聲音喀喀喀響，接著，有人從外面在鑰匙孔裡伸進鎖匙。他快速地跳過去，死命握著門把，不讓對方打開。那大概是N小姐忘了什麼折回來的吧。雙方隔著一扇門，一個想打開，一個不讓打開。僵持了一會兒。因爲走廊昏暗，看不清楚的吧？N小姐只好放棄，不久，聽見腳步聲離去……。H教授渾身是汗粒，手掌因爲過分用力，都紅腫了。我嚇得直哆嗦，過陣子後，也顧不得他挽留，穿起衣服便離開了。」

「呶，你看。」Ａ掀起和服的長袖。她的上臂青紫斑斑盡是瘀血痕跡。

我在開放著冷氣的冰店裡感到反胃，不克自禁地戰慄起來。

4

等到夏末的祇園祭過後，我的歸期也就在眼前了。

祇園祭的前一夜叫做宵山祭。京都中心的鬧區，不論商店或民家都洋溢著節日氣氛。許多地方展示次日遊行的轎輿，而許多人都穿著清爽的日式便裝——浴衣，足蹬木屐，手持團扇，優閒地在巷衖間遊蕩，賞覽那些頗富民俗趣味的各種轎輿。

Ｈ教授夫婦邀請我晚餐後一齊去遊覽，而Ａ也答應作陪。那天晚上，大家都穿著浴衣。我也穿上Ａ所贈送的一襲白底藍花浴衣，並爲了配合那交疊的領口，刻意將一年來留長的頭髮挽起，配上一枝紅黑二色的漆簪，十足是東洋女性的裝扮，自己都覺得相當的異國情調醒目。

我們約好七時半在Ｈ教授的門口相見。我依約抵達時，Ｈ教授夫婦和Ａ三人已在石板小徑的石燈籠前等著我。「你這一身浴衣很好看啊！」他們三個人異口同聲稱讚。

Ｈ夫人在臨行前，忽想起去取買好的紙團扇。「你們稍稍等一下，我進去拿扇子，馬上就來。」她歉疚地鞠躬，拉開玄關的玻璃門，慌慌張張脫了木屐上去。「你老是這樣子，忘東忘西的！」Ｈ教授對著妻子的背影責備著。Ｈ夫人邊登上屋裡的榻榻米還邊欠著腰。

我和Ａ並肩站著。Ｈ教授在高一層的石階上居於我們兩人的中間。我正想找些什麼話題來填充等待Ｈ夫人的時間，沒想到這時Ｈ教授突然用雙手將Ａ和我的頭互撞。

那只是一瞬間的事情，猝不及防。我的頭角被那猛烈一個撞擊，劇痛如裂，眼淚幾乎要落下。

我用手掌去揉那疼痛的部位。瞥見Ａ也正搓揉著她的頭。究竟是怎麼一回事？還來不及想出道理之前，已聽見Ｈ夫人一面道歉著：「對不起，對不起，害你們久等了。」一面套上木屐，走出來，關門。她把手上的團扇一一分給大家。接扇子時，我瞥見Ｈ教授完全像沒有發生過任何事似地微笑著。

四個人一字排開，在禁止車輛通行的街道上依原定計劃閒步賞覽。

走著走著，額角仍覺痛，我心中似乎慢慢明白所以。但是，歸期在即，而且既然已經答應了Ａ要保守祕密，便只得僞裝若無其事。

那晚上，四個人之中，有三個人是僞裝若無其事地閒步賞覽宵夜祭的。

5

離京都之後，Ａ與我的友誼仍然持續維繫著，靠著信函往返，偶爾也通過長途電話。

A的毛筆字很美。興致好時，她會用古雅的信箋寫草體和文的信給我。至於內容，除了告知京都的時序推移之外，也多言及她的生活心態；當然，她和H教授的愛情歡愁是主軸。

A的信，綿綿一如她京都口音的敘述；而她的信一封接著一封寄達，令我不得不在離開了京都之後仍繼續聆聽她和H教授的故事。

在我別離京都的翌年，A的丈夫因爲參加一個全國性的餐飲公會盛事而赴東京。不幸，在歸程的東京車站，突罹心肌梗塞症，倒地不起。A和他們的三個兒子都在京都，趕赴現場收屍的人，竟是因爲退休後隔週赴東京某大學講學的H教授。

「你說，這是怎樣的一個命運安排？冥冥之中註定如此的嗎？接到東京警察的電話告知時，我心亂如麻。他們問我，東京有沒有親人？我一時竟將H教授住宿的旅館電話告訴了警方。我和兒子們搭車趕去東京時，我的丈夫已在停屍間裡罩著白布。H一直陪著。還在頭上方點了一炷香……。我這個罪孽深重的女人啊。」

在一封長信中，A這樣寫著。

可是，自稱罪孽深重的A，在丈夫死後，並沒有斷絕與H教授的情愛。

大約是七、八個月以後吧？我不甚記得，但我記得A在長途電話中告訴我，她將依照丈夫生前的計畫，參加往赴歐洲的旅行團。H教授夫婦也在內。那好像是京都、大阪地區組隊的中老年人旅遊團體。

「我的丈夫也去……。我早已想好，所以撿骨灰的時候，就特別留下了一節手指骨。我用一張潔白的手帕小心包好那根骨頭。我要帶他去。他一輩子辛勞，沒有到過外國旅行。我要讓他完成這個心願。」

A充滿誠意的聲音從電話的那一端傳來，令我十分感動，卻也教我不覺汗毛盡豎。

然而，那一次的旅行卻成爲決定性的一次大事。

印象中很久一段時間裡沒有收到A的信，也沒有電話聯絡。我自己忙著學校與家庭的許多事，便也無心多思。

爾後，有一天收到另一封長信，意外地將她準備與H教授絕交之事告知。導火線是發生在歐遊的旅途中。大概是由於疏忽，偷情相擁被H夫人撞見。信中充滿羞愧、自責、悔憾與無奈。

「那天早晨，大夥兒一起吃早點，我先走一步，回房間整頓行李。沒想到，H教授尾隨而至。說他也找了個藉口脫身；更沒想到，我們正相擁的時候，H夫人突然出現在門口。大概是H教授進來後，我忘了鎖上門……。

你可以想像當時的窘況。恨不能掘個地洞消失，也恨不能死掉算了……。

一切都完了！三十多年來小心隱藏的祕情，毀於一旦。

可是，我如今細想，H夫人說不定早已知覺。女人的第六感應該很靈敏的；也許，她只是一直偽裝不知情，沒有撕破臉皮罷了。……

這件事也給了我一個徹底反省的機會。這麼多年以來，愛固然給了我許多歡悅與甜蜜，也讓我矛盾、自責、痛苦……。我一下子覺得好累好累。何況，我們那樣子的愛（你是知道的），我也老了，不堪負荷他那樣子對待我。

這些時日以來，我一直在想：是該做個了斷的時候了。不能再這樣拖下去。我應當抽身。他還是經常打電話來。可是，我都沒有接受任何的邀約。

啊，多希望你在這裡。你是唯一知道我們底事的人，是唯一知道我心的人。幸好，世界上還有一個人知道這事情的始末。

我不知道自己還有多少年歲可以活？我只知道今後的日子，將會很苦很苦，而且很孤單。也許是罪孽的補償吧。這殘生，我將承擔一切，為自己過去的孽障償債。」

收到這封信之後，我們仍然保持著聯繫，但畢竟較諸往日稀疏多了。有機會赴日，我總是設法去會見A。

收拾了愛情後的A似乎放心去面對老境，索寞孤單地步行著人生餘下的路途。每一次見面，都會使我感慨無奈。

歲月悠悠，歡愁無涯涘。

——原載一九九九年十一月一～五日《自由時報》副刊

林文月寫作年表

一九三三年　出生於上海市日本租界。啓蒙教育爲日本語文。

一九四六年　春，舉家自上海返回臺灣，自小學六年級開始學習中國語文。同年秋，考取北二女，三年後直升高中部。

一九五二年　考取臺灣大學中文系，及師範學院藝術系，選讀前者。

一九五七年　與郭豫倫先生結婚。次年中文研究所畢業，留母校任教。

一九六〇年　至一九六六年間，編譯《聖女貞德》、《居禮夫人》、《南丁格爾》、《茶花女》、《小婦人》、《基督山恩仇記》（東方出版社）。

一九六六年　出版學術論著《謝靈運及其詩》（臺大文學院）。

一九六七年　出版學術論著《澄輝集》（文星出版社）。

一九六九年 獲國科會資助赴日，任京都大學人文科學研究所「研修員」一年。

一九七〇年 出版遊記《京都一年》（純文學出版社）。

一九七二年 出席京都國際筆會，提出日文論文〈桐壺と長恨歌〉。次年自譯爲中文，並附〈源氏物語：桐壺〉譯文，發表於《中外文學》，始啓《源氏物語》譯文連載之緣，五年半而譯竟。

一九七六年 出版學術論著《山水與古典》（純文學出版社）。

一九七七年 出版傳記文學《謝靈運》（河路出版社），及《青山青史——連雅堂傳》（中國出版社）。

一九七八年 出版散文《讀中文系的人》（洪範出版社）及日本古典文學譯註《源氏物語》（中外文學出版社，五冊本初版）。

一九八一年 出版散文集《遙遠》（洪範出版社）。

一九八二年 《源氏物語》修訂版上、下二大冊本出版（中外文學出版社）。《遙遠》獲得第五屆中興文藝獎散文項獎章。

一九八四年 出版薩摩亞酋長演講稿集翻譯《破天而降的文明人》（九歌出版社）。

一九八六年 出版散文集《午後書房》（洪範出版社），獲得第九屆時報文學獎散文推薦獎。

一九八七年　獲爲香港翻譯學會榮譽會員。

《源氏物語》修訂三版出版（中外文學出版社）。

一九八八年　出版散文集《交談》（九歌出版社），獲得第十四屆（一九八九）國家文藝獎散文類獎。

一九八九年　爲美國西雅圖華盛頓大學客座教授。

出版日本古典文學譯註《枕草子》（中外文學出版社）。

一九八九年　出版學術論著《中古文學論叢》（大安出版社）。

一九九一年　編印《臺靜農先生紀念論文集》（洪範出版社）。

《源氏物語》重新出版（遠景出版社）。

一九九三年　自臺大退休。爲美國加州史丹福大學客座教授。

出版散文集《作品》（九歌出版社）、散文集《擬古》（洪範出版社）、日本古典文學譯註《和泉式部日記》（純文學出版社）、散文選集《風之花》（大陸出版）。

一九九三年　獲聘臺灣大學中文系榮譽教授。

一九九四年　《源氏物語》獲得第十九屆國家文藝獎翻譯成就獎。

一九九五年　爲美國加州大學柏克萊分校客座教授。

一九九七年　獲日本東亞同文書院紀念賞。

出版日本古典文學譯註《伊勢物語》、散文選集《夏天的會話》（大陸出版）。

一九九八年　始爲日本《アジアエコー》定期撰寫日文隨筆。

一九九九年　爲捷克查理斯大學客座教授。

出版散文集《飲膳札記》（洪範出版社）。

二〇〇〇年　出版《DEVĚT ZASTAVENÍ》（捷克文，譯六朝詩選講義）。

《飲膳札記》獲第三屆臺北文學獎及時報文學獎。

十一月將手中現存之著作手稿、著作自藏本及畫作等資料捐贈臺大圖書館永久典藏。

二〇〇一年　臺大圖書館於四月十二日起至六月三十日舉辦「林文月教授手稿資料展——臺大近代名家手稿系列展之二」以及座談會、專題演講等系統活動。臺大頒贈感謝狀。

二〇〇二年　出版散文集《新世紀散文家：林文月精選集》（九歌出版社）。

（本表由柯慶明教授補充）

林文月散文重要評論索引

評論文章	評論者	原載處	原載日期
從緊張到和諧——林文月的〈蒼蠅與我〉	沈　謙	中央日報	
心靈的契合——讀林文月的散文〈遙遠〉	琦　君	台灣新生報	一九八一年四月十三、十四日
淡中藏美麗——讀林文月《午後書房》	陳昌明	文訊	一九八六年四月
經營的散文——評介《午後書房》	安　立	自立晚報	一九八六年五月五日
午後書房——林文月的散文世界	黃秋芳	自由青年	一九八七年六月
真幻之際·物我之間——林文月散文中的生命觀照及胞與情懷	何寄澎	國文天地	一九八七年六月一日、七月一日
交　談	余光中	聯合報	一九八八年三月八日

羞澀的對話評林文月《交談》	鄭明娳	聯合文學	一九八八年六月一日
感傷與喜悅——簡評林文月《作品》	何寄澎	文訊	一九九三年
林文月的人和散文	劉　麟	中華日報	一九九四年一月二十九日
擬古與創新——評林文月擬古散文之創作	羅宏益	國文天地	一九九五年二月一日
京都一年歷久彌新	張夢瑞	民生報	一九九六年九月十四日
京都一年	王錫璋	國語日報	一九九六年十月十五日
諧趣怡人，寄寓深遠——〈蒼蠅與我〉賞析	林繼生	中央日報	一九九九年四月二十四日
飲膳召回的往昔時光——《飲膳札記》	方　瑜	中國時報	一九九九年五月二十日
當味蕾顫動記憶生香	凌性潔	中央日報	一九九九年十一月二十二日
婉轉附物，悁悵切情	郝譽翔	飲食文學研討會論文	一九九九年
她自己的書房——林文月的散文書寫	陳芳明	中國時報	二〇〇〇年三月二十一日

新世紀散文家 1

新世紀散文家：林文月精選集

著者	林文月
執行編輯	陳慧玲
發行人	蔡文甫
出版發行	九歌出版社有限公司
	臺北市105八德路3段12巷57弄40號
	電話／02-25776564・傳真／02-25789205
	郵政劃撥／0112295-1
九歌文學網	www.chiuko.com.tw
印刷	晨捷印製股份有限公司
法律顧問	龍躍天律師・蕭雄淋律師・董安丹律師
初版	2002年7月10日
初版11印	2023年12月
定價	320元

書號　0106001

ISBN　957-560-931-x

（缺頁、破損或裝訂錯誤，請寄回本公司更換）

國家圖書館出版品預行編目資料

新世紀散文家：林文月精選集 / 陳義芝主編. – 初版. --
臺北市：九歌, 民91

面； 公分. -- (新世紀散文家 ; 01)

ISBN 957-560-931-x(平裝)

855 91007698